HOY, ESTA NOCHE, MAÑANA

RACHEL LYNN SOLOMON

HOY, ESTA NOCHE, MAÑANA

Traducción de Lidia Rosa González Torres

TITANIA

Argentina • Chile • Colombia • España
Estados Unidos • México • Perú • Uruguay

Título original: *Today Tonight Tomorrow*
Editor original: Simon & Schuster BFYR.
An imprint of Simon & Schuster Children's Publishing Division
Traducción: Lidia Rosa González Torres

1.ª edición Agosto 2023

Copyright © 2020 *by* Rachel Lynn Solomon
Translation rights arranged by Taryn Fagerness Agency and Sandra Bruna Agencia Literaria, SL
All Rights Reserved
© 2023 de la traducción *by* Lidia Rosa González Torres
© 2023 *by* Urano World Spain, S.A.U.
Plaza de los Reyes Magos, 8, piso 1.º C y D – 28007 Madrid
www.titania.org
atencion@titania.org

ISBN: 978-84-19131-26-3
E-ISBN: 978-84-19699-27-5
Depósito legal: B-11.573-2023

Fotocomposición: Ediciones Urano, S.A.U.
Impreso por Romanyà Valls, S.A. – Verdaguer, 1 – 08786 Capellades (Barcelona)

Impreso en España – *Printed in Spain*

Para Kelsey Rodkey,
quien amó primero este libro.

MENSAJERO
Noto, señora, que el caballero no está en vuestros libros.

BEATRIZ
No; si lo estuviese, quemaría mi biblioteca.
—*Mucho ruido y pocas nueces*, de William Shakespeare

«Solía soñar contigo cada noche.
Me despertaba gritando».
Make Good Choices, de Sean Nelson

05:54

McPESADILLA

¡Buenos días!

Esto es un recordatorio amistoso de que te quedan tres (3) horas y contando antes de sufrir una derrota humillante a manos de tu futuro *valedictorian**.

Trae pañuelos. Sé que eres una llorona.

El mensaje me saca del sueño un minuto antes de que suene mi alarma de las 05:55, tres vibraciones rápidas que me avisan de que mi persona menos favorita ya está despierta. Neil McNair («McPesadilla» en mi móvil) es insoportablemente puntual. Es una de sus únicas virtudes.

Nos metemos el uno con el otro mediante mensajes desde que estábamos en décimo, después de que llegáramos tarde a clase por culpa de una serie de amenazas matutinas. El año pasado, durante un tiempo, decidí ser la madura y prometí hacer que mi habitación se convirtiera en una zona libre de McNair. Ponía el móvil en silencio antes de meterme en la cama, pero debajo de la almohada, se me

---

* N. de la T.: En el sistema educativo estadounidense, *valedictorian* es el alumno o alumna que ha obtenido las mejores notas de su promoción y que se encarga de dar el discurso final en la ceremonia de graduación.

crispaban los dedos ante el deseo de escribir respuestas combativas. No podía dormir pensando que podría estar mandándome mensajes. Provocándome. *Esperando.*

Neil McNair se ha convertido en mi despertador, si los despertadores tuvieran pecas y conocieran todas tus inseguridades.

Retiro las sábanas, lista para la batalla.

> oh, no sabía que seguíamos pensando que llorar es signo de debilidad

> en aras de la exactitud, me gustaría señalar que solo me has visto llorar una vez, y no estoy segura de que eso haga que sea una «llorona»

> ¡Por un libro!

> Era imposible consolarte.

> se llama emoción

> te recomiendo bastante que sientas una (1) en algún momento

En su mente, lo único que se supone que uno tiene que sentir al leer un libro es superioridad. Es de esas personas que creen que toda la Literatura Auténtica ya ha sido escrita por hombres blancos muertos. Si pudiera, resucitaría a Hemingway para un último cóctel, se fumaría un puro con Fitzgerald y diseccionaría la naturaleza de la existencia humana con Steinbeck.

Nuestra rivalidad se remonta a noveno, cuando un (pequeño) jurado declaró su redacción como la ganadora de un concurso escolar sobre el libro que nos había impactado más. Yo quedé segunda. McNair, con toda la originalidad del mundo, eligió *El gran Gatsby*. Yo escogí *Álbum de boda*, mi favorito de Nora Roberts, una elección de la que se burló incluso después de haber ganado, insinuando que no debería haber obtenido el segundo puesto por escoger una *novela romántica*. Estaba claro que era una postura muy válida para alguien que, con toda probabilidad, no había leído una en su vida.

Desde entonces lo he despreciado, pero no puedo negar que ha sido un antagonista digno. Aquel concurso de redacciones hizo que tomara la decisión de derrotarlo en cuanto tuviera una oportunidad, fuera cual fuese, y así lo hice en una elección para representante de la clase de noveno. Contraatacó y por poco me venció en un debate de Historia. Así pues, recogí más latas que él para el club de medio ambiente, lo que nos consolidó todavía más como competidores. Hemos comparado las notas de los exámenes y las notas medias y nos hemos enfrentado en todo, desde proyectos escolares hasta concursos de flexiones en la clase de Gimnasia. Parece que somos incapaces de dejar de intentar superarnos el uno al otro... hasta ahora.

Después de la graduación de este fin de semana, no tendré que volver a verlo. Se acabaron los mensajes matutinos y las noches en vela.

Soy casi libre.

Dejo caer el móvil en la mesita de noche, junto al cuaderno en el que escribo. Está abierto por una frase que garabateé en mitad de la noche. Enciendo la lámpara para mirar más de cerca y ver si mis tonterías de las dos de la madrugada tienen sentido a la luz del día, pero la habitación sigue a oscuras.

Frunzo el ceño y vuelvo a accionar el interruptor varias veces antes de levantarme de la cama y probar la luz del techo. Nada. Ha llovido toda la noche, una tormenta de junio que ha arrojado ramas y agujas de pino contra nuestra casa, y el viento debe de haber roto un cable eléctrico.

Vuelvo a agarrar el móvil. Doce por ciento de batería.

(Y ninguna respuesta de McNair).

—¿Mamá? —llamo mientras salgo corriendo de mi habitación y bajo las escaleras. La ansiedad hace que mi voz ascienda una octava más de lo normal—. ¿Papá?

Mi madre asoma la cabeza desde el despacho. Tiene las gafas naranjas torcidas sobre el puente de la nariz y sus largos rizos oscuros (los que he heredado) están más alborotados que de costumbre. Nunca hemos sido capaces de domarlos. Mis dos grandes enemigos en la vida: Neil McNair y mi pelo.

—¿Rowan? —dice mi madre—. ¿Qué haces levantada?

—Es... ¿de día?

Se endereza las gafas y mira el reloj.

—Supongo que llevamos un tiempo aquí.

El despacho sin ventanas está a oscuras, salvo por unas cuantas velas situadas en mitad del enorme escritorio y que iluminan pilas de páginas tachadas con tinta roja.

—¿Estáis trabajando a la luz de las velas? —inquiero.

—No nos ha quedado más remedio. Se ha ido la luz en toda la calle y nos queda nada para entregarlo.

Mis padres, el dúo autora-ilustrador Jared Roth e Ilana García Roth, han escrito más de treinta libros juntos, desde álbumes ilustrados sobre amistades improbables entre animales hasta una saga de libros con capítulos sobre una paleontóloga adolescente llamada Riley Rodriguez. Mi madre nació en Ciudad de México, de madre ruso-judía y padre mexicano. Tenía trece años cuando su madre se volvió a casar con un hombre de Texas y trasladó a la familia al norte. Hasta que fue a la universidad y conoció a mi padre judío, pasaba los veranos en México con la familia de su padre, y cuando empezaron a escribir (palabras: mamá, dibujos: papá), quisieron explorar cómo podía abarcar ambas culturas una niña.

Mi padre aparece detrás de ella, bostezando. El libro en el que están trabajando trata de la hermana pequeña de Riley, aspirante a pastelera. Tartas y *macarons* franceses saltan de las páginas.

—Hola, Ro-Ro —dice, el apodo con el que suele llamarme. Cuando era pequeña, él solía cantar «row, row, Rowan your boat»*, y me quedé destrozada cuando me enteré de que esa no era la letra real—. Feliz último día de instituto.

—No me creo que por fin haya llegado. —Miro fijamente la alfombra, de repente presa de los nervios. Ya he vaciado mi taquilla y he hecho los exámenes finales sin sufrir ninguna crisis nerviosa. Tengo demasiadas cosas que hacer hoy (como copresidenta del consejo estudiantil, dirijo la asamblea de despedida de los estudiantes de duodécimo) como para ponerme nerviosa ahora.

—¡Oh! —exclama mi madre, como si se hubiera despertado de repente—. ¡Necesitamos una foto con el unicornio!

Gimo. Tenía la esperanza de que se hubieran olvidado.

—¿Puede esperar hasta más tarde? No quiero llegar tarde.

—Diez segundos. ¿Y hoy no vais a firmar anuarios y a jugar? —Mi madre me toca el hombro y me sacude suavemente de un lado a otro—. Ya casi has terminado. No te estreses tanto.

Siempre está diciendo que acumulo demasiada tensión en los hombros. Para cuando tenga treinta años, lo más probable es que los hombros acaben tocándome los lóbulos de las orejas.

Mi madre rebusca en el armario del pasillo y vuelve con la mochila en forma de unicornio que llevé el primer día de guardería. En esa foto del primer día, soy todo alegría y optimismo. Cuando me hicieron la foto el último día de guardería, parecía que quería prenderle fuego a la mochila. Les hizo tanta gracia que desde entonces me hacen fotos el primer y último día de clase. Fue lo que los inspiró para su libro ilustrado superventas, *Unicornio va a clase*. A veces resulta extraño pensar en cuántos niños y niñas han crecido conociéndome sin conocerme en realidad.

A pesar de mi reticencia, la mochila siempre me saca una sonrisa. El pobre cuerno del unicornio pende de un hilo y le falta una pezuña.

---

* N. de la T.: Canción infantil. La letra original sería «row, row, row your boat», de ahí que el padre haga el juego de palabras con el nombre Rowan.

Estiro las correas al máximo y adopto una pose torturada para mis padres.

—Perfecto —dice mi madre, riéndose—. Parece que estás agonizando de verdad.

Este momento con mis padres hace que me pregunte si hoy será un día de últimas veces. Último día de clase, último mensaje matutino de McNair, última foto con esta mochila vieja.

No estoy segura de estar todavía preparada para despedirme de todo.

Mi padre se da un toque en el reloj.

—Deberíamos seguir trabajando. —Me lanza una linterna—. Para que no tengas que ducharte a oscuras.

«Última ducha durante el instituto».

Quizá esa sea la definición de nostalgia: ponerse ñoña por cosas que se supone que son insignificantes.

Después de ducharme, me recojo el pelo en un moño húmedo, con cero confianza de que se seque al aire y adquiera una forma favorecedora. En mi primer intento, trazo un *cat eye* impecable con un delineador líquido, pero tengo que conformarme con un pequeño trazo mediocre en el lado izquierdo. Mi reino a cambio de la habilidad de aplicarme un maquillaje simétrico en la cara.

«Último *cat eye* del instituto», pienso, y entonces me detengo porque si me pongo a llorar por el delineado, no tengo ninguna posibilidad de superar el día.

McNair, con sus signos de puntuación y sus mayúsculas, vuelve a aparecer como el peor juego de golpear topos del mundo.

¿No estás en ese barrio sin electricidad?

Odiaría marcar que has llegado tarde... o que perdieras el premio a la asistencia perfecta.

El conjunto que planeé hace días espera en mi armario: mi vestido azul sin mangas favorito con cuello babero, el que encontré en la sección *vintage* de Red Light. Cuando me lo probé y metí las manos en los bolsillos, supe que tenía que ser mío. Mi amiga Kirby describió una vez mi estilo como el de una bibliotecaria hípster mezclada con un ama de casa de los años cincuenta. Mi cuerpo es lo que las revistas femeninas llaman «en forma de pera», con un pecho grande y caderas más grandes, y con la ropa *vintage* no tengo los problemas que tengo con la moderna. Termino el atuendo con unos calcetines hasta la rodilla, manoletinas y una chaqueta color crema.

Me estoy poniendo un aro dorado y sencillo en la oreja cuando el sobre me llama la atención. Pues claro. Lo saqué a principios de semana y desde entonces lo he estado mirando todos los días mientras se me formaba una mezcla de miedo y emoción en el estómago. La mayoría de las veces gana el miedo.

Con mi letra de catorce años, que es un poco más grande y más redondeada que ahora, pone ABRIR EL ÚLTIMO DÍA DE INSTITUTO. Una especie de cápsula del tiempo, en el sentido de que la sellé hace cuatro años y desde entonces solo he pensado en ella de forma fugaz. Solo estoy medio segura de lo que contiene.

No tengo tiempo de leerlo ahora, así que lo deslizo en mi mochila JanSport azul marino junto con mi anuario y mi cuaderno.

cómo es que no se te han agotado las formas de meterte conmigo después de cuatro años?

¿Qué puedo decir?, eres una fuente infinita de inspiración.

y tú eres una fuente infinita de migrañas

—¡Me voy, os quiero, buena suerte! —grito a mis padres antes de cerrar la puerta principal, tras lo que me doy cuenta, con una punzada en el corazón, de que no podré hacer esto el año que viene.

Pastillas para la migraña y pañuelos, NO TE OLVIDES.

Tengo el coche aparcado a la vuelta de la esquina, ya que la mayoría de los garajes de Seattle apenas tienen el espacio justo para nuestros adornos de Halloween. Una vez dentro, pongo el móvil a cargar, saco una horquilla del portavasos y la introduzco en mi montaña de pelo, imaginándome que se la estoy clavando a McPesadilla en el entrecejo.

Estoy tan cerca de ser la *valedictorian*. Tres horas más, tal y como me recordó su primer mensaje con tanta amabilidad. Durante la asamblea de despedida, la directora del Instituto Westview pronunciará el nombre de uno de nosotros y, en mi fantasía del último día perfecto, es el mío. Llevo años soñando con ello: la rivalidad que pondrá fin a todas las rivalidades. El final feliz y satisfactorio de mi experiencia en el instituto.

Al principio, McNair estará tan devastado que no será capaz de mirarme. Se le encorvarán los hombros y se mirará fijamente la corbata porque siempre va bien vestido los días de asamblea. Se sentirá muy avergonzado, un perdedor con traje. Debajo de las pecas, su piel pálida se sonrojará a juego con su pelo color rojo fuego. Tiene más pecas que cara. Pasará por las cinco fases del duelo antes de aceptar que, después de todos estos años, por fin lo he vencido. He *ganado*.

En ese momento, me mirará con una expresión de sumo respeto. Agachará la cabeza en señal de deferencia.

—Te lo has ganado —dirá—. Enhorabuena, Rowan.

Y lo dirá en serio.

¡Conoce a Delilah Park ESTA NOCHE en Seattle!

Publicidad de Delilah Park <actualizaciones@delilahpark.com>

a destinatarios ocultos

12 de junio, 06:35

¡Buenos días, amantes del amor!

La gira de *Escándalo al atardecer*, de la autora superventas internacional Delilah Park, continúa esta tarde noche con una parada en Books & More, en Seattle, a las ocho. ¡No perdáis la oportunidad de conocerla en persona y de haceros una foto con una réplica de tres metros del mirador de Sugar Lake!

¡Y aseguraos de comprar el nuevo libro de Delilah, *Escándalo al atardecer*, ya a la venta!

Besos y abrazos,

El equipo publicitario de Delilah Park

06:37

Tictac.

El cielo gris retumba con la amenaza de lluvia, y los cedros se estremecen contra el viento. El café es mi prioridad, y Dos Pájaros Un Trigo me queda de camino al instituto. Llevo trabajando allí desde que cumplí los dieciséis, cuando mis padres dejaron claro que era imposible que pudiéramos pagar la matrícula para estudiantes no residentes. Si bien es cierto que me he pasado toda la vida en Seattle, siempre quise irme a estudiar fuera a la universidad si podía. Las becas cubrirán la mayor parte de mi primer semestre en una pequeña facultad de artes liberales de Boston llamada Emerson. El dinero que he ganado en la cafetería cubrirá todo lo demás.

La cafetería está decorada como una pajarera, con cuervos y halcones de plástico que te observan desde todos los ángulos. Es famosa por sus rollos de canela del tamaño de un bebé, untados con glaseado de crema de queso y servidos calientes.

Mercedes, una recién graduada de la Universidad de Seattle que trabaja por las mañanas para poder tocar por las noches en Anne Halen, su grupo femenino de versiones de Van Halen, me saluda desde detrás del mostrador.

—Hola, hola —dice con su voz demasiado alegre de antes de las siete de la mañana, y ya está agarrando un vaso compostable—. ¿Un café con leche y avellana con extra de crema?

—Eres maravillosa. Gracias. —Dos Pájaros es pequeño, con una plantilla de ocho personas y dos por turno. Mercedes es mi favorita, sobre todo porque es la que pone la mejor música.

Me suena el móvil mientras espero y Mercedes tararea los *Greatest Hits* de Heart. Estoy segura de que es McNair, pero es algo mucho más emocionante.

La firma de libros de Delilah Park lleva meses en mi agenda, pero entre mis «últimas veces del último día de clase» se me ha olvidado que esta tarde noche voy a conocer a mi autora favorita. Incluso guardé algunos libros en mi bolso a principios de la semana. Delilah Park escribe novelas románticas con heroínas feministas y héroes tímidos y dulces. Devoré *Corazones precavidos, Que recaiga en mí* y *Tan dulce como Sugar Lake,* por el que ganó el premio de novela romántica más importante del país cuando tenía veinte años.

Delilah Park es la persona que hace que piense que los garabatos de mi cuaderno podrían llegar a ser algo algún día. Sin embargo, ir a una firma de libros en la que los libros que se firman son novelas románticas significa admitir que soy una persona a la que le encantan las novelas románticas, algo que dejé de hacer después de aquel fatídico concurso de redacciones de noveno.

Y tal vez admitir que también soy alguien que está escribiendo una novela romántica.

He aquí mi dilema: mi pasión es, en el mejor de los casos, el placer culpable de otra persona. Casi todo el mundo aprovecha cualquier oportunidad para menospreciar esto que pone a las mujeres en el foco como no hace casi ningún otro medio. Las novelas románticas son un hazmerreír, a pesar de ser una industria que mueve millones de dólares. Ni siquiera mis padres las respetan. Mi madre las ha llamado «basura» más de una vez, y el año pasado mi padre intentó llevar una caja de ellas a una tienda de segunda mano, simplemente porque me había quedado sin espacio en la estantería y pensó que no las echaría de menos. Por suerte, lo atrapé cuando salía por la puerta.

Hoy en día, tengo que esconder la mayor parte de lo que leo. Empecé a escribir mi novela en secreto, suponiendo que se lo contaría a mis padres en algún momento. No obstante, estoy a pocos capítulos del final y todavía no lo saben.

—El mejor café con leche y avellana de todo Seattle —dice Mercedes mientras me lo entrega. La luz capta los seis *piercings* que tiene en la cara, ninguno de los cuales me quedaría bien a mí—. ¿Hoy trabajas?

Niego con la cabeza.

—Último día de clase.

Se lleva una mano al corazón en señal de nostalgia.

—Ah, el instituto. Lo recuerdo con cariño. O, al menos, recuerdo cómo eran las gradas cuando estaba detrás de ellas echándome unos porros con mis amigos.

Mercedes no me cobra, pero de todas formas dejo un billete de un dólar en el bote de las propinas. Al salir, paso por delante de la cocina y le digo un «hola/adiós» rápido a Colleen, la dueña y panadera jefa.

Los semáforos están apagados a lo largo de la calle Cuarenta y Cinco, lo que hace que todos los cruces sean una intersección con cuatro señales de *stop*. Las clases empiezan a las siete y cinco. Voy a llegar en el último segundo, un hecho que le encanta a McNair, a juzgar por la frecuencia con la que está haciendo que mi móvil se ilumine. Mientras estoy parada, les mando un mensaje de voz a Kirby y a Mara para avisarles de que estoy en un atasco, y canto mi banda sonora para los días de lluvia: The Smiths, siempre The Smiths. Tengo una tía que está obsesionada con la música *new wave* y que los pone sin parar cuando pasamos Janucá y la Pascua judía en su casa, en Portland. No hay nada que combine mejor con un clima sombrío que las letras de Morrissey.

Me pregunto cómo sonarán en Boston mientras me golpean los tímpanos y recorro el campus cubierto de nieve con un chaquetón y el pelo recogido bajo un gorro de lana.

El todoterreno color rojo que tengo delante avanza. Yo avanzo. La tarde noche de hoy se desarrolla en mi mente. Entro en la librería con la cabeza alta, sin encoger los hombros, eso por lo que siempre me regaña mi madre. Cuando me acerco a Delilah en la mesa de firmas, intercambiamos cumplidos sobre los vestidos de la otra y le cuento cómo me cambiaron la vida sus libros. Al final de nuestra conversación, ve que reboso tanto talento que me pregunta si puede ser mi mentora.

No me doy cuenta de que el coche que tengo delante ha frenado en seco hasta que choco con él y el café caliente me salpica la parte delantera del vestido.

—*Mierda.* —Doy un par de bocanadas de aire profundas tras recuperarme de la conmoción de haber sido arrojada hacia atrás e intento procesar lo que ha sucedido mientras que mi cerebro está estancado en una fiesta exclusiva solo para autores a la que me ha invitado Delilah. El sonido áspero de metal contra metal me retumba en los oídos, y los coches que tengo detrás tocan el claxon. «¡Soy una buena conductora!», quiero decirles. Nunca he tenido un accidente y siempre respeto el límite de velocidad. A lo mejor no sé aparcar en paralelo, pero, a pesar de la prueba actual que demuestra lo contrario, soy una *buena conductora*—. Mierda, mierda, mierda.

El sonido de los cláxones continúa. El conductor del todoterreno saca un brazo por la ventanilla y me hace una señal para que lo siga hasta una calle residencial, así que lo hago.

Tengo los pulmones contraídos mientras manipulo el cinturón de seguridad con torpeza y el café se me cae por el pecho y forma una piscina en mi regazo. El conductor se acerca a la parte trasera de su coche, y el nudo de terror que se me ha formado en el estómago se tensa.

He chocado por detrás con el chico que me dejó una semana después del baile de fin de curso.

—Lo siento mucho —digo mientras salgo del coche a trompicones y, entonces, como no lo he reconocido, añado—: Mmm. ¿Te has comprado un coche nuevo?

Spencer Sugiyama me mira con el ceño fruncido.

—La semana pasada.

Inspecciono a Spencer mientras él inspecciona los daños. Con el pelo largo y negro tapándole media cara, se arrodilla junto a su coche, que apenas tiene arañazos. El mío tiene el parachoques delantero destrozado y la matrícula doblada. Es un Honda Accord de segunda mano, gris y nada interesante, y dentro desprende un olor extraño del que no he sido capaz de librarme. Pero es *mío*, pagado en su totalidad con el dinero que gané el verano pasado en Dos Pájaros Un Trigo.

—¿Qué demonios, Rowan? —Spencer, segundo clarinete con el que hice un trabajo de Historia a principio de curso, solía mirarme como si yo tuviera todas las respuestas. Como si estuviera maravillado por mí. Ahora, sus ojos oscuros parecen estar llenos de una mezcla de frustración y alivio, tal vez, de que ya no estemos juntos. Me produce una oleada de placer el hecho de que nunca consiguiera ser primer clarinete. (Y sí, lo intentó).

—¿Piensas que lo he hecho a propósito? —No hace falta que diga que la ruptura no fue cordial—. ¡Te has parado muy abruptamente!

—¡Es una intersección con cuatro señales de *stop*! ¿Por qué ibas tan rápido?

Como es lógico, no menciono a Delilah. Es posible que el accidente haya sido en mayor parte por mi culpa.

Spencer no fue mi primera relación, pero fue la que más duró. Tuve un par de novios de una semana en noveno y en décimo, esa clase de relaciones que se acababan por mensaje porque os daba demasiada vergüenza miraros a los ojos en clase. A final de undécimo, salí con Luke Barrows, un jugador de tenis que conseguía que cualquiera se riera y al que le gustaba salir de fiesta un poco demasiado. Pensaba que lo quería, pero creo que lo que me gustaba en realidad era cómo me sentía cuando estaba con él: divertida, alocada y preciosa, una chica a la que le gustaban los ensayos de cinco párrafos y enrollarse en el asiento trasero de un coche. Para cuando las clases empezaron en otoño, habíamos roto. Quería centrarse en el tenis, y a mí me alegró tener más tiempo para dedicarlo a las solicitudes de la universidad. Todavía nos saludamos cuando nos vemos por los pasillos.

Spencer, en cambio... Spencer era complicado. Quería que fuera mi novio perfecto de instituto, el chico al que rememoraría un día con mis amigos mientras bebíamos cócteles con nombres escandalosos. Soñé con tener ese novio durante toda la secundaria, asumiendo que llegaría al instituto y que se sentaría detrás de mí en Inglés, me tocaría el hombro y, con timidez, me preguntaría si podía prestarle un bolígrafo.

Me estaba quedando sin tiempo para encontrar ese novio, y pensé que, si pasábamos suficiente tiempo juntos, Spencer y yo podríamos llegar a ese punto. Sin embargo, actuaba de forma retraída, y eso hizo que me volviera dependiente. Si me gustaba quién era cuando estaba con Luke, odiaba quién era cuando estaba con Spencer. Odiaba sentirme tan insegura. La solución obvia era *romper con él*, pero aguanté con la esperanza de que las cosas cambiaran.

Spencer saca la tarjeta del seguro de la cartera.

—Se supone que tenemos que intercambiar la información, ¿verdad?

Apenas me acuerdo de las clases de conducir.

—Claro. Sí.

No siempre fue horrible con Spencer. La primera vez que nos acostamos, me abrazó durante mucho tiempo cuando terminamos y me convenció de que era preciada y especial.

—A lo mejor podríamos ser amigos —dijo cuando rompió conmigo. Una ruptura cobarde. Quería librarse de mí, pero no quería que me enfadara con él. Lo hizo en el instituto, justo antes de una reunión del consejo estudiantil. Dijo que no quería empezar la universidad con novia.

—Spencer y yo acabamos de romper —le conté a McNair antes de dar comienzo a la reunión—. Así que, si pudieras no ser vil conmigo durante los próximos cuarenta minutos, te lo agradecería.

No estoy segura de lo que me esperaba. ¿Que le diera la enhorabuena a Spencer? ¿Que me dijera que me lo merecía? No obstante, sus facciones se suavizaron y se convirtieron en una expresión que no le había visto nunca y que no fui capaz de nombrar.

—Vale —respondió—. L-Lo siento.

Las disculpas sonaron muy extrañas en su voz, pero empezamos la reunión antes de detenerme en eso.

—Tenía esperanza de que pudiéramos ser amigos, en serio —dice Spencer después de que le hayamos hecho una foto a la tarjeta del seguro del otro.

—Lo somos en Facebook.

Pone los ojos en blanco.

—No me refería a eso.

—¿Y qué significa eso? —Me inclino contra el coche, preguntándome si por fin podré darle un cierre ahora—. ¿Nos vamos a pasar los horarios de la universidad? ¿Vamos a ver una película juntos cuando estemos en casa?

Una pausa.

—Lo más seguro es que no —admite.

Adiós al cierre.

—Deberíamos ir a clase —añade Spencer cuando me mantengo en silencio un segundo demasiado largo—. Ya vamos tarde, pero lo más seguro es que les dé igual al ser el último día.

«Tarde». Ni siquiera quiero pensar en los McMensajes que me están esperando en el móvil.

Agito mi tarjeta del seguro un poco antes de volver a meterla en la cartera.

—Supongo que tu gente llamaría a mi gente. O lo que sea.

Acelera y se aleja antes de que yo pueda encender el motor. Mis padres no necesitan saber todavía lo que ha pasado, no mientras tengan la fecha de entrega tan cerca. Todavía temblando (por el chico o por la conversación, no estoy segura), intento relajar los hombros. Acumulan muchísima tensión.

Si estuviera en una novela romántica, me habría chocado con un chico guapo que tiene un bar y que también trabaja a tiempo parcial en la construcción, la clase de chico que es bueno con las manos. La mayoría de los héroes en las novelas románticas son buenos con las manos.

Me convencí a mí misma de que, si esperaba lo suficiente con Spencer, se acabaría convirtiendo en ese chico y lo que teníamos se convertiría en amor. Si bien es cierto que me encanta el romance, nunca he creído en el concepto de las almas gemelas, lo que siempre me ha parecido un poco como el activismo por los derechos de los hombres: algo irreal. El amor no es inmediato ni automático; requiere esfuerzo, tiempo y paciencia.

La verdad de todo eso era que lo más probable es que tuviera la misma suerte con el amor que las mujeres que viven en pueblos ficticios junto al mar. Pero a veces tengo una extraña sensación, un anhelo no por algo que me he perdido, sino por algo que no he llegado a conocer.

Empieza a llover otra vez a medida que me acerco al Instituto Westview porque, en fin, Seattle. La clase ya ha empezado, y admito que mi vanidad es más fuerte que mi necesidad de llegar a tiempo. Ya voy tarde. Unos minutos más no importan.

Cuando llego al baño y me veo bien en el espejo, casi suelto un grito ahogado. La mancha cubre por completo un pecho y medio. Me paso un poco de jabón y agua por el vestido y lo froto con toda la fuerza que puedo reunir, pero tras cinco minutos, la mancha sigue estando muy marrón y lo único que he conseguido es meterme mano a mí misma en un baño de la primera planta.

Ha dejado de ser mi conjunto perfecto para el último día, pero es lo único que tengo. Seco la humedad con un papel para que no dé tanto la impresión de que estoy lactando y me ajusto la chaqueta lo mejor que puedo para que no se vea. Me toqueteo el flequillo, peinándomelo hacia la derecha con los dedos y luego hacia la izquierda. Nunca me decido si dejármelo largo o mantenerlo corto. Ahora mismo me roza las cejas, lo suficientemente largo como para que pueda juguetear con él. Igual me lo corto para la universidad e intento algo a lo Bettie Page.

Casi he terminado de toqueteármelo cuando algo me llama la atención detrás de mí en el espejo: un póster rojo con letras mayúsculas.

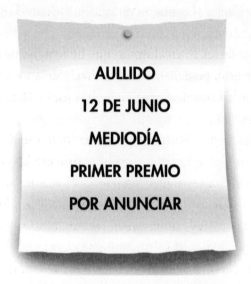

AULLIDO

12 DE JUNIO

MEDIODÍA

PRIMER PREMIO

POR ANUNCIAR

Otra cosa que se me ha olvidado con las prisas de esta mañana. El Aullido es una tradición del Instituto Westview para los de último año que se gradúan. Es un juego que es parte el asesino, parte búsqueda del tesoro. Los jugadores se persiguen entre ellos mientras intentan descifrar acertijos que los llevan por todo Seattle. El primero en completar las pistas gana un premio en metálico. Lo organizan los de undécimo del consejo estudiantil todos los años a modo de despedida para los que se gradúan ese año, y el año pasado McNair y yo casi nos asesinamos el uno al otro intentando organizarlo. Por supuesto que voy a jugar, pero no puedo pensar en ello hasta después de la asamblea.

Cuando salgo del baño, la señora Grable, mi profesora de Inglés en décimo y undécimo, sale a toda prisa de la sala de profesores, situada al otro lado del pasillo.

—¡Rowan! —dice con los ojos iluminados—. ¡No me creo que nos vayas a dejar!

La señora Grable, que debe de tener apenas treinta años, se aseguró de que nuestra lista de lecturas fuera mayoritariamente de mujeres y autores de color. La adoraba.

—Todo lo bueno se acaba —contesto—. Incluso el instituto.

Se ríe.

—Eres uno de los cinco alumnos que he tenido que piensa así. No debería decir esto, pero... —Se inclina hacia delante y se coloca una mano junto a la boca de forma conspiratoria—. Neil y tú erais mis alumnos favoritos.

En ese momento es cuando el corazón se me desploma hasta los dedos de los pies. En Westview, siempre me han empaquetado con McNair. Siempre se nos menciona al mismo tiempo, Rowan contra Neil y Neil contra Rowan, año tras año tras año. He observado cómo, a principio de curso, el rostro de un profesor pasa del terror a la alegría más absoluta al darse cuenta de que nos tiene a los dos en su clase. A la mayoría les divierte nuestra rivalidad, y nos enfrentan en debates y nos ponen juntos en trabajos. Parte de la razón por la que deseo tanto ser la *valedictorian* es que quiero acabar el instituto siendo yo misma, no la mitad de un dúo en guerra.

Me obligo a sonreírle a la señora Grable.

—Gracias.

—Vas a ir a Emerson, ¿verdad? —pregunta, y asiento con la cabeza—. Tus redacciones siempre fueron muy profundas. ¿Tienes intención de seguir los pasos de tus padres?

¿Cuán difícil sería decir que sí?

Si bien es cierto que, obviamente, me preocupa cómo reacciona la gente ante las novelas románticas, hay otro temor que hace que encoja los hombros cuando me preguntan qué quiero ser de mayor. Siempre y cuando ser escritora sea un sueño que permanezca en mi cabeza, no tendré que enfrentarme a la realidad de no ser lo suficientemente buena. En mi cabeza, yo soy mi única crítica. Ahí fuera, todo el mundo lo es.

En cuanto me declare escritora, habrá expectativas por ser la hija de Ilana y Jared. Y, si por algún motivo no las cumplo, si soy un desastre e imperfecta y estoy en proceso de aprendizaje, el juicio será más severo que si mis padres fueran podólogos, cocineros o estadísticos. Decírselo a la gente significa que creo que no se me daría mal (que se me daría *bien*), y aunque deseo que sea verdad con desesperación, me aterroriza la posibilidad de que no lo sea.

Al menos nadie espera que sepa cuál es mi especialidad, así que, si bien es cierto que elegí Emerson principalmente por el magnífico programa de escritura creativa que tienen, he estado diciéndole a la gente que todavía no estoy segura cuando me preguntan qué voy a estudiar. Nunca esperé que quisiera seguir los pasos de mis padres, pero aquí estoy, soñando con pasar el dedo por mi nombre escrito en una cubierta. Idealmente, en una letra que brille y que esté en relieve.

—Tal vez —admito al final, lo que parece una confesión a medias, pero lo justifico con el hecho de que no voy a volver a ver a la señora Grable después de la graduación. Para ser alguien a quien le encantan las palabras, a veces no se me da muy bien pronunciarlas.

—¡Si hay alguien que puede publicar un libro, esa serás tú! A no ser que Neil se las apañe para ganarte.

—Debería irme a clase —digo con toda la amabilidad que puedo.

—Claro, claro —contesta, y me envuelve en un abrazo antes de dirigirse al final del pasillo.

El día de hoy está lleno de muchas últimas veces, y puede que la más importante sea que es el último día que puedo superar a McNair de una vez por todas. Como *valedictorian*, pondré fin a nuestro tira y afloja académico. Seré Rowan Luisa Roth, *valedictorian* del Instituto Westview, con un punto al final. Sin coma, sin «y». Solo yo.

La persona que sigue las normas que llevo dentro me guía hasta la oficina principal en vez de al aula. Me sentiré peor como entre en clase sin un permiso para llegar tarde, aunque sea el último día. Cuando llego a la oficina, empujo la puerta, cuadro los hombros... y me encuentro cara a cara con Neil McNair.

Rowan Roth contra Neil McNair: Una breve historia

El concurso de redacciones que lo empezó todo. Se anuncia la primera semana de clase para darnos la bienvenida después de las vacaciones de verano. Estoy acostumbrada a ser la que mejor escribe de mi clase. Es la persona que he sido durante toda la secundaria, al igual que, imagino, este pelirrojo delgado con demasiadas pecas lo ha sido en su escuela. Primer puesto, McNair y su querido Fitzgerald; segundo puesto, Roth. Juro ganarle en la próxima ocasión que tenga.

NOVIEMBRE, NOVENO CURSO

La presidenta del consejo estudiantil visita las aulas para pedir voluntarios para que representen a la clase de noveno. El liderazgo quedará bien en mis futuras solicitudes universitarias, y necesito becas, así que me presento como voluntaria. McNair también. No sé si de verdad quiere o si solo quiere seguir irritándome. No obstante, gano por tres votos.

FEBRERO, DÉCIMO CURSO

Ambos nos vemos obligados a escoger Gimnasia para cumplir un requisito de Educación Física, a pesar de la hora que nos pasamos intentando convencer al orientador de que necesitamos espacio en el horario para dedicárselo a nuestras clases avanzadas. Ninguno de los dos llegamos a tocarnos los dedos de los pies, pero McNair puede hacer tres dominadas, mientras que yo solo puedo hacer una y media. No tiene los brazos nada definidos, así que no entiendo cómo es posible.

MAYO, DÉCIMO CURSO

McNair obtiene un 1600 perfecto en el examen de admisión, y yo obtengo un 1560. Vuelvo a hacerlo el mes siguiente y obtengo un 1520. No se lo cuento a nadie.

ENERO, DÉCIMO CURSO

Nuestro profesor de Química Avanzada nos pone juntos como compañeros de laboratorio. Tras un puñado de discusiones, derrames de productos químicos y un (pequeño) incendio, el cual puede que fuera principalmente por mi culpa, pero me lo llevaré a la tumba, nos separa.

JUNIO, DÉCIMO CURSO

En las elecciones a presidente del consejo estudiantil, las votaciones quedan divididas justo a la mitad. Ninguno de los dos cede. A regañadientes, nos convertimos en copresidentes.

ABRIL, DUODÉCIMO CURSO

Antes de que empiecen a llegar las cartas de admisión de la universidad, lo reto a ver quién acumula más síes. McNair sugiere que, en vez de eso, comparemos porcentajes. Asumiendo que ambos hemos abarcado una red amplia, accedo. Entro en siete de las diez facultades a las que envío solicitud. Solo después de que se pasen todas las fechas límites me entero de que McNair, astuto y arrogante que es, envió la solicitud en una sola facultad.

Entra.

07:21

—Rowan Roth —dice mi peor pesadilla desde detrás del mostrador—. Tengo algo para ti.

Se me acelera el pulso, como siempre me pasa antes de un combate con McNair. Me había olvidado de que es asistente de oficina (también conocido como «Lameculos 101». Por favor, hasta yo soy mejor que eso) durante la tutoría. Tenía la esperanza de mantenerlo confinado en mi móvil hasta la asamblea.

Con las manos juntas delante de él, parece un rey malvado sentado en un trono hecho con los huesos de sus enemigos. Su pelo color castaño rojizo está húmedo por la ducha que se ha dado esta mañana, o quizá por la lluvia, y, tal y como había previsto, lleva uno de sus trajes de asamblea: chaqueta negra, camisa blanca, corbata azul estampada con el nudo más definido y apretado que he visto en mi vida. Aun así, me las apaño para ver sus defectos al instante: los pantalones un centímetro más cortos, las mangas un centímetro más largas. Una mancha de huella dactilar en el cristal izquierdo de sus gafas, un mechón de pelo rebelde detrás de la oreja que no se queda plano.

Sin embargo, lo peor es su cara, con los labios torcidos en una mueca que perfeccionó después de ganar el concurso de redacciones de noveno.

Antes de que pueda responder, se mete la mano en el bolsillo de la chaqueta y me lanza un paquete de pañuelos formato viaje. Gracias a Dios, lo atrapo, a pesar de mi grave falta de coordinación entre manos y ojos.

—No tenías por qué —digo con un tono inexpresivo.

—Solo estaba cuidando de mi copresidenta en el último día de nuestro mandato. ¿Qué te trae a la oficina esta mañana de tormenta?

—Ya sabes por qué estoy aquí. Dame un permiso. Por favor.

Frunce el entrecejo.

—¿Qué clase de permiso quieres exactamente?

—Ya sabes qué clase de permiso quiero. —Cuando se encoge de hombros fingiendo ignorancia, hago una profunda y dramática reverencia—. Oh, McNair, señor de la oficina principal —digo con una voz que rezuma melodrama, decidida a responder a su pregunta de la forma más odiosa posible. Si va a convertir esto en una obra, le seguiré el juego. Al fin y al cabo, no me quedan muchas ocasiones para meterme con él. Será mejor hacer el ridículo mientras pueda—. Le pido humildemente que me conceda una última petición: un puto permiso para llegar tarde a clase.

Gira la silla para agarrar una pila de resguardos verdes del cajón del escritorio, moviéndose al ritmo del sirope de arce en un día que hace menos un grado. Hasta que conocí a McNair, no sabía que podía sentir la paciencia como una parte física de mí, algo que él estira y retuerce cada vez que se le presenta la ocasión.

—¿Esa era tu imitación de la princesa Leia en los primeros veinticinco minutos de *Una nueva esperanza*, antes de que se diera cuenta de que en realidad no era británica? —pregunta. Cuando le lanzo una mirada de desconcierto, chasquea la lengua, como si el hecho de que no entendiera la referencia le doliera a nivel molecular—. Se me sigue olvidando que es un desperdicio gastar mis grandes frases *vintage* de *Star Wars* en ti, R2.

Debido a mi nombre aliterado, me puso el apodo de R2, y aunque nunca he visto las películas, entiendo que R2-D2 es una especie de robot. Está claro que es un insulto, y el obsesivo interés que tiene por la franquicia ha acabado con cualquier deseo de verla que pudiera haber tenido en algún momento.

—Parece justo cuando hay tantas cosas que son un desperdicio gastar en ti —contesto—. Como mi tiempo. Por favor, ve tan despacio como sea humanamente posible.

El sabotaje ha formado parte de nuestra rivalidad casi desde el principio, aunque nunca ha sido malicioso. Una vez se dejó su memoria USB conectada al ordenador de la biblioteca y la llené de música *dubstep*; una vez derramó el chile misterioso de la cafetería sobre el trabajo de Matemáticas que había hecho para obtener créditos extra. Y mi favorita: la vez que soborné a la conserje con un lote de libros firmados por mis padres para sus hijos a cambio de la combinación de la taquilla de McNair. Ver cómo se peleaba con ella después de que la cambiara no tuvo precio.

—No me pongas a prueba. Puedo ir mucho más despacio. —Como para demostrarlo, tarda diez segundos de reloj en destapar un bolígrafo. Es un numerito auténtico, y tengo que hacer acopio de toda mi fuerza de voluntad para no lanzarme al otro lado del escritorio y arrebatárselo—. Supongo que esto significa que no habrá premio por asistencia perfecta —dice mientras escribe mi nombre.

Incluso sus manos están salpicadas de pecas. Una vez, cuando estaba aburrida durante una reunión del consejo estudiantil, intenté contar todas las pecas que tiene en la cara. La reunión terminó cuando llegué a cien, y ni siquiera había terminado de contarlas.

—Lo único que quiero es ser *valedictorian* —digo, forzando lo que espero que sea una sonrisa dulce—. Ambos sabemos que los premios inferiores no significan nada. Pero para ti será un buen premio de consolación. Puedes poner el certificado en la pared, junto a la diana con mi cara.

—¿Cómo sabes cómo es mi habitación?

—Cámaras ocultas. Por todas partes.

Resopla. Estiro el cuello para ver lo que está escribiendo junto a «Motivo del retraso».

«Intentó teñirse el vestido de marrón. Fracasó estrepitosamente».

—¿De verdad es necesario? —inquiero, y tiro de la chaqueta para cubrirme más el vestido y la mancha de café con leche que grita: «¡Aquí están mis tetas!»—. Estaba en un atasco. Se había ido la luz en todo mi barrio. —No le cuento lo del choque.

Marca la casilla de «No justificado» y arranca el permiso del bloc, rompiéndolo por la mitad.

—*Ups* —dice en un tono que sugiere que no se siente mal en absoluto—. Supongo que tendré que escribir otro.

—Genial. No tengo que estar en ningún sitio.

—R2, es nuestro último día —indica, y se lleva una mano al corazón—. Deberíamos valorar estos momentos preciados que pasamos juntos. De hecho... —Busca en el bolsillo de la chaqueta un elegante bolígrafo—, este sería un buen momento para practicar mi caligrafía.

—Tienes que estar de broma.

Sin parpadear, me mira por encima de sus finas gafas ovaladas.

—Al igual que Ben Solo, nunca bromeo con la caligrafía.

Seguro que esta es la historia que narra cómo me convertí en villana. Aprieta la punta del bolígrafo contra el papel y empieza a formar las letras de mi nombre otra vez, con las gafas resbalándosele por el puente de la nariz. La Cara de Concentración de McNair es mitad cómica, mitad aterradora: los dientes apretados y la mandíbula tensa, la boca ligeramente torcida hacia un lado. El traje hace que parezca tan rígido, tan estirado, como un contable o un vendedor de seguros o un director de bajo nivel de una empresa que fabrica *software* para otras empresas. Nunca lo he visto en una fiesta. No me lo imagino tan relajado como para ver una película. Ni siquiera *Star Wars*.

—Realmente impresionante. Un trabajo excelente. —Lo digo con sarcasmo, pero la verdad es que mi nombre queda bien con esa delicada tinta negra. Podría imaginármelo en la cubierta de un libro.

Me pasa el papelito, pero se queda sujetándolo con fuerza, lo que impide que me escape.

—Espera un momento. Quiero enseñarte algo.

Suelta el papel con tanta brusquedad que tropiezo hacia atrás, y acto seguido salta de la silla y sale de la oficina. Estoy molesta, pero siento curiosidad, así que lo sigo. Se detiene delante de la vitrina de trofeos del centro y hace un gesto teatral con el brazo.

—Llevo aquí cuatro años, así que ya he visto esta vitrina —indico.

No obstante, está señalando una placa en particular, grabada con nombres y fechas de graduación. Con el dedo índice, golpea el cristal.

—Donna Wilson, 1986. La primera *valedictorian* de Westview. ¿Sabes lo que acabó haciendo?

—¿Se ahorró cuatro años de agonía graduándose tres décadas antes de que tú te matricularas aquí?

—Casi. Se convirtió en embajadora de Estados Unidos en Tailandia.

—¿Qué tiene eso de *casi*?

Agita la mano.

—Steven Padilla, 1991. Ganó el Premio Nobel de Física. Swati Joshi, 2006. Medalla de oro olímpica en salto con pértiga.

—Si intentas impresionarme con tus conocimientos sobre los *valedictorians* anteriores, funciona. —Me acerco a él, batiendo las pestañas—. Ahora mismo estoy tan cachonda.

Es excesivo, lo sé, pero siempre ha sido la forma más fácil de alterar a este chico al que al parecer es imposible alterar. Él y su última novia, Bailey, ni siquiera se hacían caso en el instituto, y me preguntaba cómo serían fuera de él. Cuando pensaba en él despojándose de su exterior de piedra el tiempo suficiente como para llevar a cabo una sesión de besos, sentía un extraño temblor en el vientre. Así de horrible me parecía la idea de que alguien besara a Neil McNair.

Tal y como esperaba, se sonroja. Su piel es tan clara debajo de las pecas que nunca es capaz de ocultar lo que siente de verdad.

—Lo que intento decir —dice después de aclararse la garganta— es que el Instituto Westview tiene un historial de *valedictorians* que han triunfado. ¿Qué diría sobre ti? ¿Rowan Roth, crítica de novela romántica? No está al mismo nivel que los demás, ¿verdad?

Les he dicho a Kirby y a Mara que ya no las leo, pero McNair saca a relucir mis novelas románticas cada vez que puede. Su tono despectivo es la razón por la que hoy en día me las guardo para mí.

—O a lo mejor te graduarías para escribir una —continúa—. Más novelas románticas, justo lo que el mundo necesita.

Sus palabras hacen que retroceda hasta que sus pecas se funden las unas con las otras. No quiero que sepa cuánto me enfurece esto. Incluso si llego al punto en el que «autora de novelas románticas» vaya unido a mi nombre, gente como McNair no dudará en destrozarme. En reírse de lo que amo.

—Tiene que ser triste despreciar tanto el romance que te resulte tan repulsiva la idea de que otra persona encuentre alegría en él —comento.

—Creía que Sugiyama y tú habíais roto.

—¿Q-Qué?

—La alegría que encuentras en el romance. Supuse que era Spencer Sugiyama.

Noto cómo se me calienta el rostro. No... creí que esto fuera a acabar ahí.

—No. No es Spencer. —Acto seguido, voy por un golpe bajo—. Hoy estás diferente, McNair. ¿Se te han multiplicado las pecas de la noche a la mañana?

—Tú eres la que tiene las cámaras ocultas.

—Por desgracia, no son HD. —Me abstengo de hacer un chiste subido de tono que tengo muchas, muchas ganas de hacer. Le pongo el papel verde delante de la cara—. Ya que has sido tan amable de escribirme el permiso, probablemente debería, ya sabes, usarlo.

«Última tutoría». Espero que el camino a clase baste para que mi sangre vuelva a fluir con normalidad. Mi adrenalina siempre trabaja horas extra cuando hablo con McNair. Lo más probable es que el estrés que me ha causado me haya recortado media década de vida.

Con un movimiento de cabeza, dice:

—Fin de una era. Tú y yo, quiero decir. —Mueve el dedo índice para señalarnos a los dos, y su voz es más suave que hace diez segundos.

Me quedo callada un momento, preguntándome si el día de hoy tiene el mismo sentido de finalidad para él que para mí.

—Sí —contesto—. Supongo que sí.

Entonces, hace un movimiento con la mano para que me vaya, lo que me saca de mi nostalgia y la sustituye por el desprecio que ha sido tanto una mantita caliente como una cama de clavos. Un consuelo y una maldición.

Adiós, adiós, adiós.

AVISO DE VENCIMIENTO

Biblioteca del Instituto Westview

<westviewbiblio@escuelasseattle.org>

para r.roth@escuelasseattle.org

10 de junio, 14:04

Este es un mensaje automático de la BIBLIOTECA DEL INSTITUTO WESTVIEW.

Según los registros de la biblioteca, el siguiente o los siguientes elementos han alcanzado su fecha de vencimiento. Por favor, renuévelo(s) o devuélvalo(s) a la biblioteca de inmediato para evitar acumular sanciones.

- *Guía para el 5: Cálculo Avanzado / Griffin, Rhoda*

- *Conquistando el examen de Gobierno Avanzado / Wagner, Carlyn*

- *Notas de amor: Las novelas románticas a lo largo de los siglos / Smith, Sonia y Tilley, Annette*

- *Analizando a Austen / Ramirez, Marisa*

- *¿Ahora qué?: La vida después de duodécimo / Holbrook, Tara*

08:02

Quince minutos con él y ya siento que me está entrando una McMigraña. Me froto el espacio entre los ojos mientras me apresuro a ir a tutoría.

—Nuestra futura *valedictorian* —dice la señora Kozlowski con una sonrisa cuando le entrego mi permiso, y espero que tenga razón.

Nuestras tutorías son mixtas para fomentar el compañerismo entre los cursos. McNair lo propuso hace dos años en el consejo estudiantil, y la directora se lo tragó. No fue la peor idea, supongo, si ignoramos el resto de problemas más urgentes: el plagio descontrolado entre la clase de noveno, la necesidad de un menú en la cafetería ampliado para dar cabida a las restricciones dietéticas, la reducción de nuestra huella de carbono.

Antes de llegar hasta Kirby y Mara, un trío de chicas de undécimo se abalanza sobre mí.

—¡Hola, Rowan! —exclama Olivia Sweeney.

—¡Nos preocupaba que no fueras a venir! —añade su amiga Harper Chen.

—Bueno... aquí estoy —contesto.

—Gracias a Dios —dice Nisha Deshpande, y las tres sueltan una risita.

Estamos todas en el consejo estudiantil, donde me han apoyado unánimemente a mí en lugar de a McNair, cosa que siempre he agradecido. Me elogian la ropa, han colaborado en mis campañas y me trajeron magdalenas cuando me aceptaron en Emerson. Kirby y Mara las llaman «mi club de fans». Sinceramente, son muy dulces, aunque un poco demasiado entusiastas.

—¿Está todo listo para el Aullido? —pregunto.

Las tres intercambian unas sonrisas malvadas.

—Llevamos semanas preparándolo —responde Nisha—. No quiero decir que vaya a ser el mejor Aullido que haya visto el centro, pero puede que lo sea.

—No te vamos a dar ninguna pista —añade Harper.

—Por mucho que queramos. —Olivia se agacha para levantarse uno de sus calcetines hasta la rodilla, los cuales son extrañamente parecidos a los que llevo yo.

—Nada de pistas —coincido. McNair y yo organizamos el juego el año pasado, pero no se puede reutilizar ninguna de las ubicaciones del año anterior.

—¿Nos firmas los anuarios? —inquiere Nisha—. Ya que es tu último día.

Tres brazos empujan unos rotuladores en mi dirección. Los firmo todos con mensajes ligeramente distintos y, tras un coro de agradecimientos, me vuelvo hacia Kirby y Mara, que me saludan desde un rincón del aula. Mi madre tenía razón; lo único que estamos haciendo es firmar anuarios. Tenemos una tutoría más larga, luego la asamblea y, por último, clases reducidas para los que sigan aquí.

—Ahí estás —dice Kirby. Tiene el pelo negro trenzado en una corona alrededor de la cabeza. Las tres nos pasamos horas aprendiendo a hacer trenzas holandesas el año pasado, pero Kirby es la única que las domina—. ¿Qué ha pasado esta mañana?

Narro el día hasta ahora, desde el apagón hasta el choque con Spencer.

—Y luego he recibido un McNair en la oficina principal —concluyo—. Así que sí, ha pasado un día y medio y solo son las ocho.

Mara me pone una mano en el brazo. Es más callada y amable que Kirby, rara vez es la primera en hablar en una conversación de grupo.

La única vez que es el centro de atención es cuando baila un solo en el escenario.

—¿Estás bien?

—Sí. McNair estaba siendo el mismo incordio de siempre. ¿Os podéis creer que ha escrito mi permiso con caligrafía? Fue como el otoño pasado cuando descargó todos esos vídeos de perros en la biblioteca para rayar el Internet cuando yo estaba investigando para mi trabajo sobre Jane Austen. Haría cualquier cosa para retrasarme.

Mara arquea una ceja pálida.

—Me refería al accidente.

—Oh. Claro. Un poco conmocionada, pero estoy bien. Nunca le había dado a nadie con el coche. —No estoy segura de por qué mi mente se ha dirigido a McNair al instante cuando estaba claro que el accidente era el suceso más traumático.

—Mara —dice Kirby, señalando una foto del anuario en la que salen las dos bailando en el concurso de talentos de invierno de principio de año—. Mira qué bonitas somos.

Kirby Taing y yo nos hicimos amigas primero, cuando nos agruparon para un rito de iniciación de cuarto curso: el experimento del volcán. Kirby quería añadir más bicarbonato y crear una erupción más grande. Fue un desastre. Un par de años después conoció a Mara Pompetti en una clase de *ballet*, aunque Mara siempre ha sido la bailarina más profesional.

Acabamos en el mismo instituto y desde entonces formamos una unidad, y si bien es cierto que las quiero a las dos, durante años me sentí un poquito más unida a Kirby. Me ayudó a superar el funeral de mi abuelo cuando estábamos en séptimo y yo fui la primera persona con la que salió del armario en noveno, cuando dijo que solo le gustaban las chicas. Al año siguiente, Mara nos dijo a las dos que era bisexual y que quería empezar a usar esa etiqueta. Durante un tiempo, ella y Kirby me utilizaron como intermediaria para intentar averiguar lo que cada una sentía por la otra. El año pasado fueron juntas al baile de bienvenida y desde entonces son pareja.

Se ríen del peinado desafortunado que tiene alguien en la foto de último curso mientras yo hojeo el libro, aunque como editora jefa, he visto cada página cientos de veces. Para los superlativos del último curso, el editor de fotografía nos dijo a McNair y a mí que posáramos con las espaldas pegadas la una a la otra y los brazos cruzados. Encima de nosotros, las palabras CON MÁS PROBABILIDADES DE TRIUNFAR. En la foto y en la vida real, medimos exactamente lo mismo: 1,67 m. Una vez nos hizo la foto, se apartó de mí, como si que la parte de atrás de su camisa tocara la mía fuera demasiado contacto físico para los rivales.

—Por favoooor, ¿podemos salir de clase? —suplica el *quarterback* estrella Brady Becker a la señora Kozlowski. Brady Becker es de esos chicos que ha sacado notables porque a los profesores les encantaba que nuestro equipo de fútbol fuera bueno, y no podía ser bueno si Brady Becker suspendía—. Las demás tutorías han salido.

La señora Kozlowski alza las manos.

—Vale, está bien. Adelante. Pero aseguraos de ir al auditorio después de...

Ya habíamos salido por la puerta.

Mara y yo nos apoyamos en la hilera de taquillas que reclamamos en noveno y compartimos un *pretzel* con queso y una bolsa de patatas fritas de la tienda de estudiantes. Cambiarán las combinaciones la semana que viene, cuando nos hayamos ido. Se suponía que teníamos que vaciar las taquillas a principios de esta semana. Kirby lo está haciendo ahora, lo cual la describe en pocas palabras.

—¿Debería quedármela? —Sostiene su camiseta de gimnasia del instituto. Cuando estábamos en noveno, tuvimos que hacer una intervención para que la lavara, ya que se le olvidaba llevársela a casa.

—¡No! —respondemos Mara y yo al unísono. Mara apunta a Kirby con su móvil, que posa como si estuviera bailando un vals con la camiseta.

—La gimnasia de décimo fue toda una tortura —comento—. No puedo creer que no nos dejaran no asistir.

—*Tú* querías no asistir —corrige Kirby—. Yo disfruté descubriendo mi talento oculto para el bádminton.

Oh. Mmm. Como recuerdo odiarla, debo de haber asumido que ellas también lo hicieron. Pero supongo que solo fuimos McNair y yo los que argumentamos ante el orientador para que nos cambiara los horarios.

Si solía estar muy unida a Kirby, eso se ha desvanecido un poco desde que Mara y ella empezaron a salir. Pero es natural. Si bien es cierto que pasan mucho tiempo a solas, en general estamos tan unidas como cuando íbamos a secundaria.

Al otro lado del pasillo está la vitrina de trofeos con la placa en la que aparecen los nombres de los *valedictorians*. Dice mucho de nuestro instituto que esto sea lo que está en primer plano, no los trofeos de fútbol ni de baloncesto, sino nuestros logros académicos. En Westview está mal visto no cursar al menos una asignatura avanzada, y no vale Teoría de la Música, ya que todo el mundo sabe que el señor Davidson la utiliza como excusa para poner las canciones de mierda de su grupo. Ofrece créditos extra por ir a uno de sus conciertos. Kirby y yo fuimos en décimo, cuando ella cursaba la asignatura, y permitidme decir que podría haber pasado toda mi vida sin ver a un profesor de mediana edad arrancarse la camiseta sudada sobre el escenario y arrojarla al público.

Mara gira el móvil hacia mí y me envuelvo la chaqueta alrededor del cuerpo lo máximo que puedo.

—No hace falta que esta mancha en las tetas quede inmortalizada en Instagram.

Kirby agita la camiseta en mi dirección.

—Hola, soy una camiseta en perfecto estado. He ganado muchos partidos de bádminton con esta camiseta.

—Apenas se ve la mancha. —Mara lo dice con tanta dulzura que casi no parece mentira. Acto seguido, se le desencaja la mandíbula—. Kirby Kunthea Taing. ¿Eso es un condón?

—¡De la clase de Salud del año pasado! —explica, sosteniendo lo que sin duda es un condón—. Los estaban repartiendo y no quise ser grosera...

Mara esconde una carcajada tras una cortina de pelo rubio ondulado.

—Estoy bastante segura de que ninguna de las dos lo necesita.

—¿Lo quieres? —me pregunta Kirby—. Tiene espermicida.

—No, Kirby, no quiero tu condón viejo de la clase de Salud. —Si en un futuro cercano necesito uno, tengo una caja en mi cómoda, metida detrás de mi ropa interior para la regla—. Además, lo más probable es que esté caducado.

Lo mira.

—No hasta septiembre. —Me abre la cremallera de la mochila, lo mete dentro y vuelve a cerrarla—. Tienes tres meses para encontrar un pretendiente digno.

Pongo los ojos en blanco y le ofrezco a Mara la última patata de la bolsa, pero niega con la cabeza. Kirby tira su camiseta de gimnasia y otros trastos a una papelera que hay cerca. De vez en cuando, un grupo corre por el pasillo y grita: *«¡ESTUDIANTES DE ÚLTIMO AÑO!»*, y nosotras les devolvemos el grito. Chocamos los puños con Lily Gulati, chocamos los cinco con Derek Price y silbamos con las Kristen (Tanaka y Williams, mejores amigas desde el primer día de noveno y prácticamente inseparables desde entonces).

Incluso Luke Barrows se pasa a saludar con su novia, Anna Ocampo (número uno del equipo principal femenino de tenis) para intercambiar anuarios.

—He estado contando los días que faltaban para que nos dejaran salir de aquí —dice Luke.

—¿Desde noveno? —responde Anna. Volviéndose hacia mí, añade—: Echaré de menos tus anuncios de los miércoles por la mañana. Neil y tú siempre me hacíais reír.

—Me alegro de haberos proporcionado algo de entretenimiento.

Los dos han conseguido becas de tenis en universidades de primera división y me alegro mucho por ellos. Espero que consigan mantener una relación a distancia.

—Kirby, madre mía —dice Anna, que ahoga una carcajada cuando un montón de papeles sale de la taquilla de Kirby.

—Lo sé —contesta con un pequeño gemido.

Cada anuario vuelve a su dueño y Luke me abraza con unos brazos de músculos forjados gracias a su revés asesino.

—Buena suerte. —¿Por qué no pueden ser así todas las rupturas? Sin dramas ni incomodidades.

Mientras Mara sube a Instagram un vídeo de Kirby sacando una bufanda de dos metros y medio de su taquilla junto con una espeluznante banda sonora de película de terror, yo busco mi cuaderno en la mochila. Sin embargo, mis dedos rozan otra cosa: el sobre que metí ahí esta mañana.

Sé lo que es, o al menos tengo una idea general. Pero no recuerdo los detalles exactos, y eso me inquieta un poco. Con cuidado, paso el dedo por la solapa del sobre y saco la hoja de papel doblada.

Guía de Rowan Roth para triunfar en el instituto, dice en la parte superior, seguido de diez puntos numerados, y las palabras me llevan de vuelta al verano anterior a entrar en el instituto. Añadí el número diez al mes de empezar noveno. Como es lógico, me inspiró algo que leí en un libro. Estaba muy ilusionada con el instituto, medio enamorada de la persona que imaginaba que acabaría siendo para cuando se terminara. En realidad, es más una lista de objetivos que una guía en sí.

No he cumplido ninguno de ellos.

—¿Y esto? —pregunta Kirby—. Cien por cien. ¡En un examen de Matemáticas!

—Para reciclar, Kirby. —Pero, aun así, Mara le hace una foto.

—Nuestra pequeña *paparazzi* —dice Kirby.

Todavía estoy en el mundo de la guía para triunfar; concretamente, en el punto número siete. *Ir al baile de fin de curso con mi novio, Kirby y Mara.* Como Spencer y yo rompimos justo antes, no hubo baile de fin de curso. Habría ido sin pareja, pero temía que acabara haciendo de sujetavelas de Kirby y Mara, y no quería fastidiarles la noche.

No debería afectarme tanto que mi vida no haya salido según lo planeado. Y, sin embargo, aquí está la prueba física de ello. El instituto está llegando a su fin y es hoy cuando me doy cuenta de todo lo que no he hecho.

Es un alivio cuando el reloj marca las ocho y cuarto. Me pongo de pie de un salto, meto la lista en la mochila y me la cuelgo al hombro. Ha llegado la hora de la última prueba de mi recorrido en el instituto.

—Tengo que prepararme para la asamblea —digo.

Kirby abre un paquete de Snickers que ha encontrado en el abismo de su taquilla.

—Pase lo que pase, para nosotras eres una ganadora —afirma en un tono cuya intención es probablemente ser alentador, pero, viniendo de ella, suena sarcástico. Debe de oírlo, porque hace una mueca—. Lo siento. En mi cabeza sonaba mejor.

Intento sonreír.

—Te creo.

—Venga, vete —interviene Mara—. Me aseguraré de que Kirby se deshaga de cualquier otro material potencialmente peligroso.

Mientras me dirijo al auditorio, sus risas tardan en desaparecer.

Al final del verano me iré de Seattle, pero Kirby y Mara van a ir a la Universidad de Washington. Juntas. Mara quiere estudiar danza, y Kirby tiene intención de asistir a una clase de cada disciplina antes de decidir en qué quiere especializarse. Las veré durante las vacaciones, claro, pero me pregunto si la distancia hará que me aleje todavía más. Si esta amistad es otra cosa que no puedo llevarme conmigo a la universidad.

Guía de Rowan Roth para triunfar

en el instituto

Por Rowan Luisa Roth, edad 14
Solo puede ser abierto por Rowan Luisa Roth, edad 18

1. Averiguar qué hacerte con el flequillo.

2. Obtener el Novio Perfecto de Instituto (hasta la fecha conocido como NPI), idealmente para mitad de décimo, el verano después de undécimo como muy tarde. Requisitos mínimos:
   - Que le encante leer
   - Gusto musical decente
   - Vegetariano

3. ¡Quedar con Kirby y Mara CADA FINDE! (Por mucho que ames los libros, por favor, no te olvides del mundo exterior).

4. Enrollarte con NPI debajo de las gradas durante un partido de fútbol.

5. Hablar español fluido.

6. No contarle <u>nunca</u> a nadie que te gustan las novelas románticas a no ser que estés 100% segura de que no van a ser unos estúpidos integrales al respecto.

7. Ir al baile de fin de curso con NPI, Kirby y Mara. Encontrar un vestido perfecto, alquilar una limusina, comer en un restaurante elegante. Todo a lo John Hughes, salvo la masculinidad tóxica. La noche culminará en la habitación de un hotel, donde tú y NPI os declararéis vuestro amor y perderéis la virginidad de una forma cariñosa y romántica que recordarás el resto de tu vida.

8. ¡¡¡Entrar en una facultad que tenga un programa en educación secundaria genial para cumplir el sueño de tu vida de ser profesora de Inglés para MOLDEAR LAS MENTES JÓVENES!!!

9. Convertirte en la valedictorian de Westview.

10. Destruir a Neil McNair. Hacer que se arrepienta de haber escrito esa redacción sobre El gran Gatsby y de todo lo que ha hecho desde entonces.

09:07

«Gritad fuerte por el azul y blanco... ¡Manada de Westview, ha llegado el momento de pelear!».

Cuando termina el himno del equipo del instituto, todos echamos la cabeza hacia atrás y aullamos. En noveno, en la primera experiencia que tuve con la Manada durante un partido de fútbol, me sentí avergonzada e intimidada, pero ahora me encanta el ruido, la energía. Cómo, durante un solo momento, todos nos olvidamos de lo que pueda decir la gente.

Es la última vez que voy a aullar con este grupo de gente en concreto.

Entre bastidores, le devuelvo su anuario a la secretaria del consejo estudiantil, Chantal Okafor, y ella me da el mío.

—Creo que he usado lo que te quedaba de espacio —dice—. Espero que seas tú. *Valedictorian*, quiero decir.

La guía para triunfar en el instituto me arde en la mochila. Intento centrarme en el hecho de que me quedan tres meses con Mara y Kirby. Podemos pasar un último verano perfecto antes de volver a las clases: festivales de música, días en la playa, noches quejándonos de lo fría que estaba el agua de la playa.

Sin embargo, eso no justifica el resto. Sí, era una semibroma, pero ni siquiera he cumplido el punto más básico de la lista: averiguar qué hacerme con el flequillo. Si no soy capaz de averiguarme con el flequillo, ¿cómo esperaba convertirme en *valedictorian*? Lógicamente, sé que son cosas que no están vinculadas, pero he tenido cuatro malditos años. Mi pelo debería tener más sentido que mi futuro.

Lo de ser profesora de Inglés también me ha afectado. Cuando iba a secundaria, pasé por una fase en la que fingía que corregía trabajos y me inventaba una lista o dos con lecturas. Mi yo de catorce años lo llamó «Sueño de mi vida», pero apenas me acuerdo. Me imagino a mí misma con catorce años, rebosante de optimismo, deseando cumplir esa guía. Mis libros favoritos tenían finales felices; ¿por qué no podía tenerlos yo?

Me aferro al número nueve de la lista. Todavía es posible ser *valedictorian*. Es casi mío.

Le sonrío a Chantal y me meto el anuario en la mochila.

—Gracias. ¿Estás emocionada por ir a Spelman?

—Ya ves. Me muero de ganas por dejar atrás todo el drama del instituto. —Las trenzas de Chantal se agitan cuando sacude la cabeza en dirección a McNair. Sus labios están formando las palabras mientras revisa sus fichas. Novato; yo no necesito fichas. Tiene la cabeza inclinada, concentrado, y se le están resbalando las gafas por la nariz. Si no lo despreciara, me acercaría y se las subiría. Quizá se las pegaría con pegamento a las orejas—. Tú también tienes que estar emocionada, ¿no? Adiós a Neil.

—Adiós a Neil —coincido, y me muevo el flequillo por la frente, a un lado y luego al otro, deseando que se quede plano—. Me muero de ganas.

—Nunca olvidaré aquella reunión del consejo estudiantil del año pasado que duró hasta las doce de la noche. El señor Traver no consiguió que le pusierais fin. Creí que iba a llorar.

—Se me había olvidado. —Estábamos intentando llegar a una conclusión sobre la distribución de los fondos de cara al año siguiente. McNair insistía en que el departamento de Inglés necesitaba copias nuevas de *Hombre blanco en peligro* (vale, los libros tienen títulos reales, pero eso es lo único en lo que se centran), mientras que yo argumentaba que deberíamos usar el dinero para libros escritos por mujeres y personas de color. «No son clásicos», dijo McNair. Puede que contraatacara con un «tu cara no es un clásico» poco currado. En mi defensa, era tarde. No hace falta que diga que se descontroló un poco la situación.

—Al menos has hecho que el instituto sea memorable.

—Memorable. Claro. —Con una punzada de culpa, me doy cuenta de que apenas conozco a Chantal. Sabía que iba a ir a Spelman solo porque me pasó un rotulador cuando todos los de último año escribimos nuestras facultades en una hoja de papel de carnicero que había colgada delante del instituto. Cuando me uní al consejo estudiantil, asumí que me haría amiga de todos, pero es posible que estuviera tan centrada en superar a McNair que no tuve la oportunidad siquiera.

McNair debe de habernos sorprendido mirándolo, porque se acerca hasta que estamos cara a cara. Deseo, no por primera vez, ser al menos dos centímetros más alta que él.

—Mucha suerte —dice con brusquedad, quitándose unas pelusas imaginarias de las solapas. Ya no tiene el pelo húmedo.

Utilizo el mismo tono que él.

—Igualmente.

No rompemos el contacto visual, como si quien gane este concurso de miradas consiguiera una moto de agua, un cachorro y un coche nuevo.

Desde el escenario, la directora Meadows agarra el micrófono.

—Calma, calma —dice, y el auditorio se queda callado.

—¿Nerviosa, R2? —pregunta McNair.

—Nada. —Me aliso la chaqueta—. ¿Y tú?

—Sí, un poco.

—Admitirlo no va a hacer que seas mejor que yo.

—No, pero me hace más honesto. —Le echa un vistazo a la cortina antes de volver a mirarme—. Ha sido muy considerado por tu parte hacerte esa mancha lo suficientemente grande como para que la vean los que estén en la última fila.

Señalo sus pantalones demasiado cortos.

—Tienen que distraerse con algo para que no vean ese trozo escandaloso de tobillo que estás enseñando.

—Odio cuando mi madre y mi padre discuten —interviene Chantal.

McNair y yo nos giramos para mirarla. Me quedo con la boca abierta, y lo más seguro es que mi expresión de horror sea un reflejo de la de él. No obstante, antes de que podamos decir nada, la directora Meadows continúa.

—¡Para arrancar, por favor, démosles la bienvenida a vuestros copresidentes, Rowan Roth y Neil McNair!

Saboreo los aplausos y la pequeña pero no insignificante alegría que me da que pronuncie mi nombre antes que el suyo. McNair corre la cortina de terciopelo del escenario y me hace un gesto para que pase primero. Por lo general, se lo reprocharía (la caballerosidad está pasada de moda y no soy fan de ella), pero hoy me limito a poner los ojos en blanco.

Agarramos unos micrófonos inalámbricos de los soportes que hay en el centro del escenario. Las luces brillan y el auditorio rebosa una energía ansiosa y palpitante, pero llevo años sin ponerme nerviosa aquí arriba; es mi hogar.

—Sé que todo el mundo está deseando salir de aquí y jugar al Aullido —empieza McNair—, así que haremos que sea lo más breve posible.

—Pero no demasiado breve —añado—. Queremos asegurarnos de que recibís los reconocimientos que os merecéis.

Las cejas de McNair se juntan.

—Claro. Por supuesto.

Las risas recorren el auditorio. Nuestros compañeros de clase han acabado esperándose esto de nosotros.

—Ha sido un placer ser vuestro presidente este año —dice McNair.

—Copresidente.

Toquetea algo en el micrófono, y eso hace que una onda distorsionada de acople salga a través de los altavoces. El público se aprieta las orejas con las manos y gime al unísono.

—Supongo que así es como se siente todo el mundo en cuanto a tu presidencia —comento. McNair los ha molestado, pero yo pienso ganármelos otra vez.

Se pone colorado.

—Lo siento, Manada.

—No sé si lo han oído todos. Puede que hayas causado daños permanentes en algunos tímpanos.

—Continuando —dice con firmeza, y les echa un vistazo a sus tarjetitas—, nos gustaría empezar con un montaje que ha preparado la clase de Cine de la señora Murakami para recordarnos todos los grandes momentos que hemos vivido este año. La banda sonora corre a cargo del grupo del señor Davidson. —Otra ojeada a sus notas—. Proyecto al Puro Funk.

Vitorean literalmente dos personas. Estoy bastante segura de que una de ellas es el señor Davidson.

Las luces se apagan y se proyecta el vídeo en una pantalla que hay detrás de nosotros. Nos reímos con los demás en los momentos ridículos que han sido capturados con la cámara, pero soy incapaz de ignorar la ansiedad que se está formando en mi interior. Hay escenas de partidos de fútbol, asambleas y obras del club de teatro. Del baile de fin de curso. En la primera fila del auditorio hay unos cuantos alumnos de último año que están llorando, y aunque no voy a admitirlo nunca, me siento agradecida por el paquete de pañuelos de McNair que tengo en el bolsillo. Puede que no quiera a todas y cada una de estas personas, pero hemos sido una *unidad*. Nadie más entendería lo perfectamente sincronizadas que están las Kristen, hasta el punto de que aparecieron con sus citas al acto de apertura del curso llevando el mismo vestido, o lo gracioso que era que Javier Ramos fuera a cada partido de baloncesto que se jugaba en casa con un disfraz de zanahoria.

Respiraciones profundas. «Mantén la compostura».

Después de que McNair y yo repasemos lo más destacado del año pasado, la directora Meadows vuelve a hacerse con el micrófono. Nos retiramos a un par de sillas que hay situadas a un lado del escenario mientras anuncia los premios departamentales y entrega trofeos, los cuales tienen un lobo de plástico moldeado encima, a los mejores estudiantes de cada disciplina académica. Me escuece que McNair gane no solo en Inglés, sino también en Francés y Español. Dejé de estudiar Español en undécimo para poder cursar más asignaturas optativas de Inglés. Quería ser capaz de hablar algún día con la familia de mi madre, y supongo que ese «algún día» no ha llegado todavía. Número cinco en la guía para triunfar: otro objetivo no cumplido.

—A continuación, el premio a la asistencia perfecta —dice la directora Meadows—. Como es lógico, no es de naturaleza académica, pero siempre pensamos que es divertido reconocer a los estudiantes que han conseguido venir los 180 días sin un solo retraso ni ausencia sin justificar. Este año, nos complace honrar a Minh Pham, Savannah Bell, Pradeep Choudhary, Neil McNair y Rowan Roth.

Tiene que ser un error.

—¿Rowan? —me llama otra vez cuando soy la única que no se ha levantado, por lo que me apresuro a recoger el certificado junto a mis compañeros puntuales.

Cuando volvemos a nuestros asientos, le clavo la punta del certificado de papel a McNair en la pierna.

—Yo... esto... al final no entregué tu permiso —murmura—. Supuse que te dejaría pasar esa. Ya que es el último día y todo eso.

—Qué solidario por tu parte —contesto, pero el sarcasmo no va en serio. Más que nada, estoy confundida. McNair y yo no nos obsequiamos el uno al otro.

No hay tiempo para pensar en ello, ya que la directora Meadows está gesticulando en nuestra dirección, preparándose para el único honor que importa de verdad.

—Este año ha habido una dura competencia para ser *valedictorian* —empieza—. Es la primera vez que tenemos dos estudiantes tan parejos en sus calificaciones, sus extracurriculares y su devoción a este centro.

Agarro el certificado con más fuerza. Aquí está. Nuestra última batalla.

—Ya estáis bastante familiarizados con estos dos, pero lo más sorprendente de ellos es que no se preocupan solo por sus propios logros, sino que se preocupan profundamente por el Instituto Westview como institución. Ambos han hecho un trabajo increíble para asegurar que los futuros estudiantes de Westview tengan la mejor experiencia que se puedan imaginar.

»Empecemos por Neil. Irá a la Universidad de Nueva York a estudiar Lingüística. Obtuvo una puntuación perfecta en el examen de admisión y ha conseguido un cinco en todos los exámenes de Inglés, Francés y Latín avanzados. Ha sido el creador y el director del club de lectura de estudiantes y docentes, y durante su liderazgo en el consejo estudiantil estableció un fondo de actividades para generar dinero con el fin de apoyar las actividades de los clubes del campus, ¡de las cuales sé que muchos estudiantes se beneficiarán en los próximos años!

Aplausos corteses. Me uno a ellos sin entusiasmo. El rubor y las pecas de McNair luchan por hacerse con el control de su cara.

—Y luego tenemos a Rowan. —Juro que sonríe más cuando dice mi nombre—. Será una estudiante indecisa de primer año en el Emerson College de Boston. Aquí en Westview ha sido capitana de nuestro equipo de *quiz bowl* y editora del anuario, ha cursado un total de doce asignaturas avanzadas y ha formado parte del consejo estudiantil durante los cuatro años. Como copresidenta, hizo la campaña a favor de los baños para todos los géneros, y también fue responsable de ayudar a que el centro sea un poco más ecologista. Ahora hacemos compost y tenemos un sistema de clasificación de basura, gracias a Rowan.

Ojalá no hubiera concluido con eso. Mi legado: basura.

Mentalmente, considero las posibilidades que tengo por enésima vez en los últimos meses. Las asignaturas avanzadas se equilibraron con algunas matemáticas complicadas, así que no puedo predecir con exactitud cómo es su nota media en comparación con la mía.

—R2 —susurra McNair mientras la directora Meadows habla de los *valedictorians* de la historia de nuestro centro y de lo que han conseguido, lo que completa la lección que me ha dado antes.

Lo ignoro. Todo el mundo nos ve cuando estamos sentados aquí arriba. Ya debería saber que no debe hablar.

Con suavidad, me da un golpecito en la rodilla con la suya.

—R2 —repite, y estoy segura de que va a recordarme la mancha de café con leche—. Solo quería decir que... han sido unos cuatro años buenos. Competir contigo me ha mantenido alerta.

Sus palabras tardan en calar. Cuando le echo un vistazo, su mirada es suave detrás de las gafas, no afilada, y está haciendo algo raro con la boca. Tardo un segundo en caer en la cuenta de que es una sonrisa, una sincera. Me he acostumbrado tanto a su sonrisa de suficiencia que supuse que solo se sabía esa expresión.

No tengo ni idea de cómo responder. Ni siquiera estoy segura de que sea un cumplido. ¿Debería darle las gracias o decirle «de nada»? ¿O tal vez devolverle la sonrisa?

En este momento, llevo demasiado tiempo mirándolo fijamente, así que vuelvo a dirigir mi atención a la directora Meadows. Llevo cuatro años soñando con este momento. Ahora será el único punto que tacharé de mi lista, la prueba de que he hecho algo bien. Prácticamente puedo ver mi nombre en los labios de la directora, oírlo a través de los altavoces.

—¡Sin más dilación, me complace presentaros a vuestro *valedictorian*: Neil McNair!

10:08

El resto de la asamblea transcurre de forma borrosa. En un gesto simbólico, McNair y yo le pasamos el micrófono a la presidenta del consejo estudiantil del año que viene, Logan Perez, aunque estoy tan atontada que se me cae. Me toca a mí estremecerme ante el sonido distorsionado.

La directora Meadows informa a los alumnos y alumnas de los cursos inferiores de que, aunque los de último curso han terminado por hoy, todos los demás tienen que estar de vuelta en clase a las diez en punto. Cuando nos despide, el auditorio se vuelve atronador y me dejo perderme en la tormenta. No encuentro a Kirby ni a Mara, pero nuestro grupo se llena de mensajes con emojis llorosos de Kirby y de ánimos de Mara. Las dos siguen escribiendo cuando salgo de la aplicación. El fondo de pantalla de mi móvil es una foto de las tres el verano pasado en el Bumbershoot, un festival de música al que hemos ido todos los años desde secundaria. En la foto, nos habíamos abierto paso hasta el escenario principal; Kirby tiene las manos en alto, Mara se está tapando la boca con la mano, ahogando una carcajada, y yo estoy mirando fijamente a la cámara.

Todo esto se ha terminado: Seattle, mi McGuerra, el instituto.

Ya no estudio aquí, pero soy incapaz de irme.

Vago por el pasillo un rato. Los estudiantes de último año lo celebran y los docentes intentan que los de los cursos inferiores vuelvan a clase. Al final, encuentro un banco largo en un pasillo desierto, cerca de las aulas de arte, y me dejo caer en una esquina, contra la pared.

Saco el cuaderno de la mochila. Kirby y Mara dijeron de quedar en nuestro restaurante indio favorito antes del Aullido, pero primero necesito recomponerme. Escribir siempre me ha calmado.

Abro el cuaderno por la línea que garabateé en mitad de la noche con un poco de esperanza de que sea una inspiración enorme que me permita sobrellevar lo que queda de día.

Y, cómo no, ni siquiera es legible.

La guía se burla de mí desde las profundidades de la mochila. Novio perfecto de instituto, nop; baile de fin de curso, nop; *valedictorian* y, por extensión, destrucción de McNair, nop. Todos los sueños frustrados, todos los planes fallidos, algunos por el tiempo, otros por las circunstancias y otros simplemente porque no he sido lo suficientemente buena.

Esta era la persona que quería ser para cuando terminara el instituto.

Una persona que está más que claro que no soy.

—¿R2?

Alzo la vista del cuaderno, aunque es obvio que es McNair, arruinando mi momento de baja autoestima contemplativa, como si no hubiera arruinado ya todo lo demás. Nerviosa, vuelvo a meter el cuaderno en la mochila.

Se queda de pie en el lado opuesto del pasillo, con la corbata aflojada y el pelo ligeramente revuelto, quizás por culpa de haber recibido demasiados abrazos de enhorabuena. Cuando alza la mano para gesticular un saludo, me siento más recta, esperando que mis ojos le comuniquen que preferiría comerme las páginas de mi anuario una por una antes que hablar con él. Se acerca a mí, sin entender el mensaje.

—¿Cuándo van a hacer un busto con tu cabeza para colocarlo en la entrada del instituto? —inquiero.

—Acaban de terminar de tomarme medidas. He insistido en que sea de mármol, no de bronce. Luce más elegante.

—Qué... bien —digo, resbalando. Por lo general nos mantendríamos el ritmo el uno al otro, pero esta última media hora me ha desconcertado. Estoy fuera de juego.

Tras unos momentos de vacilación, se sienta en el banco a mi lado. Bueno, nos separa más de medio metro, pero dado que somos las únicas personas que hay en el banco, supongo que, técnicamente, sigue sentado a mi lado. Se sube una manga para mirar su reloj. No es digital y no hace nada más allá que indicar la hora. Es viejo y de plata, y está en números romanos. Lo lleva todos los días, y siempre me he preguntado si es una reliquia familiar.

—Lo que dije antes iba en serio. Lo de competir contra ti todos estos años. Has sido una oponente realmente formidable. —Solo McNair diría algo como «oponente formidable»—. Me has obligado a hacerlo mejor. No lo digo en plan idiota, pero... no habría podido convertirme en *valedictorian* sin ti.

Me enfado, no puedo evitarlo. Puede que esté intentando ser sincero, pero parece que se está burlando de mí.

—¿No habrías podido convertirte en *valedictorian* sin mí? ¿Qué es esto, tu puto discurso de los Oscars? Se ha *acabado*, McNair. Has ganado. Vete a celebrarlo. —Hago un gesto con la mano para que se vaya, imitando el que hizo antes junto a la vitrina de trofeos.

—Vamos. Estoy ondeando una bandera blanca.

—Si no puedo pegarte con ella, ¿qué sentido tiene? —Suelto un suspiro y me paso los dedos por el flequillo—. Lo siento. Estoy asimilándolo todo. Que se haya acabado todo. Es... una sensación rara. —No obstante, «rara» es una palabra demasiado suave para describir cómo soy en comparación con la *Guía de Rowan Roth para triunfar en el instituto*.

En realidad, es como si hubiera fracasado.

Exhala y sus hombros se suavizan visiblemente, como si llevaran todo el día o incluso todo el año acumulando tensión. Es evidente que ambos estamos condenados a tener una postura nefasta.

—Sí —dice mientras se tira de la corbata para aflojársela un poco más. Como una extraña muestra de humanidad más, añade—: No sé si lo he asimilado todavía. Estoy medio convencido de que el lunes voy a aparecer en clase.

—Es raro pensar que todo va a seguir adelante sin nosotros.

—Lo sé. En plan, ¿Westview existe sin nosotros? ¿Si un árbol cae en un bosque y nadie está cerca para oírlo y todo eso?

—¿Quién va a atormentar al señor O'Brien en Química Avanzada? McNair resopla.

—Creo que era el único profesor que nos odiaba.

—Sinceramente, no lo culpo. Y ese incendio fue culpa tuya. —No lo fue, pero esta armonía que está habiendo entre los dos es desconcertante, y me muero por molestarlo un poco más—. Tú eres el que añadió los productos químicos que no eran.

—Porque tú los anotaste mal —contesta, abriendo más los ojos en una expresión de inocencia—. Yo solo seguí tus instrucciones.

—Al menos la directora Meadows nos echará de menos.

Sostiene un micrófono invisible.

—Rowan Roth, quien revolucionó la recogida de basura en el Instituto Westview.

—¡Calla! —exclamo, pero me estoy riendo. No puedo creerme que también se haya dado cuenta de eso—. Rowan Roth, literalmente el emoji del cubo de basura.

—No eres el emoji del cubo de basura. Eres el emoji de la chica que está extendiendo la mano así. —Hace una demostración, poniendo la mano plana como si estuviera llevando una bandeja invisible. Al parecer, se supone que el emoji representa un mostrador de información, pero yo no lo veo.

—Se está agitando el pelo, y nadie me convencerá de lo contrario.

—Me compadezco de la persona que lo intente.

Es un momento inusual de concordia entre nosotros.

—Según la directora Meadows, hablas unos cien idiomas —continúo—. Así que igual los emojis no son lo bastante avanzados como para describirte.

—Cierto —dice—, pero me choca que hayas dejado pasar la oportunidad de decirme que soy el emoji de la caca.

—Si crees que ese es el emoji que capta la esencia de Neil McNair, ¿quién soy yo para discrepar?

Un sonido procedente del bolsillo de su chaqueta pone fin a nuestro debate sobre emojis. Saca su móvil y frunce el ceño.

—¿Has recibido una notificación que dice que en realidad has suspendido Literatura Avanzada y que, después de todo, no eres el mejor?

—Oh, sigo siéndolo. —Envía un mensaje rápido antes de volver a guardarse el móvil en el bolsillo, pero el ceño fruncido no desaparece de su cara.

Si fuera cualquier otra persona, le preguntaría si ocurre algo.

Pero es Neil McNair, y no estoy segura de cómo hacerlo.

No estoy segura de lo que somos.

Nos invade un silencio extraño y angustioso que hace que me mire los zapatos, que cruce y descruce los tobillos, que le dé golpecitos a la mochila con las uñas. McNair y yo no somos de estar en silencio. Somos discusiones y amenazas. Fuegos artificiales y llamas.

«Ya no, no lo sois», me recuerda una voz en el fondo de mi cabeza. Número diez en mi guía para triunfar, el último capítulo de mi libro de fracasos.

Tamborilea con los nudillos sobre su anuario, el cual me doy cuenta de que lleva encima, y se aclara la garganta.

—Esto... mmm. Me preguntaba si... ¿me firmarías el anuario?

Me quedo boquiabierta, convencida de que es una broma. Pero no tengo ni idea de cuál es el chiste. Las palabras «Claro, ¿por qué no?» me cuelgan en la punta de la lengua.

Lo que sale en su lugar son las dos palabras que hay justo en el medio: «¿Por qué?». Las pronuncio con la voz más odiosa del mundo. Y me arrepiento al instante.

Arruga las cejas. Es una expresión que no le había visto nunca, no en los cuatro años que llevo discutiendo con él.

Se parece un poco a *dolor*.

—No importa —dice, y se sube las gafas sin mirarme—. Lo entiendo.

—Neil —empiezo, pero las palabras se me vuelven a enredar detrás de los dientes. Si insistiera en firmarle el anuario, ¿qué escribiría?

¿Que él también ha sido un oponente formidable? ¿Un puto «Ten un buen verano», como una aficionada? Lo haré si es lo que quiere. Cualquier cosa con tal de que esto sea menos incómodo, de restablecer la armonía entre nosotros.

—Rowan. No pasa nada. De verdad. —Se levanta y se limpia el polvo de sus pantalones de traje demasiado cortos—. Nos vemos en la graduación. Yo seré el que dé el discurso después de ti.

El hecho de que use mi verdadero nombre me sobresalta, me acelera el corazón a un ritmo extraño. En su voz, *Rowan* suena suave. Inseguro.

Supongo que es una de las últimas veces que lo oiré.

Conversación de texto entre Rowan Roth y Neil McNair
Febrero de noveno curso

NÚMERO DESCONOCIDO
Este es el número de Neil McNair.

me encantan los trabajos en grupo diseñados para que dos personas obtengan la misma nota aunque *claramente* uno de ellos haga más trabajo que el otro

NÚMERO DESCONOCIDO
Hola, Rowan.

mira, vamos a quedar en la biblioteca después de clase para terminar con esto

NÚMERO DESCONOCIDO
¿Junto a la sección infinitamente inferior de literatura con hombres sin camiseta en la cubierta o cerca de los libros de verdad?

Contacto guardado como McPesadilla.

11:14

El pan *naan* de ajo me levanta el ánimo como solo el pan sabe hacerlo.

—¿Seguro que estás bien? —pregunta Mara por décima vez.

Asiento con la cabeza, pasando un trozo de *naan* por el *chutney* de tamarindo.

Como parece que no me cree, continúa.

—Debería ser un día emocionante. Centrémonos en lo positivo. Nos graduamos, el Aullido empieza pronto...

—Esta samosa existe —termina Kirby al tiempo que alza una—. Voy a volver a por más.

Pero los ojos azul pálido de Mara no se apartan de los míos. Se inclina sobre la mesa y me roza la muñeca con la punta de los dedos.

—Rowan...

—Supongo que me cuesta aceptar que todo esto ha terminado —consigo decir.

—No es como si no tuviéramos todo un verano por delante. No se ha *acabado*, acabado. Y ser *salutatorian** en una clase con quinientos estudiantes es un logro increíble.

No sé cómo explicarlo. No se trata del *valedictorian* o del hecho de que, como *salutatorian*, tendré que presentar a McNair como parte de mi discurso. Se trata de todo lo que representa ser *valedictorian*, un

---

* N. de la T.: En el sistema educativo estadounidense, *salutatorian* es el alumno o alumna que ha obtenido las segundas mejores notas de su promoción y que, en la ceremonia de graduación, se encarga de dar el discurso antes que el *valedictorian*.

montón de cosas que no estoy segura de estar preparada para decir en voz alta. Ni siquiera en mi cabeza parecen reales del todo. Lo que dijo McNair sobre aparecer en clase el lunes... se me ha quedado clavado dentro. Ya no habrá más lunes de instituto. No más días de espíritu escolar ni reuniones del consejo estudiantil. No más alarmas a las 05:55 ni mensajes de McPesadilla que me despiertan antes. Y no es que vaya a echar de menos los mensajes en concreto; es solamente que formaban parte de toda mi experiencia en el instituto.

La conclusión es la siguiente: cada vez que me imaginaba el día de hoy, me sentía muchísimo mejor que ahora.

Kirby vuelve a la mesa con samosas y un cambio de tema bienvenido.

—No me creo que por fin vayamos a jugar al Aullido.

—Llevo años preparada —dice Mara con una sonrisa socarrona. Le saca una foto al plato de comida de Kirby.

—¿Vamos a ver a la Mara Competitiva? —inquiere Kirby, y Mara pone los ojos en blanco—. Me aterroriza, pero la quiero.

Mientras que yo soy competitiva en el ámbito académico, Mara es despiadada cuando se trata de deportes y juegos. Como es dulce y pequeña, no te lo esperas para nada. El año pasado jugamos una partida de Ticket to Ride que duró tres horas y dejó a Kirby al borde de las lágrimas.

—Yo solo quiero ver cómo pierde McNair. Preferiblemente antes de que lo haga yo —intervengo, sorprendida por lo mucho que me anima eso. Le doy un sorbo al *lassi* de mango. Sabe más dulce que hace unos minutos.

Una idea empieza a tomar forma. Todavía queda el Aullido, lo que significa que todavía hay una forma de vencer a McNair. Es una batalla más entre nosotros dos, bueno, y el resto del instituto, pero si los últimos cuatro años han sido una indicación de algo, es que nunca han tenido ninguna oportunidad. Solo sobrevivir más tiempo que él no bastará.

—Voy a echar de menos odiarlo el año que viene —digo mientras mis engranajes mentales se ponen a funcionar a toda marcha. Si derroto a McNair, habré logrado algo de la guía para triunfar, posiblemente el *algo* más importante y grande. Un diez perfecto.

Kirby y Mara intercambian una mirada.

—¿No os mandáis mensajes de buenos días todos los días? —pregunta Mara, tentativa.

—Nos deseamos un día de mierda —explico, porque imagino que es fácil incluso para mis mejores amigas malinterpretar la relación que tengo (¿tenía?) con mi rival—. Es diferente.

—¿Vas a echar de menos que te desee un día de mierda? —inquiere Kirby, y niega con la cabeza—. Estos heteros, de verdad. —Se mete un mechón de pelo en la corona de trenzas—. Si para esta noche estamos todas muertas, deberíamos hacer una fiesta de pijamas. Hace un siglo.

—Sin duda —coincide Mara. Solíamos hacer una fiesta de pijamas el último día de clase. De hecho, hubo una época en la que nos quedábamos a dormir en casa de una de nosotras una vez al mes antes de caer ante el estrés del último curso.

—Yo... mmm... —balbuceo, porque esta noche es la firma de Delilah.

Puedo ir a la firma y, aun así, superar a McNair, pero si el Aullido no ha terminado para entonces, tendré que escabullirme. Si bien es cierto que no me preocupa ver allí a ninguno de mis competidores, no sé si podré explicarles a Kirby y a Mara lo de la firma. No puedo contarles las ganas que tengo de ver el sello de goma característico de Delilah, el que está hecho con un molde de sus labios y que presiona sobre tinta carmesí para que parezca que ha besado todos los libros.

La fantasía: mis amigas adoran los libros de Delilah Park tanto como yo.

La realidad: mis amigas piensan que mis libros favoritos son una basura.

Una vez, en el centro comercial, pasamos por delante de un expositor de novelas románticas y Mara se mofó de él. La forma en la que las despedazó con un único sonido hizo que sintiera vergüenza de haber leído todos los libros que había en ese expositor. En otra ocasión, Kirby se fijó en las novelas románticas de mi estantería. «Son de mi madre», mentí. Kirby procedió a sacarlas una a una y a reírse de los títulos. Se me encendió la cara y no supe cómo pedirle que parara.

Érase una vez un chico: ese me distrajo en la sala de espera del hospital en noveno cuando tuvieron que hacerle una apendicectomía de urgencia a mi padre.

Suerte en la lujuria: ese hizo que me diera cuenta de que las mujeres podían dar el primer paso en una relación.

El sucio secreto del duque: bueno, ese simplemente me hizo *feliz*.

—¿Veamos cómo va el Aullido? —termino.

Suena la campana que hay en la puerta del restaurante y miro en esa dirección por instinto, y no me esperaba ver a los tres mejores amigos de McNair: Adrian Quinlan, Sean Yee y Cyrus Grant-Hayes, presidentes del club de ajedrez, el club de robótica y la Sociedad de Apreciación del Anime, respectivamente. Veo que McNair no está, lo que hace que salten las alarmas de inmediato.

«Solía ir a clase con estos chicos», pienso, porque después de hoy, será verdad. Seattle estará llenos de «solía».

—Voy a por más comida —digo, y empujo la silla y me coloco en la cola del bufé detrás de ellos.

—¿Qué hay, Rowan? —dice Adrian mientras se echa arroz basmati en el plato.

—Hola, Adrian. ¿Dónde está McNair? —pregunto con la mayor casualidad que me es posible.

Por separado, sus amigos son seres humanos decentes. Como grupo, lo han ayudado en la guerra Roth-McNair en varias ocasiones. Hubo una vez que se alió con ellos en el consejo estudiantil para inclinar la votación a su favor y, una vez que lo consiguieron, lo dejaron al momento. También hubo una vez que se unieron para alterar cómo se iba a puntuar un examen de cálculo. Sin embargo, la mayoría de las veces se limitan a negar con la cabeza y a sonreír como si fuéramos un programa que no les interesa demasiado, pero que los entretiene lo suficiente como para seguir viéndolo.

Cyrus va a por el *saag paneer*.

—¿Ya echas de menos a tu otra mitad?

La pregunta me desconcierta. «Otra mitad». Siempre he odiado que me emparejaran con McNair, pero la forma en la que lo dice Cyrus tiene algo que hace que lo odie menos de lo normal. Casi como si no fuera necesariamente algo malo.

—¿Echarlo de menos? Solo quiero asegurarme de que esté listo para el Aullido. No lo echo de menos. Lo he visto hace un par de horas —respondo, forzando una carcajada ante lo ridícula que es la sugerencia de Cyrus—. Y lo más probable es que vuelva a verlo dentro de una hora. Claro que no lo echo de menos.

—Tranquila —dice Adrian—. No está aquí. Ha habido una emergencia y ha tenido que recoger a su hermana del colegio.

—Oh. —«¿Una emergencia?»—. ¿Va todo... bien?

Debería haberme aguantado y haberle firmado el anuario. Hemos intercambiado muchas burlas a lo largo de los años y, aun así, solo ahora he conseguido herirlo con dos palabras. La versión de McNair del pasillo parecía extrañamente vulnerable, una palabra que nunca he asociado con él simplemente porque nunca ha mostrado vulnerabilidad alguna. Ninguna grieta en su armadura.

Sean se encoge de hombros al tiempo que añade un par de samosas a su plato.

—No ha dicho mucho al respecto. No habla mucho sobre su vida personal.

—Ahora que lo pienso, no recuerdo la última vez que estuve en su casa —indica Cyrus.

Adrian le lanza una mirada mordaz que no consigo interpretar.

—No suele invitar a gente.

Evalúo lo que sé sobre la vida personal de McNair. Debe de vivir cerca de Westview, pero no estoy segura de dónde. Es evidente que tiene una hermana, pero hasta que Adrian lo ha dicho, habría supuesto que era hijo único, como yo, porque nunca ha mencionado a ningún hermano o hermana. «No habla mucho sobre su vida personal». ¿Qué podría ser tan, en fin, *personal*, como para no compartirlo con sus amigos?

Incluso ante esta emergencia, me es imposible imaginar a McNair en otro papel que no sea el de Rival con R mayúscula.

—Pero aun así va a jugar, ¿no? —pregunto.

—Sí, sí. —Sean se aparta el pelo negro de los ojos. Está formando esa onda que siempre me ha parecido bonita. El pelo de McNair nunca podría conseguir esa caída natural—. Dijo que no se lo perdería.

Eso me ayuda a relajarme. La emergencia no puede haber sido tan grave. No dejaré que me distraiga de mi nuevo objetivo, el que me llena de una ráfaga de confianza familiar.

Voy a destruir a McNair por última vez.

Puede que entonces vuelva a sentirme yo misma.

AULLIDO: Reglas oficiales del juego
Propiedad de la clase de undécimo del Instituto Westview

<u>ALTO SECRETO.</u>
<u>NO COMPARTIR.</u>
<u>NO DUPLICAR.</u>
<u>NO DEJAR SIN SUPERVISIÓN</u>
<u>EN EL ORDENADOR MIENTRAS VAS A POR</u>
<u>UN PRETZEL DE QUESO A LA TIENDA DE ESTUDIANTES</u>
<u>AUNQUE ESTÉS «BASTANTE SEGURO» DE QUE LO HAS</u>
<u>GUARDADO.</u>
<u>(ESO VA POR TI, JEFF).</u>

El AULLIDO es una búsqueda del tesoro por toda la ciudad con una peculiaridad: estás siendo cazado por tus compañeros y compañeras de clase.

OBJETIVOS
1. Encuentra y hazles una foto a quince pistas de la búsqueda del tesoro que están repartidas por la ciudad.
2. Enviáselas a la clase de undécimo para que la verifiquen.
3. No mueras.

Al principio del juego, se te proporcionará el nombre de tu primer objetivo. Solo puedes eliminar a tu objetivo quitándole el brazalete azul. Una vez que has eliminado a tu objetivo, te quedarás con su objetivo.

Cualquiera que haga uso de armas reales será inmediatamente descalificado y denunciado a la policía.

Una vez que hayas encontrado las quince pistas, debes ser la primera persona que vuelva al gimnasio de Westview para ganar.

<u>GRAN PREMIO: 5000 dólares</u>
<u>BUENA SUERTE... LA NECESITARÁS.</u>

11:52

Para cuando llegamos al campo de fútbol, casi toda la clase de último año está aquí. Kirby y Mara se acercan a sus compañeros de baile para hacerse unas *selfies* e intercambiar anuarios. Por fin empieza a hacer calor, así que me quito la chaqueta y la meto en la mochila. Me siento mucho mejor ahora que tengo un plan. Destruir a McNair. Recuperar la confianza. Conocer a Delilah y esperar que me adore.

Tal y como me aseguraron sus amigos, McNair está aquí, de pie junto a las gradas y rebuscando en su mochila. El sol reflejado en su pelo de fuego es todo un peligro para los ojos. Si lo miro directamente, lo más probable es que me fría las córneas. Eclipse total de McNair. Me llevo una mano a la frente y desvío la mirada hacia abajo. Se ha puesto una camiseta negra con una frase en latín garabateada, y sus vaqueros oscuros tienen un agujero en una rodilla. Debajo de ellos: unas Adidas desgastadas con los extremos de los cordones mordisqueados y deshilachados. Me pregunto si tendrá perro. Por una vez, parece un adolescente, no un abogado fiscalista ni un subdirector de instituto.

La camiseta es el verdadero misterio. Por lo general lleva jerséis o camisas de botones, alguna chaqueta de abuelo con coderas. Hasta donde yo sé, ese es su uniforme de verano; solo estamos juntos los nueve meses que dura el curso. Las pecas que recorren sus pálidos brazos desaparecen bajo las mangas, y creo que tiene *bíceps*. En la clase de gimnasia de décimo era una cosita escuálida con ramitas por brazos que le asomaban por la camiseta de gimnasia de Westview que no le quedaba bien a nadie. Esta camiseta, sin embargo... definitivamente le queda bien.

—¿Estás bien, R2?

Parpadeo. Se ha girado hacia mí, con las cejas levantadas y una media sonrisa en los labios.

—¿Qué?

—Estás bizca —dice.

No estoy segura de lo que está insinuando, pero no lo estaba mirando fijamente. Simplemente estaba en mi campo de visión con un aspecto distinto al habitual. Era normal que mi mirada se detuviera en él.

Me pongo más recta y señalo su camiseta y sus vaqueros.

—¿Ropa informal? ¿El robot que controla tu cuerpo se ha sobrecalentado con el traje?

—Qué va, hemos dominado la regulación de la temperatura. Hoy en día no merece la pena tener un robot sin esa capacidad.

—Y yo que estaba deseando verte correr por Seattle con tres metros cúbicos de poliéster. —Es un alivio hablar así después del desastre del anuario.

Cruza los brazos sobre el pecho, como si se sintiera cohibido por lo mucho que está mostrando de sí mismo. Eso hace que sus brazos parezcan todavía más musculosos. Dios, ¿levanta pesas? ¿Cómo, si no, podría conseguir esa definición?

—No me insultes —dice—. Ese traje es una mezcla de algodón y lana.

Nos hemos acercado lo suficiente como para que pueda leer la frase en latín que tiene sobre el pecho: QUIDQUID LATINE DICTUM, ALTUM VIDETUR. Seguro que está deseando que alguien le pregunte qué significa. Mi intención es buscarlo más tarde en Google.

Cierra la cremallera de la mochila y se la pasa por encima de un hombro. Lleva un pin, una cesta con corgis de esmalte brillante y las palabras ¡CACHORROS GRATIS! Yo tampoco tengo ni idea de lo que significa, solo sé que estoy segura al 98 % de que no dirige una operación clandestina de cría de perros.

—¿Va todo...? —Hago un gesto con la mano para indicar la palabra «bien», insegura de si terminar la frase indicaría una cercanía que nunca hemos tenido.

—¿Curvado? —pregunta. Se da golpecitos en la barbilla—. ¿Torcido? Mis habilidades para la mímica están un poco oxidadas. ¿Cuántas sílabas tiene?

—No, m-me he encontrado con tus amigos en el almuerzo. Me han dicho que habías tenido una emergencia.

Las puntas de sus orejas se vuelven escarlatas.

—Oh. No. Quiero decir, sí, pero ya está todo bien.

—Bien —digo rápidamente, porque si sus amigos no saben mucho de su vida personal, yo sé menos todavía. Siempre me he imaginado que hace los deberes en traje, que cena en traje y que duerme en traje. Luego se despierta y vuelve a hacerlo todo. Esta camiseta y la revelación sobre sus brazos han hecho agujeros en mis McTeorías—. Porque no era grave, quiero decir. Me alegro de que vayas a jugar. Así no tengo que sentirme mal cuando te gane.

—¿Aunque no te dignes a firmarme el anuario? —lo dice alzando las cejas, como si supiera exactamente lo mal que me siento al respecto.

Ahora me toca a mí sonrojarme. Si tuviera el flequillo más largo, podría esconderme detrás.

—No estaba... Quiero decir...

Levanta una mano para indicar que no pasa nada, aunque su comentario me inquieta.

—Voy a buscar al resto del Cuad.

McNair y sus amigos se llaman a sí mismos el Cuadrilátero, abreviado como Cuad, y sí, es lo más friki que he oído en mi vida. Sin embargo, hace que lo que dijeron sobre su vida personal sea todavía más extraño. Casi como si el Cuad fuera más un triángulo con un apéndice extra que cuelga de él. Ellos también se van a separar el año que viene: Neil a la Universidad de Nueva York, Adrian a la Universidad de California, Cyrus a Western y Sean a la Universidad de Washington.

Kirby y Mara se acercan a mí. Mara frunce el ceño mirando el móvil.

—Son las 12:02. ¿Seguro que estamos en el lugar correcto?

—Es poco probable que nos hayamos equivocado los trescientos —responde Kirby.

Pasan varios minutos más y una energía nerviosa recorre la multitud. No puedo evitar preguntarme si alguno de los de undécimo habrá cometido un error. El juego es diferente cada año; los de undécimo se pasan la mayor parte del último trimestre en el consejo estudiantil planeándolo. A pesar de todas nuestras discusiones entre bastidores, McNair y yo realizamos un Aullido impecable el año pasado. Nuestras pistas, cuando se conectaban en un mapa, formaban la silueta de un lobo.

—Decía «mediodía en punto» —grita Justin Banks.

—¿Se han olvidado de nosotros? —pregunta Iris Zhou.

Desde unos metros de distancia, los ojos de McNair se clavan en los míos, haciendo una pregunta silenciosa: «¿Deberíamos hacer algo?». Y no estoy del todo segura. Ya no somos presidentes, pero estamos acostumbrados a tomar la iniciativa...

—Esto es una mierda —dice Justin—. Me piro.

Mientras sale del campo, casi trescientos móviles vibran y suenan a la vez. Un mensaje de un número desconocido.

BIENVENIDOS Y BIENVENIDAS, MANADA DE DUODÉCIMO

¿Sorprendidos? Acabamos de empezar. Solo los primeros 50 jugadores que consigan llegar a nuestra localización secreta permanecerán en el juego.

Aquí tenéis el acertijo:

2001

1968

70

2,5

—2001, 2001... —dice Kirby—. Eso fue antes de que naciéramos. ¿Qué pasó en 2001? Además de una elección de ropa cuestionable.

No está prohibido buscar en Google, pero las pistas siempre están diseñadas para que sea difícil encontrarlas en Internet.

—¡Oh! —exclama Mara—. A lo mejor es una referencia a esa película antigua. *2001: Odisea en el espacio.*

—Dilo un poco más alto —contesta Kirby.

—Perdón. Me he emocionado.

Decidimos ir a mi coche, ya que soy la única de las tres que va a clase conduciendo. Kirby y Mara viven lo suficientemente cerca como para ir andando. El resto de los estudiantes parece tener la misma idea. La mayoría se divide en grupos, y algunos corren hacia el aparcamiento mientras que otros hacia el autobús.

—Creo que Mara tiene razón en cuanto a la película —digo mientras nuestros zapatos golpean el cemento, deseando que mi navegador del móvil fuese más rápido—. La vi con mi padre hace un tiempo. O, mejor dicho, él la vio y yo me quedé dormida. Y... ¡salió en 1968!

—Tiene que haber alguna relación con Seattle —señala Kirby—. A lo mejor se grabó aquí... Nop, según Wikipedia fue en Inglaterra.

—¿Llevas tres años yendo a clases avanzadas y todavía usas Wikipedia? —Mara suena horrorizada. Antes de que Kirby pueda defenderse, llegamos a mi Accord y a su parachoques delantero destrozado—. ¡Rowan! Madre mía, tu pobre coche.

—Todavía funciona —respondo, un poco avergonzada—. Entrad.

—Si tiene que ver con el cine, a lo mejor «setenta» se refiere a las películas de 70 mm —señala Mara, que se sube a la parte trasera después de que Kirby se apodere del asiento del copiloto—. ¿Hay algún cine en Seattle que todavía proyecte pelis de 70 mm?

—Yo diría que Cinerama —aventuro. Es uno de los cines más antiguos de Seattle. Más búsquedas frenéticas en Google—. Un momento... ¡Aquí! —Giro el móvil para enseñárselo, llena de la adrenalina que acompaña a la sensación de estar bastante segura de que tienes la respuesta correcta a un problema—. Cinerama proyectó la película en 70 mm durante dos años y medio.

—¡A Cinerama! —exclama Kirby, golpeando el salpicadero.

Mientras recorremos la ciudad, Kirby curiosea mi música, ignorando abiertamente la regla no escrita que establece que es elección de quien conduce.

—Sabía que el Aullido arreglaría las cosas. Ya estás bastante más animada —comenta Mara. Apoya la cabeza en la ventana—. ¿Se moriría Seattle si nos diera más de diez minutos de sol?

Las nubes han vuelto a desplazarse, y el cielo es de un gris calmado.

—Ya sabes lo que dicen —responde Kirby sin dejar de mirar mis listas de canciones—. En Seattle no empieza el verano hasta después del Cuatro de Julio. ¿Por qué tienes a Electric Light Orchestra aquí?

Intento quitarle el móvil, pero lo pone lejos de mi alcance.

—Porque *Don't Bring Me Down* es un clásico.

—Igual hasta nos llueve en Lake Chelan —dice Mara.

Kirby se queda quieta y gira la cabeza para mirar a Mara.

—¿Qué pasa en Lake Chelan? —Salgo de la 99 North y entro en Denny Way, tras lo que aterrizo en medio de la hora punta para almorzar del centro de Seattle.

Una pausa. Kirby se dedica a quitar pegatinas viejas de aparcamiento de la ventanilla.

—Mierda —murmura Mara.

—Íbamos a contártelo —afirma Kirby—. Los padres de Mara van a Lake Chelan por el Cuatro de Julio y me han invitado para que vaya con ellos.

—Te han invitado —repito, y el estómago me da un vuelco—. Solo a ti.

—Sí.

—¿El fin de semana?

—Eh... dos semanas.

Dos semanas enteras. Tampoco es que siempre hayamos pasado cada día del verano juntas. Cada dos años, la familia de Kirby visita a sus familiares en Camboya y, en dos ocasiones, Mara fue a un campamento de danza en Nueva York. No obstante, este verano es el último juntas, y pensaba que eso significado algo.

Lo tenía todo planeado en mi cabeza. La arena entre los dedos de los pies en Alki y Golden Gardens, retarnos la una a la otra a tocar la fuente del Seattle Center como si tuviéramos doce años, hamburguesas de seta portobello en Plum Bistro, pasteles de chocolate fundido en Hot Cakes, rollos de canela en Dos Pájaros Un Trigo...

—Podemos ir al Bumbershoot juntas —dice Mara con suavidad.

Agarro el volante con más fuerza.

—No puedo ir al Bumbershoot. Me voy a Boston a finales de agosto.

—Oh.

—Es solo que... teníamos todos estos planes.

—En realidad, no hemos hablado de ellos —contesta Kirby a medida que el tráfico avanza.

Abro la boca para insistir en que pues claro que lo hemos hablado, pero, en realidad, no lo recuerdo. Tuvimos las pruebas de las clases avanzadas y los preparativos de la graduación y los exámenes finales, y ahora está *aquí*, nuestro último día a las puertas de nuestro último verano, y estoy perdiendo a mis mejores amigas mucho antes de lo que pensaba.

«3. ¡Quedar con Kirby y Mara CADA FINDE!».

—¡Un sitio para aparcar! —grita Mara, y luego se lleva una mano a la boca como si su arrebato le hubiera sorprendido—. En plan, hay un sitio para aparcar que está bien. Justo ahí.

En silencio, estaciono.

El cine ocupa casi una manzana entera, a pesar de tener solo una pantalla enorme, y en el vestíbulo se exhiben disfraces de varias franquicias cinematográficas. Pero lo que más me gusta de Cinerama siempre ha sido...

—Palomitas de chocolate —dice Mara, todavía intentando hacer de mediadora—. ¿Te apetecen unas, Rowan?

Niego con la cabeza, rechazándolas posiblemente por primera vez en mi vida.

Nisha Deshpande y Olivia Sweeney, alumnas de undécimo del consejo estudiantil, están esperando en la entrada de la sala.

—¡Rowan, hola! —saluda Nisha mientras escribe mi nombre en su carpeta sujetapapeles—. Me alegro mucho de que lo hayas conseguido.

«Club de fans», articula Kirby, moviendo los labios en silencio.

Estamos entre las primeras diez personas en llegar. Con la excepción de algunas conversaciones en voz baja, la sala está en silencio. Nos sentamos en tres asientos que están cerca el uno del otro y que dan al pasillo para poder escapar con facilidad.

Y, acto seguido, esperamos.

En su mayor parte, nuestros compañeros de clase aparecen en grupos pequeños, aunque de vez en cuando llegan solos, y me agacho en el asiento cuando Spencer sube por el pasillo. Veo el pelo de McNair (una baliza, como siempre), y me recorre una mezcla de alivio y orgullo. Lo ha conseguido, pero le he ganado.

Son casi las doce y media cuando llega la última persona.

—¡Cincuenta, el número de la suerte! —grita Brady Becker mientras echa abajo el pasillo con la mano extendida. Algunas personas estiran el brazo para chocarle los cinco.

En el momento en el que se sienta en la segunda fila, la puerta de la sala se cierra con un silbido y las luces se apagan por completo.

12:26

Empieza a reproducirse una película. BIENVENIDOS Y BIENVENIDAS, dice un título en letras blancas sobre un fondo negro. HABÉIS SUPERADO LA PRIMERA PRUEBA.

Los de undécimo han recreado una película muda con fotogramas en blanco y negro intercalados con diálogos escritos y una pieza de *jazz*. Representan el juego y demuestran tanto cómo hay que matar correctamente como la conducta antideportiva, incluida una secuencia de persecución que termina con un jugador zambulléndose en el Green Lake.

—¡Luces! —grita alguien cuando termina, pero la sala sigue a oscuras—. *Luces* —vuelve a decir con más fuerza.

A medida que mis ojos se reajustan, sube al escenario un grupo de estudiantes de undécimo del consejo estudiantil: la nueva presidenta Logan Perez y el nuevo vicepresidente Matt Schreiber, además de Nisha y Olivia. Todos llevan puesta una camiseta azul, aunque Nisha y Olivia van cargadas de carpetas, papeles y cajas llenas de brazaletes. Está claro que son las subordinadas de la operación.

—¡Felicidades, promoción del 2020! —grita Logan con una voz tan controlada que no necesita micrófono. Ya ha llevado a Westview a dos campeonatos de baloncesto, y lo más probable es que lo vuelva a hacer en su último año, aunque yo no estaré para verlo—. Todos estáis oficialmente jugando al Aullido.

El público grita y es imposible no emocionarse. El año pasado, me morí de ganas de que llegara mi turno. No has acabado el Instituto

Westview hasta que no juegas al Aullido. Ahora mismo, me estoy aferrando a eso con bastante fuerza.

—Por lo que sabéis, *todo el mundo* es un enemigo —continúa Logan al tiempo que se pasea por el escenario—. Vuestro mejor amigo, vuestra mejor amiga, vuestro novio, vuestra novia. No confiéis en nadie.

Mara y Kirby intercambian una mirada preocupada al tiempo que Matt se hace con el micrófono.

—La estructura básica del juego es la misma que la de los años anteriores —explica—. Antes de salir de esta sala, recibiréis un brazalete azul y un papelito con el nombre de vuestro objetivo. Para matar, tenéis que quitarle el brazalete a vuestro objetivo. Entonces, su objetivo se convertirá en el vuestro, así que *no perdáis el papelito.* —Se pone una mano junto a la oreja—. ¿Qué he dicho?

—No perdáis el papelito —repite el auditorio, y nos hace un gesto con el pulgar hacia arriba.

—También tenéis que mandarnos un mensaje cuando matéis a alguien para que podamos hacer un seguimiento —añade Logan—. Todos tenéis el número de antes.

—Pero, Logan —interviene Matt—, ¿cómo se gana?

—Muy buena pregunta, Matt. Recibiréis las quince pistas de la búsqueda del tesoro en cuanto salgáis de esta sala. Tendréis que reunir pruebas fotográficas de cada pista. Algunas de ellas pueden referirse a lugares muy concretos, mientras que otras son más generales. Podéis conseguirlas en cualquier orden, pero tened en cuenta que puede haber mucha gente en esos lugares concretos, gente que podría estar persiguiéndoos. Vosotros nos enviáis las fotos y nosotros las verificamos. Aunque podéis compartir las fotos con vuestros amigos a vuestra entera discreción, las someteremos a una búsqueda inversa de imágenes para asegurarnos de que no estáis haciendo trampa.

—Para ganar, tenéis que ser la primera persona con las quince pistas que consiga volver al gimnasio de Westview. El juego terminará una hora antes de la graduación del domingo si no ha ganado nadie.

—Entonces, ¿lo que estás diciendo es que el juego dura toda la noche? —inquiere Matt—. ¿Y mañana también?

Logan asiente.

—¡Así es! Y todos habéis recaudado un montón de dinero este año, así que os tenemos reservado un juego muy emocionante. —Logan hace una pausa dramática y sonríe—. El gran premio son cinco mil dólares.

Un silbido bajo recorre la multitud. Cinco mil dólares... es más del doble del premio que dimos el año pasado. Cubriría la matrícula del primer año que no han cubierto mis becas.

Podría comprarme muchísimos libros.

—Vale, vale —dice Logan, levantando una mano para recuperar el control—. ¿Hablamos de las zonas seguras, Matt?

—¡Hablemos de las zonas seguras, Logan!

He de admirar cómo lo han coreografiado, lo bien que trabajan juntos. Siempre han sido amigos, se han asociado en proyectos de liderazgo y, tal y como demuestra su victoria aplastante, gozan de la simpatía universal del alumnado. Lo más probable es que sea un consejo estudiantil mucho más pacífico.

—A lo largo del día, recibiréis mensajes con instrucciones para reuniros en ciertas zonas seguras, y presentarse en dichas zonas seguras *será* obligatorio. Queremos asegurarnos de que no os estáis limitando a esconderos en algún sitio, pero también queremos daros la oportunidad de descansar y pasar tiempo con vuestros amigos. También podéis pasar el rato en la zona segura si os matan. ¡Es vuestro último día! ¡La última vez que vais a ver a toda esta gente! Queremos que os divirtáis con ellos...

—Cuando no estéis intentando asesinarlos —termina Matt—. ¿Alguna pregunta?

Una mano pecosa se eleva en el aire.

—¿Debemos suponer que tenemos limitaciones geográficas? —pregunta McNair a su manera excesivamente formal.

Logan lo señala.

—Sí. Buena pregunta. No más al norte que la calle Ochenta y Cinco, no más al sur que Yesler, no más al este que el lago Washington y no más al oeste que el estrecho de Puget.

Responden a algunas preguntas más: «¿Qué pasa si pierdes el brazalete?» (No lo pierdas), «¿Se pueden duplicar las fotos?» (No: una pista, un sitio). Los mensajes nos mantendrán informados de cómo va la clasificación del juego.

—No os vamos a robar más tiempo —dice Logan—. Nisha tiene los brazaletes y Olivia tiene vuestros objetivos. Aseguraos de recoger uno de cada. Debéis ataros el brazalete dándoos una sola vuelta, nada de hacer un nudo. Y, obviamente, no dejéis que nadie vea el nombre que lleváis. Sabemos que algunos decidiréis trabajar juntos en la búsqueda del tesoro, pero tened cuidado. Nunca se sabe si alguien sacrificará vuestra amistad para ganar una gran cantidad de dinero.

Eso es lo que ocurrió el año pasado: dos mejores amigas trabajaron juntas durante toda la búsqueda del tesoro y, al final, una de ellas mató a la otra, que había sido su objetivo.

—Tenéis cinco minutos antes de que haya una diana en vuestra espalda —añade Logan—. Lo mismo con las zonas seguras: cinco minutos de seguridad antes de que vuestros enemigos sean libres de acabar con vosotros.

—¡Buena suerte, Manada! —exclama Matt, y la sala estalla en un fuerte y ansioso aullido antes de ponernos de pie de un salto y correr hacia las puertas de la sala.

En el vestíbulo, Nisha me ata el pañuelo azul alrededor del brazo.

—Buena suerte —me susurra mientras Olivia me entrega el papelito.

Se me revuelve el estómago cuando veo mi primer objetivo: *Spencer Sugiyama.*

Fuera del cine, todo el mundo se separa en diferentes direcciones, algunos en grupos; otros, solos. La lista de pistas es desalentadora. Un puñado de ellas son obvias, pero al menos un par me tienen confundida.

Kirby, Mara y yo nos quedamos en la entrada de Cinerama que da a la calle Lenora. Ahora que volvemos a estar solas, la conversación del coche parece una barrera física entre nosotras.

—Nuestros cinco minutos están a punto de terminar —comento, mirando fijamente el móvil antes de volvérmelo a meter en el bolsillo del vestido.

—Ya. —Kirby araña la acera con la sandalia—. Y cualquiera de nosotras podría tener a la otra.

Hago un cálculo mental rápido.

—Hay un dos por ciento de probabilidades.

—Nada de matemáticas. Se acabaron las clases —contesta Kirby con un gemido—. Yo os lo diría si os tuviera.

—¿En serio? Porque yo no. —Mara se acomoda un mechón de pelo rubio detrás de la oreja mientras esboza una sonrisa inocente.

—¡Dios mío, no me fío de ninguna de las dos! —dice Kirby cuando yo tampoco me ofrezco como voluntaria a desvelar mi objetivo.

Hay una tirantez que nunca antes había estado presente en nuestras interacciones. Me tiro del flequillo, mi eterno hábito nervioso. La calle está llena de gente que se dirige a sus oficinas después de comer. Me suena el móvil.

—Ya han pasado cinco minutos —indico en voz baja, sin saber qué hacer a partir de ahora. Literal y figuradamente—. Supongo que deberíamos dividirnos hasta la primera zona segura.

No pensé que nos fuéramos a convertir en enemigas en el Aullido tan rápido, pero necesito algo de tiempo a solas para averiguar cómo me siento con respecto a toda esta situación.

Mara asiente, y su boca amenaza con esbozar una sonrisa retorcida. Modo competitivo.

—Si es que duráis tanto.

Ya se han disculpado. No deberían sentirse mal por querer irse de vacaciones juntas. La cosa es que no me lo han contado. Van a tener todo el año para estar juntas, mientras que mis días con ellas están, literalmente, contados en el calendario que tengo en mi habitación, donde la fecha en la que me mudo a Boston a finales de agosto está marcada en rojo.

—Buena suerte —dice Kirby. Mara se pone de puntillas para darle un beso a Kirby y se aprietan las manos, un pequeño gesto que comunica una cosa: *Te quiero*.

—Nos vemos en la zona segura —respondo.

Acto seguido, respiro hondo, me aprieto el brazalete y empiezo a correr.

PISTAS DEL AULLIDO

- ☽ Un sitio en el que puedes comprar el primer disco de Nirvana.
- ☽ Un sitio que es rojo desde el suelo hasta el techo.
- ☽ Un sitio en el que podéis encontrar quirópteros.
- ☽ Un paso de cebras arcoíris.
- ☽ Un helado apto para Pie Grande.
- ☽ El grandullón que hay en el centro del universo.
- ☽ Algo local, orgánico y sostenible.
- ☽ Un disquete.
- ☽ Un vaso de café con el nombre de alguien (o tu propio nombre muy mal escrito).
- ☽ Un coche con una multa por mal estacionamiento.
- ☽ Unas vistas desde las alturas.
- ☽ La mejor pizza de la ciudad (tú eliges).
- ☽ Un turista haciendo algo que a un local le daría vergüenza hacer.
- ☽ Un paraguas (todos sabemos que los que de verdad son de Seattle no los usan).
- ☽ Un tributo al misterioso señor Cooper.

12:57

Pocos segundos después, dejo de correr. Seattle tiene demasiadas cuestas.

No es que no me guste hacer ejercicio. Es solo que está mal visto leer libros en el campo de fútbol... que es lo que hacía cuando tenía once años y mis padres me metieron en un equipo llamado los Geoducks. Me metía un libro de bolsillo en la cintura y, cuando el balón estaba en el otro lado del campo, lo sacaba para leer. Siempre lo guardaba antes de que el otro equipo se dirigiera hacia nosotros, pero no hace falta que diga que fue mi primera y última temporada de fútbol.

Vuelvo a mirar las pistas para evaluar lo que hay en mis inmediaciones. Si voy a la cafetería de enfrente, podría recoger la taza con el nombre de otra persona e idear una estrategia para el resto. Es probable que la mayoría de la gente se haya aventurado mucho más lejos, así que aquí estoy a salvo.

En la cafetería suena música folk con voces femeninas, e inhalo el aroma a chocolate y granos de café. Mi concepción de un «Escritor De Verdad» es la de alguien que frecuenta cafeterías, lleva jerséis gruesos y dice cosas como: «No puedo, la fecha de entrega está cerca». La mayor parte de mi momento de escritura tiene lugar por la noche, sentada en la cama con el portátil calentándome los muslos.

—Riley —le digo al camarero cuando pido mi segundo café con leche del día. Después de recogerlo, escojo una mesa y miro el Twitter de Delilah en lugar de la lista de pistas del Aullido.

Delilah Park @delilahdeberiaestarescribiendo

¡Voy a por ti, Seattle! ¿Y no está lloviendo? Me siento traicionada. #GiraEscándaloAlAtardecer

He ensayado cientos de veces cómo decirle lo que significan para mí las novelas románticas y, aun así, temo que se me trabe la lengua. Encontré el primero, de Nora Roberts, en un mercadillo de segunda mano cuando tenía diez años y era demasiado joven como para entender lo que realmente ocurría en algunas escenas. Después de devorar todo lo que me recomendó la bibliotecaria del colegio, quería algo un poco más adulto. Y esto... sin duda lo era.

Mis padres me siguieron la corriente y me dejaron comprar ese libro. Les pareció divertido y me animaron a preguntarles si tenía alguna duda. Tuve muchas dudas, pero no sabía por dónde empezar. Con el paso de los años, las novelas románticas se convirtieron tanto en una vía de escape como en una fuente de empoderamiento. Sobre todo a medida que me hacía mayor, el corazón se me aceleraba durante las escenas de sexo, la mayoría de las cuales leía en la cama con la puerta cerrada, después de darles las buenas noches a mis padres y de estar segura de que no iban a interrumpirme. Eran emocionantes y educativas, aunque a veces poco realistas. (¿De verdad que un chico puede tener cinco orgasmos en una sola noche? Sigo sin estar segura). No todas las novelas románticas tenían escenas de sexo, pero hicieron que me sintiera cómoda hablando de sexo, consentimiento y métodos anticonceptivos con mis padres y amigas. Tenía la esperanza de que también me dieran confianza con mis novios, pero estaba claro que Spencer y yo teníamos problemas de comunicación, y con Luke todo era tan nuevo que no sabía cómo articular lo que quería.

Pero entonces mis padres empezaron a hacerme preguntas como «¿Todavía lees esos libros?» y «¿No preferirías leer algo con un poco más de sustancia?». La mayoría de las películas y series que veía con mis amigas me mostraban que las mujeres eran objetos sexuales, accesorios, argumentos. Los libros que leía demostraban que se equivocaban.

Es un consuelo saber que cada libro tendrá un final feliz y satisfactorio. Más que eso, los personajes se me metían en el corazón. Me involucraba en sus historias, los seguía a través de la saga mientras coqueteaban, luchaban y se enamoraban. Me daba un algo cuando acababan en un hotel con una sola habitación, que por supuesto solo tenía una cama. Aprendí a amar el amor en todas sus formas, y lo deseaba desesperadamente para mí: escribir sobre él, *vivirlo*.

Estoy harta de estar sola en mi amor por las novelas románticas. Por eso quiero (*necesito*) conocer a Delilah esta noche. Existen otras personas que también leen y aman estos libros, y tengo que verlas en la vida real para creerlo. Quizá se me pega algo de su confianza.

—¿Te estás escondiendo aquí? —pregunta alguien, interrumpiendo mis pensamientos.

Spencer Sugiyama está de pie frente a mí con un café en la mano. «Spensur», pone en el vaso.

—Mierda. Me has dado un susto de muerte.

—Lo siento. —Mira la silla que hay en mi mesa—. ¿Puedo...? —pregunta, pero no espera respuesta antes de sentarse. Estoy bastante segura de que hasta McNair habría esperado—. La verdad es que me alegro de verte. He estado pensando mucho y... no quiero terminar de malas maneras.

—No pasa nada. —El papelito con su nombre arde en el bolsillo de mi vestido. Su brazalete está justo ahí. Podría estirar el brazo por encima de la mesa y quitárselo—. De verdad.

No obstante, una pequeña parte de mí de la que no estoy nada orgullosa quiere escuchar lo que tiene que decir primero. Quiero saber por qué mi relación más larga del instituto fue un fracaso y me convirtió en una persona con la que no estaba contenta, una persona incapaz de cumplir los puntos del uno al diez de mi guía para triunfar.

—No —contesta—. Sí pasa. Tengo que decir algo. —Pone cara de dolor, y refleja algo vulnerable que debió de atraerme a él al principio.

Eso es lo que siempre me atrae de las novelas románticas: cuando el interés amoroso revela un pasado trágico o cuando la razón por la que nunca está en casa los viernes por la noche no es porque está siendo infiel, sino porque está jugando al *bridge* con su abuela enferma. Cuando alguien muestra esa clase de ternura, no puedo evitar querer saber más. Quiero que se abran, y quiero que sea conmigo.

Si esto fuera una novela romántica, confesaría que ha sido incapaz de dejar de pensar en mí desde que rompimos. Que fue la peor decisión de su vida y que se ha tirado por la borda a un mar de remordimientos sin chaleco salvavidas. Por algún motivo, tengo la sensación de que eso no es lo que está a punto de ocurrir. Spencer no es tan elocuente.

—Pues dilo.

Le da un sorbo al café y se limpia la boca con el dorso de la mano.

—¿Te acuerdas de nuestra primera cita?

La pregunta me desconcierta.

—Sí —respondo en voz baja, con el corazón traicionándome en el pecho, porque claro que me acuerdo.

Llevábamos meses tonteando en Gobierno Avanzado, hasta el punto de que los héroes de las novelas románticas habían empezado a tener su cara. Al igual que la mayoría de las relaciones modernas, empezó en las redes sociales. «Tus guías de estudio codificadas por colores son preciosas», escribió, y yo respondí: «Tú también». Era más fácil ser valiente cuando no podías verle la cara a alguien.

Entonces, me preguntó si estaba libre el sábado. Era octubre, así que fuimos a un huerto de calabazas, nos perdimos en un laberinto de maíz y tomamos chocolate caliente de la misma taza. Después de cenar en un restaurante tan bonito que tenía código de vestimenta, nos besamos en su coche. Estaba ebria de él, estaba ebria de la forma en la que me recorría el cuerpo con las manos y me daba un beso en la punta de la nariz. Era algo más que las relaciones en plan «Dios mío, le gusto a un chico» de principios del instituto. Parecía seria. Adulta. Como algo sacado de uno de mis libros.

Sentí que podía quererme.

Me debo estar sonrojando, porque de repente tengo calor por todo el cuerpo. Como es evidente, el recuerdo no provoca la misma respuesta en él. Sigue tranquilo, sereno.

—Vale. ¿Te acuerdas de nuestra segunda cita? ¿De la tercera? ¿De la séptima?

—A ver, no, pero no entiendo lo que intentas decir.

—Exacto. Creo que quieres que toda la relación sea como esa primera cita.

—Eso es ridículo —digo, pero levanta un dedo para indicar que no ha terminado. Me echo hacia atrás en la silla, plenamente consciente de que podría hacerlo ahora. Quitarle el brazalete y hacer que se callara.

—Sabía que te sentías decepcionada cuando nos limitábamos a pasar el rato haciendo los deberes o viendo una película. Sentía que tenías puesta una extraña expectativa sobre mí. Como si nunca fuera a estar a la altura de los chicos de tus libros.

De todo lo que me arrepiento con relación a Spencer, lo primero de todo es haberle contado lo que me gusta leer. Se lo tomó mejor que la mayoría, pero en retrospectiva, tal vez fue porque simplemente quería acostarse conmigo.

—No estaba decepcionada —afirmo, pero no estoy segura de fiarme de mi memoria—. Sentí que simplemente... dejó de importarte.

Pero era más que eso. Era que yo quería ir de la mano en público y él se la guardaba en los bolsillos. Quería apoyar la cabeza en su hombro en el cine y él meneaba el hombro hasta que me movía. Yo intentaba acercarme, pero él seguía empujando.

También planeaba citas románticas: patinaje sobre hielo, un pícnic, un paseo en barco. La mayoría de las veces, se pasaba tanto tiempo mirando el móvil que me preguntaba si de verdad yo era tan poco interesante.

—Puede que fuera así —admite—. Supongo que empecé a sentirme como si fuera una obligación. Vale, suena mal, pero... las relaciones de instituto no están hechas para durar.

Ahora está claro que Spencer y yo nunca íbamos a ser felices para siempre. Lo mejor de nuestra relación ocurrió en una cama cuando nuestros padres no estaban en casa, y quizás eso esté bien. Está bien que no fuera el novio perfecto.

Lo que no está bien es que siga aquí sentado, haciéndome dudar de algo que nunca me ha defraudado.

—Siento que para ti nuestra relación hayan sido unos siete meses tan terribles.

—No me refería a eso. —Hace una mueca, mirando su vaso de café—. Rowan... —Entonces, hace algo desconcertante: extiende la mano sobre la mesa como si quisiera que se la sujetara. Cuando queda claro que no voy a hacerlo, la retira.

Pienso en Kirby y en Mara. Sus apretones de manos nunca parecen obligatorios. Mis padres igual. Después de veinticinco años, todavía se miran con los ojos llenos de amor.

—Mira, no estoy segura de lo que querías sacar de esto, pero si tu objetivo era hacerme sentir como una mierda, ¿enhorabuena?

«Empecé a sentirme como si fuera una obligación». Como si *fueras* una obligación es como lo deforma mi mente. Quiero ser más fuerte que esto con todas mis fuerzas. Luke y yo incluso nos hemos firmado los anuarios del otro. En cambio, Spencer nunca ha dejado de ser complicado, y tal vez sea porque yo soy la complicada.

Tal vez es demasiado difícil quererme.

Con un suspiro, se pasa una mano por el pelo.

—Solo intento explicar lo que pasó, al menos por mi parte. Tú quieres un romance idealizado, y yo no creo que eso sea la vida real. Estoy bastante seguro de que todas las relaciones se vuelven aburridas después de un tiempo.

Es en ese momento cuando la lástima se vuelve abrumadora. Siento *pena* por este troglodita porque no tiene ni idea de que el amor no tiene por qué agriarse con el tiempo. No necesito que me lleven en un coche de caballos, y creo firmemente que ambos integrantes de la pareja son responsables de que una relación sea romántica si eso es lo que quieren. No cualquier mierda heteronormativa que nos dice que los hombres tienen que dar el primer paso, pagar la cena y arrodillarse.

No obstante, sí que quiero algo grande y alocado, algo que me llene el corazón por completo. Quiero una fracción de lo que tienen Emma y Charlie o Lindley y Josef o Trisha y Rose, aunque sean ficticios. Estoy convencida de que cuando estás con la persona adecuada, cada cita, cada *día* se siente así.

—Me voy ya —dice, levantándose y girándose para alejarse de la mesa.

—¿Spencer?

Me devuelve la mirada y, con una sonrisa dulce, me lanzo hacia delante para arrancarle el brazalete.

13:33

Sigo rebosante de la adrenalina del Aullido cuando me subo a un autobús en dirección a la Tercera Avenida. No me golpeó y me recorrió las venas como una droga salvaje hasta que Spencer se quejó por estar fuera del juego tan pronto y me entregó su objetivo (Madison Winters, quien escribió muchas historias sobre zorros que cambian de forma en mi clase de Escritura Creativa; una o dos, vale, pero ¿siete?). Si me siento así de bien por haber matado a Spencer, no me imagino cómo me voy a sentir cuando derrote a McNair.

Después de que Spencer se fuera, les mandé una foto de mi vaso de café a los de undécimo, fui recompensada con un emoji de una marca de verificación verde casi al momento y, después, escudriñé la lista de pistas. Las que se refieren a lugares concretos me llamaron la atención enseguida; el «grandullón que hay en el centro del universo» tiene que ser el Fremont Troll, una estatua debajo del Puente Aurora en un barrio apodado el «Centro del Universo».

Lo más lógico es hacer todo lo que pueda en el centro antes de ir hacia el norte. Pike Place Market está a solo unas paradas de autobús, por lo que no merece la pena renunciar a mi plaza de aparcamiento. Debe de ser una de las tres cosas que la gente asocia más con Seattle, junto con la Space Needle en primer lugar y Amazon-Microsoft-Boeing-Starbucks en segundo lugar. Es uno de los mercados de agricultores más antiguos del país, pero también un pedazo vivo de la historia de Seattle. Y siempre está lleno de turistas, incluso los días de lluvia.

—¡Rowan! —me llama una voz después de pasar mi tarjeta del transporte público. Savannah Bell me saluda desde el medio del autobús, y al principio vacilo, temiendo que tenga mi nombre. No obstante, levanta las manos para indicarme que no lo tiene, y le devuelvo el gesto para confirmar lo mismo al tiempo que gimo para mis adentros. La ley del autobús dicta que, si te encuentras con alguien conocido en el transporte público, estás obligado a sentarte a su lado.

—Hola, Savannah —la saludo mientras me deslizo en el asiento de enfrente.

Se pasa el pelo negro por detrás de una oreja, dejando ver unos pendientes de araña hechos enteramente con materiales reciclados. El año pasado abrió una tienda en Etsy para venderlos. No tengo sentimientos muy fuertes hacia Savannah Bell, pero sé que no soy su persona favorita. En todas las clasificaciones de clase, aparece en el puesto número tres, justo detrás de McNair y de mí. Si bien es cierto que a veces bromeaba al respecto («¡Supongo que no voy a alcanzaros nunca!»), percibía cierta hostilidad.

Intento entablar conversación.

—¿Ha sido un buen último día?

—No ha estado mal. —Cuando se ríe, suena forzada—. Nunca tuve ninguna oportunidad contra Neil y tú, ¿verdad?

—Es posible que fuéramos un poco intensos.

Savannah mete la mano en el bolsillo y muestra un papelito familiar. Su objetivo del Aullido.

—Me conformo con algo de venganza.

«Neil McNair», dice.

Me da un vuelco el estómago, quizá por el repentino bandazo que da el autobús. Solo llevamos una hora jugando, y los ojos de Savannah desprenden una determinación pura. Quizá fue arrogante suponer que el Aullido llegaría a su fin con McNair y conmigo, pero no basta con simplemente sobrevivir más tiempo que él. Quiero ser yo la que le arranque el brazalete.

Si Savannah lo mata, no lo veré hasta el domingo, con su pelo de fuego asomándole por debajo de un birrete.

—Buena suerte —digo, aunque mi voz suena áspera.

Savannah baja la vista hacia su móvil, la señal universal de que no pasa nada si bajas la vista hacia tu propio móvil, así que hago lo mismo.

Escribo el mensaje antes de que pueda pensármelo dos veces.

> savannah bell tiene tu hombre, y tiene sed de sangre

Si acaba muerto antes de que tenga la oportunidad de derribarlo, entonces no sé a qué estoy jugando. Sería imposible cumplir el número diez.

Su respuesta es casi instantánea.

> ¿Por qué debería creerte?

> porque tienes las mismas ganas de ganar que yo

> Supongo que tienes razón. 🖼️

> ahora mismo está sentada al lado mío, al otro lado del pasillo, en un autobús dirección sur desde cinerama

—Me dejé la piel, ¿sabes? —dice Savannah—. No recuerdo la última vez que me fui a dormir antes de las doce. Pero nunca recibí la atención que tú y Neil recibíais. Todos nuestros profesores pensaban que erais muy adorables con vuestra pequeña rivalidad.

—Créeme, no era adorable.

Se le tuerce un músculo de la mandíbula.

—Oh, te creo. Es solo que... podría haber entrado en Stanford... pero me pusieron en la lista de espera.

—Lo siento —contesto—. La Universidad de Seattle es una buena universidad. —Y lo digo en serio, pero Savannah se mofa.

—¡Calle Pike! —grita el conductor, y Savannah tira del cordón antes que yo.

A regañadientes, la sigo fuera del autobús y bajo otra cuesta.

Allí está el cartel luminoso que dice PUBLIC MARKET CENTER. Aquí las calles son más ásperas, con ladrillos, algo habitual en las zonas más antiguas de la ciudad. Dentro del mercado, los vendedores ofrecen productos locales, flores y artesanía. Al final de la calle está el primer Starbucks, que siempre tiene cola a pesar de tener literalmente la misma carta que cualquier otro Starbucks. Y más adelante están los pescaderos, famosos en todo el mundo, que se pasan el día lanzando fletanes y salmones. Soy vegetariana, y todos los años, cuando estaba en primaria, veníamos de excursión aquí y siempre escondía la cara en el abrigo, ligeramente molesta por el lanzamiento de pescado.

—Hasta luego —le digo a Savannah, que ya se ha puesto en marcha hacia el primer Starbucks. No es mala idea para la típica foto turística, pero yo tenía otra cosa en mente.

Giro a la izquierda, sigo un camino empedrado y bordeado de arte callejero hasta Post Alley y mi razón para venir hasta aquí: el muro de chicles.

Miles de turistas pegan sus chicles aquí cada día. Chicles de todos los colores gotean de ventanas y puertas, colgados de ladrillo en ladrillo, sosteniendo folletos y tarjetas de visita. Solo se ha limpiado unas pocas veces en sus más de treinta años de historia, y cada vez que eso ha ocurrido, los habitantes de Seattle pusieron pegas al respecto, como si los trozos masticados de Bubblicious formaran parte de la ciudad tanto como la Space Needle o una mala racha de los Mariners.

Es raro y asqueroso, y me encanta.

—¿Nos haces una foto? —pregunta un hombre con un acento marcado que no logro distinguir. Su familia, que incluye un trío de niños pequeños, posa delante de la pared.

—Claro —respondo, aguantándome la risa, ya que esto me pasa cada vez que vengo. Se apretujan y hacen pompas mientras les saco algunas fotos.

Añaden su chicle al pegajoso mosaico y yo hago una foto con mi móvil. «Un turista haciendo algo que a un local le daría vergüenza hacer». Otra marca de verificación verde de los de undécimo.

Dos menos, faltan trece.

Estoy volviendo a examinar las pistas, asumiendo que puedo comprar «algo local, orgánico y sostenible» en cualquiera de los numerosos vendedores de productos del mercado, cuando alguien pasa corriendo a mi lado, sobresaltándome tanto que casi se me cae el móvil. Me giro justo a tiempo para ver un borrón rojizo.

—¿Neil? —grito, corriendo tras él.

Se detiene en mitad del callejón.

—Savannah —jadea, inclinándose para ponerse las manos sobre las rodillas—. Me ha visto. Me he escapado por los pelos. Tengo que... —Hace un gesto vago hacia el extremo opuesto del callejón.

—Savannah practicaba atletismo.

La mirada que me lanza podría derretir un glaciar.

—Sí, *lo sé*.

El pánico se apodera de mí. No tenemos mucho tiempo. Savannah podría estar bajando por el camino de ladrillos ahora mismo.

—No puedes huir de ella. Pero podrías esconderte. —Señalo el Market Theater, escondido dentro de Post Alley. Callejón Fantasma, lo llaman algunos, un guiño a los rumores de que Pike Place está embrujado. Hasta ofrecen visitas guiadas.

Por lo general, los turistas nos ignoran, demasiado concentrados en sacar la foto perfecta del muro de chicles. Cruzo el callejón e intento abrir la puerta del teatro. No está cerrada con llave.

McNair alza las cejas, como si estuviera preguntándose si es seguro confiar en mí. Su pecho sigue ascendiendo y descendiendo con rápidez, y el viento le ha despeinado el pelo. Sería divertido verlo tan agotado si no estuviera tan angustiada ante su posible muerte inminente.

—Entra —indico, haciéndole señas para que se acerque y, tras unos segundos de deliberación, me sigue.

—Si me encierras aquí solo para que puedas dar el discurso de graduación de *valedictorian*, por favor, dile a todo el mundo que morí tal y como viví...

—¿Un enorme tocapelotas? Entendido.

Desaparece en la oscuridad, y cierro la puerta detrás de él solo unos segundos antes de que Savannah entre a toda velocidad por el callejón. Los turistas se aferran a sus pertenencias y saltan para apartarse de su camino.

—¿Lo has visto? —pregunta sin una gota de sudor—. A Neil.

Señalo el callejón.

—Ha pasado corriendo.

Me dedica una sonrisa que le devuelvo con facilidad, aunque el corazón me está golpeando la caja torácica. No se ralentiza hasta que la pierdo de vista.

Espero otro minuto antes de abrir la puerta.

—Vamos —le digo a McNair, que me sigue sin protestar.

Salimos corriendo juntos del callejón, lejos de los turistas, los chicles y los fantasmas.

INSTITUTO WESTVIEW
FORMULARIO DE INFORME DE INCIDENTES

Fecha y hora del incidente: 15 de enero, 11:20

Localización: Aula B208, laboratorio de ciencias

Informe emitido por: Todd O'Brien, profesor de Química

Nombre de la(s) persona(s) involucrada(s) en el incidente: Rowan Roth, Neil McNair

Descripción del incidente: Al principio del curso, Roth y McNair fueron asignados como compañeros de Química para animarlos a trabajar juntos de forma más pacífica. Los estudiantes pidieron nuevos compañeros de inmediato y se les informó de que la asignación era definitiva. Después de unas cuantas discusiones a principio del curso académico, se esperaba que se lo hubieran quitado de la cabeza. No fue así. Durante un experimento sobre reacciones exotérmicas, su mesa del laboratorio estalló en llamas. Se agarró el extintor al momento para apagarlo. Los alumnos no fueron capaces de precisar qué había salido mal en el experimento, y cada uno intentó culpar al otro.

Enfermedad o lesión: No

Cómo se gestionó el incidente: <u>Los estudiantes fueron enviados</u>
<u>al despacho de la directora, y dijeron que estaban</u>
<u>encantados de cumplir con el castigo siempre y cuando</u>
<u>el incidente no se incluyera en sus expedientes</u>
<u>permanentes. El incidente parece haber sido un accidente,</u>
<u>y como es la primera vez que los estudiantes cometen</u>
<u>una infracción y son los que poseen las mejores notas</u>
<u>de su curso, no se recomiendan más medidas disciplinarias.</u>
<u>A Roth y a McNair se les asignarán compañeros</u>
<u>nuevos.</u>

Firmado:

Karen Meadows

Directora Karen Meadows, maestría en Educación

14:02

Acabamos en el sótano del mercado, en una tienda que solo puedo describir como una tienda punk-rock de todo a un dólar. Drácula Naranja vende toda clase de objetos góticos retro, desde chapas y parches hasta incienso de vampiro y cabezas reducidas. Realizan lecturas de cartas del tarot en directo y en el escaparate hay un cartel que dice sí, VENDEMOS CHICLES. De niña, me parecía el sitio más guay del mundo. A Seattle no le faltan cursiladas raras, y esta es una de las cursiladas más raras.

—Me has salvado la vida. —McNair lo dice casi con un signo de interrogación al final, como si no estuviera convencido de que de verdad ha sucedido. Sinceramente, yo también estoy sorprendida.

Le doy la vuelta a un pasillo de imanes hechos con viejos libros de bolsillo con títulos como *Las peligro y media* y *Calle del pecado*, la mayoría de ellos con mujeres semidesnudas en la cubierta. Supusimos que aquí estaríamos a salvo de Savannah, ya que lo más seguro es que pensaría que McNair había huido de Pike Place.

—No sería divertido si te eliminan tan pronto —contesto, lo que es una verdad a medias.

Se muestra inquieto, se mete las manos en los bolsillos y luego las vuelve a sacar. No estoy segura de si es por la experiencia cercana a la muerte o si simplemente es porque es alguien inquieto y nunca me he dado cuenta.

—Ah. Ahora todo tiene sentido. —McNair hojea un surtido de postales descoloridas. Una bruja animatrónica se ríe a carcajadas y unos cuantos preadolescentes se amontonan en el fotomatón de la tienda, el que usa película de verdad, no digital.

Está de espaldas a mí y, sin mi permiso, mi mirada traza el relieve de sus hombros, cómo se curvan y se inclinan antes de hundirse en los músculos de los brazos. Decido que es un buen par de hombros. Es una pena que se desperdicien en alguien como él.

—Y seamos realistas —añado a sus omóplatos—, ¿quién más tiene alguna posibilidad contra nosotros?

Se da la vuelta y mueve las correas de su mochila, lo que hace que mi atención vaya a cómo se le flexionan los bíceps. Lleva un año y medio al menos ocultando esos músculos, y me distraen más de lo que deberían. Tengo que encontrar una manera informal de preguntarle por su rutina de ejercicios. Si resuelvo el misterio, dejaré de mirarlo.

—Exacto —responde.

En ese momento, nuestros móviles suenan al mismo tiempo.

HOLA, MANADA

ESPERAMOS QUE OS LO ESTÉIS PASANDO BIEN

TENÉIS 20 MINUTOS

PARA LLEGAR A LA ZONA SEGURA

Un archivo adjunto lleva a un mapa de Hilltop Bowl, una bolera situada en Capitol Hill.

—¿Ya? —inquiere McNair, y aunque en el móvil aparece la hora, consulta su reloj de muñeca—. Vaya. Nosotros no dimos la primera zona segura hasta por lo menos las cinco.

«Zona segura» significa Kirby y Mara y hablar de las vacaciones que se van a tomar sin mí. E, inevitablemente, pensar en la vida que tendré sin ellas el año que viene. Por mucho que me gustaría retrasar todo eso, las zonas seguras no son opcionales.

—Bueno —digo mientras salimos de la tienda. Siempre hace calor en el sótano del mercado, incluso en los días más fríos. Y me parece demasiado extraño haber pasado diez minutos dentro de Drácula Naranja con Neil McNair—. ¿Nos vemos en veinte minutos, supongo? —Si vuelvo a mi coche en autobús y conduzco hasta Hilltop Bowl, podré escapar más rápido cuando se acabe el tiempo de la zona segura.

—Claro. Nos vemos allí —repite, pero me iguala el paso.

—¿Me estás siguiendo?

Se detiene.

—Vamos al mismo sitio. Pero como no tengo coche, voy en autobús. Ojalá no se atrase, porque eso significaría que me arriesgaría a que me echaran del juego... y ahora sé lo mucho que quieres que siga en él.

Cruzo los brazos sobre el pecho.

—No —digo con rotundidad. La idea de que Neil McNair esté en mi coche es inaceptable. Hay tantas cosas que podría juzgar: mi música, mi higiene, el parachoques delantero destrozado—. No pienso llevarte.

—Bonito coche —comenta McNair, que juguetea con los diales del aire acondicionado, tras lo que baja la ventanilla cuando se da cuenta de que no funciona. Vuelvo a ponerme la chaqueta, cohibida por la mancha del vestido. De todas formas, no hace tanto calor; McNair debe de tener una temperatura corporal alta.

—Por favor, no toques nada. —Estoy encajonada, así que tengo que salir del aparcamiento centímetro a centímetro. El coche que tengo delante tiene una multa por mal estacionamiento, de manera que ambos tachamos ese punto de nuestras listas del Aullido.

Examina las pegatinas de aparcamiento que hay en el compartimento de la puerta del copiloto y algunos recibos desperdigados por el suelo. Me pregunto qué estará pensando. Está claro que no es un coche bonito, aunque a mí me encante. Nos acercamos a él por detrás, así que al menos no ha visto los daños. Espero que no diga nada sobre el olor raro. No es *malo*, exactamente, solo ligeramente desagradable.

McNair rasca los restos de una pegatina de aparcamiento y luego encuentra la barra de ajuste que hay debajo del asiento del copiloto. Lo mueve hacia atrás (demasiado hacia atrás) y luego demasiado hacia adelante. Entonces...

—¿Siempre estás tan inquieto? —pregunto.

Vuelve a colocar el asiento en su posición normal y deja caer las manos sobre el regazo.

—Lo siento. Supongo que sigo nervioso por la persecución de Savannah.

—Esto es algo aislado —indico mientras giro hacia la calle Pike. Si bien es cierto que es la primera vez que lo llevo en coche a algún sitio, hemos viajado en autobús y hemos compartido coche con otros chicos para ir a actos escolares—. Solo ha sido porque en autobús habrías tardado demasiado. Y como se te ocurra criticar cómo conduzco, ya puedes largarte.

—No sé conducir, así que no puedo criticarte.

Yo... no sabía eso. No consigo imaginarme a McNair no aprobando un examen.

—¿Frustrado por el examen teórico?

—No he llegado a hacerlo.

—Oh.

—Y en otoño estaré en Nueva York, así que ya no tiene sentido hacerlo.

—Claro.

Conducimos en silencio durante unos minutos, y no es un silencio cómodo. Al parecer, ambos hemos olvidado cómo mantener una conversación. Nunca me había sentido tan incómoda en mi propio coche.

—Esto es como volver a hacer el viaje a casa después de las regionales de *quiz bowl* —comento.

Nadie dijo una palabra en el viaje de vuelta desde Tri-Cities después de que perdiéramos el año pasado. Darius Vogel y Lily Gulati iban delante y Neil y yo íbamos detrás. Por algún motivo, hasta un McNair en silencio me molestaba. Dijo que estaba mareado, pero supuse que estaba triste (con razón) por haber perdido.

—Con la excepción de que todavía tenemos una oportunidad de ganar —dice.

—¿Porque ahora sabes que la batalla final de la Guerra de la Independencia fue Yorktown y no Bunker Hill?

Suelta un gemido.

—Créeme. Está grabado en mi memoria para siempre.

Me sorprende un poco que no se defienda, pero, por otro lado, hay muchas cosas del día de hoy que no han tenido sentido. Vuelve a moverse en el asiento como si estuviera intentando ponerse cómodo, algo que quizá no sea posible en el coche de su rival, y cuando nos detenemos en un semáforo en rojo, veo que una esquina de su anuario asoma de su mochila. Eso basta para que agarre el volante con más fuerza. Debería haberlo firmado.

En ese momento, toma su móvil y mira la lista del Aullido. Me pregunto si sabrá alguna que yo no sepa.

—¿Sabías que la palabra inglesa «clue» viene de la mitología griega? —inquiere—. «Clew», C-L-E-W, se pronuncia igual y significa «ovillo». Ariadna le dio uno a Teseo para ayudarlo a salir del laberinto del Minotauro. Él lo iba desenredando a medida que avanzaba para poder encontrar el camino de vuelta.

Recuerdo vagamente el mito de cuando dimos Historia Universal.

—¿Así que antes era literal y ahora desenredamos un ovillo metafóricamente cuando intentamos resolver algo?

—Exacto —responde, asintiendo con energía.

—Mmm —digo, porque, aunque no es raro que McNair suelte un dato etimológico curioso, puede que sea la primera vez que me doy cuenta de lo mucho que lo emociona.

Por fin aparcamos a unas manzanas de Hilltop Bowl.

—Gracias a Dios —murmura, y no sé si se alegra de que nos haya resultado fácil aparcar o si se siente aliviado de salir de mi coche. De alejarse de mí. Probablemente las dos cosas.

—Bueno... buena suerte, supongo —digo cuando llegamos a la entrada de la bolera, un poco inquieta, pero sin saber muy bien por qué.

Se mete las manos en los bolsillos.

—Sí. Igualmente.

Una vez que Logan Perez comprueba nuestros nombres en una lista y anuncia que el tiempo en la zona segura son cuarenta y cinco minutos, nos vamos cada uno por nuestro lado. Nunca me había emocionado tanto al ponerme un par de zapatos que han estado en los pies de cientos de personas.

Kirby y Mara me esperan en una pista al final.

—¿Quieres barreras, bebé Ro? —pregunta Kirby.

Mis habilidades con los bolos están al mismo nivel que mis habilidades con el delineado del ojo izquierdo. Es un milagro si llego a cincuenta.

—Ja, ja. Tal vez.

—Déjala que ponga las barreras si quiere —dice Mara, jugueteando con los controles.

Unas pistas más abajo, McNair lanza un *split* 7-10, el tiro más difícil en los bolos, y sus amigos lanzan un coro de gemidos. McNair se ríe y sacude la cabeza. Los cuatro interactúan con una soltura que hace que me vuelva a preguntar qué será de ellos después de la graduación. Si pasarán el verano juntos antes de que el otoño arrase con ellos y si seguirán en contacto después.

—Mara y yo hemos decidido formar equipo lo que queda de juego —comenta Kirby después de lanzar una bola que acaba en el canal—. No nos tenemos la una a la otra, así que imaginamos que por ahora estamos a salvo.

—¡Haz equipo con nosotras también! —exclama Mara, un poco demasiado ansiosa—. ¡Las tres! Sería divertido.

En su segunda tirada, Kirby lanza otra bola que acaba en el canal.

—Quizá yo también necesito barreras.

—Lo dice la que se burló de las barreras. —Por lo general, me encantaría formar equipo con ellas. Pero...—. No estoy segura. Sobre lo de hacer equipo. —Y no es solo porque quiera destruir a McNair yo sola.

Kirby se desliza en el asiento de plástico que tengo delante.

—¿Es por lo de las vacaciones?

Ahí está.

—Sí, Kirb, ¿sabes qué? Lo es. Es por las vacaciones de dos semanas que os vais a tomar sin mí cuando vais a tener un año entero de universidad para estar juntas.

—Lo siento —dice Mara, más a Kirby que a mí. Se limpia las palmas de las manos en los pantalones antes de agarrar la bola morada—. No pensé que le molestaría tanto, de verdad.

Hace un pleno, pero no parece contenta.

—Supongo que siento que hay muchas cosas de Mara y Kirby de las que no puedo formar parte —confieso, intentando mantener el nivel de voz—. Estáis enamoradas y me alegro por las dos, de verdad. Pero a veces os olvidáis de que yo también estoy aquí.

Intercambian una mirada extraña. Mara pone una mano en el respaldo del asiento de Kirby.

—Rowan —dice en voz baja—, así es como nos sentimos nosotras con respecto *a ti*.

Arrugo la cara en señal de confusión.

—¿Cómo?

—Este año has estado muy pendiente de Neil —explica Mara, ganando volumen poco a poco—. Tuviste que pasarte todo el fin de semana con el proyecto de Física para asegurarte de que era mejor que el suyo. Tenías que asistir a todos y cada uno de los actos escolares para pasar más tiempo cara a cara con el público votante o lo que fuera. Incluso esta mañana, cuando te pregunté si estabas bien después del choque en el aparcamiento, pensaste que te estaba preguntando por él. Y... ¿habéis venido juntos? Puede que esto no sea fácil de escuchar, pero... creo que estás un poco obsesionada con él.

—¿*Obsesionada*? —le devuelvo la palabra—. No estoy obsesionada. McNair... no es mi amigo. Vosotras lo sois. No hay comparación. —Miro a Kirby con la esperanza de que esté de mi lado.

Kirby suspira.

—Durante un tiempo pensamos que te gustaba, y eso habría tenido más sentido. Sabes que puedes contárnoslo si es así, ¿verdad? Podríamos hablar de ello, tal vez ayudarte...

—No estamos en tercero. —Casi lo grito, pero no puedo evitarlo: la teoría de Kirby es absurda. Un grupo de chicos que hay en la pista de al lado gira la cabeza en nuestra dirección y bajo la voz—. No nos metemos el uno con el otro porque nos gustamos en secreto. Y, de todas formas, eso no debería ser así.

—Vale. No estás obsesionada con McNair —dice Kirby con rotundidad—. ¿Te acuerdas de la última vez que quedamos las tres?

—El... —Dejo de hablar cuando no me viene nada a la mente de inmediato.

El fin de semana pasado, McNair y yo tuvimos que reunirnos con Logan para cederle algunas responsabilidades del consejo estudiantil. Y el fin de semana anterior Mara estaba en un concurso de baile. Luego estuvimos estudiando para los exámenes avanzados, y Mara y Kirby estuvieron en el baile de fin de curso, y todavía más atrás, yo estaba con Spencer...

—La subasta de los de último año —digo. Fue a principios de mayo, pero aun así cuenta.

—Hace un *mes* —contesta Mara—. E incluso en ese momento, tuviste que resolver una crisis con él y nos abandonaste durante casi toda la noche.

Me paso los dedos por el flequillo.

—Lo siento. Es... Ya sabéis lo ajetreado que ha sido el final del año...

No obstante, estoy pensando en cómo solía contarles todo y, sin embargo, no saben que estoy escribiendo un libro. Mara también está persiguiendo una carrera artística, pero todas sabemos que es una gran bailarina. Hay muchísimos vídeos que lo demuestran. Lo único que podría hacer para defenderme sería una pequeña confesión susurrada: «Creo que se me podría dar bien». Una confesión que ahora desearía haber soltado la primera vez que cerré un libro de Delilah Park y pensé: «A lo mejor yo también puedo hacer esto algún día. A lo mejor podría escribir un libro así». Entonces no habría necesidad de convencerlas de que las novelas románticas no son la basura que creen que son.

Vuelvo a pensar en el fondo de pantalla de mi móvil, en la foto que llevo teniendo ahí nueve meses enteros.

¿Nos hemos hecho alguna foto las tres desde entonces?

—Hablas de que las tres vamos a pasar un verano increíble —continúa Mara—, y lo siento, sabes que te queremos, pero es un poco difícil de creer.

Sus palabras me pesan, me arrastran los hombros casi hasta el suelo. Nuestra pista se tambalea. Mis amigas y yo nunca discutimos así. En mi cabeza, nuestra relación era sólida como una roca. No puede ser verdad que, en realidad, se estuviera desmoronando.

—Seguid jugando —digo, quitándome los zapatos de bolos—. Necesito tomar un poco de aire.

Varias ocasiones en las que puede que haya abandonado (involuntariamente) a mis amigas por Neil McNair

NOVIEMBRE, UNDÉCIMO CURSO

Kirby y yo estábamos en la misma clase de Historia de Estados Unidos Avanzada, y la señora Benson nos dejó elegir compañeros para un proyecto de fin de semestre. Kirby supuso que íbamos a trabajar juntas, pero como yo sabía que la señora Benson no se tragaba la filosofía de mierda de «todos los del grupo sacan la misma nota», miré a McNair a los ojos. Intercambiamos un guiño que significaba que estábamos de acuerdo: intentaríamos sabotearnos el uno al otro trabajando juntos. Cada uno obtuvo un 98.

MARZO, UNDÉCIMO CURSO

McNair y yo nos quedamos hasta tarde después del entrenamiento de *quiz bowl*. Discutimos durante tanto tiempo sobre una de las respuestas que nos entró hambre y acabamos continuando nuestro debate en un restaurante mexicano escondido que está a una manzana del instituto. Fue tan irritante que apenas disfruté de mi burrito vegetariano. Se suponía que tenía que estar en el recital de danza de Mara y Kirby, pero perdí la noción del tiempo y solo vi la segunda parte.

SEPTIEMBRE, DUODÉCIMO CURSO

Kirby, Mara y yo quedamos para ir al estreno de la secuela de la franquicia de Marvel favorita de Kirby, pero tuve que ayudar al consejo estudiantil a contar los votos para la presidencia porque era imposible que estuvieran divididos exactamente por la mitad. Cuando terminamos de contar y recontar a la una de la madrugada, quedó claro que *era* posible. Y me perdí la película.

Es tradición que los alumnos de último curso celebren una subasta silenciosa todos los años para recaudar fondos para el instituto. Todos los alumnos del último curso y sus padres están invitados a ofrecer algo (un objeto, una experiencia) y nosotros hacemos las rondas de la sala para anotar sus pujas. Es bastante refinado para ser un instituto público. Kirby, Mara y yo nos vestimos elegantes y comimos juntas comida lujosa la mayor parte de la noche, hasta que desapareció una cesta de quesos de alta gama y, como copresidentes, McNair y yo tuvimos que localizarla. Resultó que se la había llevado un niño, pero tardamos casi una hora en encontrarla metida en un cochecito.

... Oh.

14:49

Las máquinas de *pinball* del salón recreativo devoran mis monedas. Obsesionada con Neil McNair... Me parto de la risa, de verdad. Hemos tenido casi todas las mismas extraescolares, las mismas clases. Eso no es obsesión, eso es que ambos trabajamos por un objetivo singular que solo uno de los dos podía conseguir.

¿Cuál habría sido la alternativa? Tenía que meterme en su cabeza, averiguar cómo acabar con él, resolver problemas que solo nosotros dos podíamos descifrar. No obstante, nunca llegué a quebrarlo del todo. Eso es lo más extraño. Todos estos años sin secretos oscuros ni confesiones embarazosas. Con nosotros, se trata de negocios y nada más.

Aun así, no consigo sacarme de la cabeza las palabras de mis amigas.

«Creo que estás un poco obsesionada con él».

Dios, incluso ahora estoy pensando en McNair en vez de en mis amigas, las personas a las que prácticamente he abandonado este año.

No se nos permite salir de la zona segura hasta las tres, y el *pinball* es más fácil que la introspección. Me recuerda a una de mis primeras citas favoritas de novela romántica. En *Suerte en la lujuria*, Annabel y Grayson pasan horas en un salón recreativo destartalado, donde atraen a una multitud a medida que ella está cada vez más cerca de superar la puntuación más alta de una máquina de *pinball*. Todo el tiempo, está *casi* totalmente concentrada en el juego. Siente la presencia de Grayson, el encantador profesor de Historia, a su lado, el calor de su cuerpo, el aroma de su colonia. Y cuando consigue la puntuación más alta, él la envuelve en un increíble abrazo de victoria que ella siente hasta en los dedos de los pies. No sabía que los abrazos podían excitarme tanto.

No tengo la suerte de Annabel en la lujuria ni en el *pinball*. Después de perder unos cuantos dólares más en monedas de veinticinco centavos, compruebo la hora en el móvil. Solo han pasado cinco minutos, pero todavía no estoy lista para volver.

Oigo que alguien dice mi nombre a lo lejos. Giro la cabeza, pero, dado que la conversación continúa en voz baja, no estoy segura de si alguien me está llamando. No me están llamando, están hablando de mí. El salón está en la última planta, encima de las pistas, y es difícil distinguir la conversación entre el ruido de los bolos y la gente que habla y se ríe. Estoy sola, probablemente porque da la sensación de que no se ha limpiado en los últimos veinte años, incluida la moqueta, que es de un gris tristísimo.

Pero entonces vuelvo a oír mi nombre, y esta vez estoy segura de que viene de la zona de restauración que hay enfrente del salón recreativo.

No hay ninguna puerta que separe el salón recreativo del vestíbulo ni de la zona de restauración, pero en la entrada del salón recreativo hay una planta en una maceta que es más o menos de mi altura.

Lo que estoy haciendo es ridículo. Soy consciente de ello. Y, sin embargo, aquí estoy, arrastrándome hacia la planta con la esperanza de que sus hojas oculten la mayor parte de mi cuerpo. Cuando me asomo entre ellas, veo a una docena de estudiantes de Westview apiñados en la zona de restauración, de esas en las que sirven pizza de plástico y refrescos de un dólar. Savannah Bell está a la cabeza de la mesa, y parece tan emocionada como yo cuando me enteré de que los votos para presidente del consejo estudiantil estaban divididos por la mitad.

—¿No estáis hartos de que Rowan y Neil lo ganen todo? —inquiere, y agita el vaso para enfatizar—. En cada examen, en cada competición, son Neil y Rowan, Rowan y Neil. Estoy deseando no volver a oír sus nombres juntos.

«Ya somos dos».

—Es el último día de clase, Sav —responde Trang Chau, el novio de Savannah—. ¿Qué más da?

—Porque si uno de ellos gana hoy —continúa Savannah, con sus pendientes temblando por el malestar que le genera—, ganan el instituto. Se van a la universidad como unos auténticos engreídos y creyéndose mejores que el resto de nosotros. Piensa en lo satisfactorio que sería bajarles los humos. *Valedictorian* y *salutatorian*, derrotados en su último juego.

Por algún motivo, la conversación desprende un aire *siniestro*. McNair y yo nos hemos ganado todos los premios, todas las victorias.

—Siempre asumí que estaban liados —interviene Iris Zhou, y lucho contra el impulso de amordazarme con una hoja de la planta.

—No. Imposible —contesta Brady Becker. Bendito sea—. El año pasado hice un trabajo grupal con ellos y casi se matan el uno al otro. Fue una puta locura.

—No sé. —Meg Lazarski se da golpecitos en la barbilla—. Amelia Yoon dijo que el mes pasado los vio entrar juntos en el armario de suministros durante la jornada de liderazgo y, cuando salieron, Neil tenía el pelo hecho un desastre y Rowan estaba totalmente ruborizada.

Ahogo una carcajada. El armario era minúsculo y, sin querer, me rocé contra él mientras agarraba un bote de pintura. La simple proximidad a otro ser humano en un espacio cerrado haría que cualquiera se sonrojara. En cuanto a su pelo: bueno, era la semana de los exámenes avanzados, y algunas personas juguetean con su pelo cuando están nerviosas. Supongo que tenemos eso en común.

—Me da igual si están liados o no —dice Savannah—. Lo único que quiero es acabar con ellos.

—¿No es un poco... antideportivo? —pregunta Brady antes de meterse media porción de pizza en la boca.

—No estamos haciendo nada que rompa las reglas del Aullido —afirma Savannah—. Intenté matar a Neil antes, pero Rowan intervino para salvarlo.

—Liados —canturrea Iris, como si eso lo explicara todo.

Savannah fulmina a Iris con la mirada.

—Además —añade Savannah—, tampoco es que Rowan necesite el dinero.

—¿A qué te refieres? —inquiere Meg.

—¿Judía? —responde Savannah mientras se da golpecitos en la nariz.

Se da golpecitos. En la *nariz*.

No oigo lo que dicen los demás, si alguien se ríe, si alguien está de acuerdo con ella o si alguien le llama la atención. No oigo. No veo nada. Apenas puedo *pensar*. Un pánico abrasador que no había sentido en años me recorre el cuerpo.

Rodeo la corteza falsa de la planta con la mano en un intento de anclarme. En la Seattle demócrata, un lugar que todo el mundo afirma que es *muy abierto*, esto sigue ocurriendo: las indirectas que la gente considera inofensivas, los estereotipos que aceptan como verdad. Aquí no hay muchas personas judías. De hecho, puedo nombrar al resto de alumnos judíos de Westview, a los cuatro de nosotros. Kylie Lerner, Cameron Pereira y Belle Greenberg.

Cuando eres judío, aprendes desde pequeño que puedes seguirles la corriente a las bromas o defenderte y arriesgarte a algo mucho peor, ya que todavía no posees las palabras para decirle a alguien por qué esas bromas no tienen gracia. Yo elegí la opción A. A veces me pone enferma pensar en cómo alentaba a la gente en la escuela primaria, porque si no puedes vencerlos, únete a ellos, ¿no?

Me paso el dedo índice por la protuberancia ósea que tengo en el centro de la nariz. En cuarto curso, suspendí un examen de la vista a propósito con la esperanza de que las gafas le restaran importancia a la monstruosidad que tenía en medio de la cara, pero me sentí tan culpable que al final se lo confesé a mis padres. Incluso ahora, no es mi rasgo favorito. Un comentario y me lleva de vuelta a ese punto en el que odiaba mirarme.

—Si estáis aquí —dice Savannah, y me obligo a centrarme de nuevo en la conversación—, es porque también queréis acabar con ellos. El que no, que se vaya.

Al principio nadie se mueve. Entonces Brady se pone en pie.

—Yo me largo. Rowan y Neil me caen bien, y no quiero arruinarle la diversión a nadie.

—Y yo solo estaba aquí por la pizza —dice Lily Gulati—. La cual ha sido maravillosamente mediocre. Buena suerte con tu venganza, supongo.

Nadie más se levanta.

No soy tan ingenua como para pensar que les caía bien a todos los del instituto, pero suponía que, como mínimo, no me odiaban tanto. La cruda realidad hace que tiemble. A lo mejor he subestimado a Savannah. Está claro que es alguien que sabe invocar el poder cuando quiere, dado el grupo que ha establecido aquí. Y después de lo que ha dicho, cómo se ha dado unos golpecitos en la nariz... Nunca ha sido mi persona favorita, pero ahora se ha convertido en una villana en toda regla.

Se me está empezando a acalambrar el cuello. Estoy desesperada por girarme hacia el otro lado para aliviarlo, pero no puedo arriesgarme a llamar la atención sobre mi escondite.

—Ahora que eso está resuelto —continúa Savannah—, hablemos de estrategia. Todavía tengo el nombre de Neil. —Agita el papel para que todos lo vean—. Pero él sabe que lo tengo. —Esta última parte la deja suspendida en el aire, como esperando a que sus seguidores capten el significado oculto.

—Creo que entiendo lo que estás insinuando —dice Trang—. ¿Que uno de nosotros te mate y que luego se quede con el nombre de Neil para que no lo vea venir?

Savannah esboza una sonrisa malvada.

—Exacto.

—¿R2? ¿Qué haces?

La voz me sobresalta tanto que suelto un grito ahogado, e inmediatamente me tapo la boca con la mano.

—Mierda, mierda, *mierda* —siseo, y me doy la vuelta para encontrarme a McNair mirándome con una expresión de confusión en el rostro.

Con el corazón desbocado, le agarro de la manga de la camiseta y tiro de él hasta que se agacha detrás del puesto de alquiler de zapatos desocupado. Se tambalea, pero se endereza rápidamente, y me sigue y agacha la cabeza. Nuestras rodillas chocan contra la moqueta grisácea con más dureza de la que esperaba. Las zapatillas de bolos están apiladas en filas delante de nuestras caras. Estoy segura de que no nos ven, pero no oigo nada de lo que dice Savannah.

—Ya puedes soltarme —susurra McNair.

Oh. Es entonces cuando me doy cuenta de lo cerca que estamos y de que sigo agarrándole la manga. Mientras que yo siento que llevo horas sin respirar con normalidad, su pecho asciende y desciende de forma constante, lo que hace que esa misteriosa frase en latín suba y baje.

Lo suelto mientras intento evitar hacer contacto con su piel lo mejor que puedo, tras lo que vuelvo a sentarme sobre los talones y me mantengo ocupada reajustándome la chaqueta. He empezado a sudar mientras espiaba, y estar tan cerca físicamente de otra persona (aunque sea McNair) no es que ayude precisamente.

La cabeza me da vueltas. Savannah quiere que su ejército nos persiga a McNair y a mí. ¿Como qué? ¿Una especie de venganza retorcida por ser buenos estudiantes?

McNair abre la boca para decir algo, pero me llevo un dedo a los labios. Despacio, muy despacio, me arrastro hacia la izquierda hasta que apenas veo la zona de restauración. Parece que el grupo está terminando y volviendo a sus pistas. Sea lo que sea que hayan decidido hacer, me lo he perdido por completo.

Vuelvo junto a Neil, que, hay que reconocer, está muy quieto y muy callado.

—Estoy perdido —dice—. ¿Esto forma parte del juego?

—Te contaré lo que está pasando. Te lo prometo. —Consulto el móvil. El tiempo de la zona segura está a punto de acabarse—. Pero aquí no.

Da una palmada y sonríe de forma exagerada.

—¿Eso significa que puedo volver a subirme en tu coche? Oh, R2, dime que no es así.

Pongo los ojos en blanco.

—Nos vemos en mi coche en cuanto nos dejen salir. Y asegúrate de que no te siga nadie. —No quiero que nadie nos vea juntos.

Un destello de diversión le recorre el rostro, pero asiente. Tiene que ser capaz de darse cuenta de que voy muy en serio. Puedo confiar en él.

Creo.

—Sería un espía excelente —indica McNair a medida que me acerco al coche. Ya está apoyado en él, con un pie sobre la rueda trasera. Si fuera cualquier otra persona, parecería guay—. Por si te lo estabas preguntando.

Lo ignoro e inspecciono los alrededores para asegurarme de que no nos ha seguido nadie. Después de salir del salón recreativo, Mara me dijo que todavía podía unirme a ella y a Kirby, pero negué con la cabeza y les dije que las vería más tarde. Se hizo un silencio pesado entre las tres, como si no supiéramos cómo atravesar esta nueva etapa de nuestra amistad en la que todos nuestros problemas (*mis* problemas) habían salido a la luz.

Lo único que sé es que McNair y yo no estamos a salvo.

Ahora que está viendo mi coche desde otro ángulo, se fija en el parachoques delantero y toma una bocanada de aire brusca.

—Oh —digo, con una mueca—. Sí. Yo, mmm. Le di a alguien. Esta mañana.

—¿Por eso llegaste tarde? —Se agacha para examinarlo.

—Me daba demasiada vergüenza decirlo.

En ese momento, ocurre algo inesperado: su voz se vuelve suave, sus ojos se llenan de algo que, si no lo conociera mejor, podría ser preocupación.

—¿Estás bien?

—Sí. —Me ciño más la chaqueta—. No iba muy rápido. Mi vestido es el que sufrió.

—Aun así, lo siento. Estaba en el asiento del copiloto cuando le dieron por detrás a mi madre el año pasado, y el coche acabó bien, pero a mí me afectó. No lo sabía, o no te lo habría hecho pasar tan mal esta mañana.

—Es... Gracias —consigo decir, consciente de que puede que sea una conversación normal entre dos personas en la que hay una a la que le importa que la otra no haya muerto esta mañana—. No veo a nadie. Entra.

Cerramos las puertas, pero estamos demasiado cerca de la bolera como para estar cómodos. Conduzco durante un par de minutos en silencio, zigzagueando por calles residenciales hasta que encuentro un sitio en el que aparcar más adentro de Capitol Hill.

—Estás empezando a asustarme —dice McNair cuando apago el motor.

Suelto un largo suspiro.

—Sé que es raro... pero he oído a Savannah Bell hablando sobre nosotros en la zona de restauración. Tenía un grupo de diez o doce personas y estaban planeando aliarse para sacarnos del juego.

Tuerce el rostro.

—¿Qué? ¿Por qué?

—¿Por ser idiotas? ¿Para desquitarnos por ser los mejores del instituto?

—Técnicamente, tú eres la segunda mejor —contesta, y estoy demasiado nerviosa como para molestarme por su comentario.

—Por cómo lo expresó Savannah, era como si fuera a vengarse de nosotros después de todos estos años. Lo decían muy en serio. Y

Savannah dijo... —Pero me interrumpo, ya que me percato de que estaba a punto de contarle que se dio unos golpecitos en la nariz. No estoy segura de poder explicarle a alguien que no es judío, que nunca lo ha vivido, por qué equiparar judaísmo con riqueza es antisemita. Hace siglos, a los judíos no se les permitía poseer tierras y solo podían ganarse la vida como comerciantes y banqueros. Eso se convirtió en el estereotipo de que no solo somos ricos, sino también codiciosos—. Que... mmm... ahora te tiene a ti.

McNair asiente, tirando de un hilo suelto de su mochila.

—Pero por lo que sé —continúo—, iban a hacer que alguien la matara solo para quedarse con tu nombre.

—¿Quién?

—No llegué a enterarme. Ahí fue cuando me interrumpiste.

—¿Y tampoco sabes quién te tiene a ti?

—No. Como ya he dicho, ahí fue cuando me interrumpiste. Espabila —digo—. Todos van a salir a por nosotros. Y tampoco les importa sacrificarse por la causa. Está claro que para ellos no es una cosa de dinero.

Se hace un breve silencio. McNair frunce el ceño, como si estuviera intentando entender el plan de Savannah.

No sé cómo explicarle que cuanto más tiempo permanezca en el juego, cuanto más tiempo permanezca en el instituto, más tiempo tendré para no enfrentarme a la realidad de que no me he convertido en la persona que mi yo de catorce años quería ser. El lunes por la mañana quiero volver a clase con la señora Kozlowski, debatir con McNair durante la clase de Gobierno, bromear con Mara y Kirby durante el almuerzo. Todavía no estoy preparada para el mundo que hay más allá de Westview.

O tal vez no hace falta que lo explique. Tal vez él se sienta exactamente igual.

—Pues... mierda —contesta por fin, y a pesar de todo, casi hace que me ría. Lo dice con resignación, y McNair nunca se ha resignado ante nada, no desde que lo conozco—. ¿Qué hacemos?

Es raro que lo pregunte. No solo porque utiliza la primera persona del plural como si fuéramos una unidad, sino porque es justo lo que me he estado preguntando: ¿cómo *vamos* a afrontarlo?

Hago acopio de todas mis fuerzas para pronunciar la siguiente frase. Teniendo en cuenta todas las veces en las que nos han unido a lo largo del instituto, quizá mi sugerencia sea adecuada. Llevo dándole vueltas en la cabeza desde que los oí hablando, y estoy bastante segura de que es la única solución. Tengo la mandíbula tensa, la garganta áspera mientras las palabras trepan por ella, luchando contra el impulso de seguir el instinto de supervivencia.

—Creo que deberíamos aliarnos.

CLASIFICACIÓN DEL AULLIDO

TOP 5

Neil McNair: 3

Rowan Roth: 3

Brady Becker: 2

Savannah Bell: 2

Mara Pompetti: 2

JUGADORES RESTANTES: 38

ASESINATO MÁS DESPIADADO: Alexis Torres 🔪
Aiden Gallagher, como forma de romper con él 😱 💔

15:07

McNair se queda callado durante unos segundos. Había estado aferrándose a la mochila sobre el regazo, y la deja caer cerca de los pies. Al principio estoy convencida de que va a decirme que estoy diciendo un disparate, que aliarnos es absurdo. Frunce el ceño, luego forma una línea recta con la boca y vuelve a fruncir el ceño. Es como si estuviera sopesando las opciones con cuidado, los pros y los contras desfilándole por la cara, alterándole los rasgos.

—Tenía la esperanza de que hubiera otra forma —digo—. Pero si ambos queremos ganar, que creo que es lo que queremos, entonces...
—Dejo que rellene el espacio en blanco.

No es una sugerencia fácil. Cuando hemos trabajado juntos en el pasado, normalmente ha sido a la fuerza. En el consejo estudiantil y en los proyectos grupales trabajábamos para conseguir los mismos objetivos generales siguiendo planes de ataque completamente distintos. El incidente del *Hombre blanco en peligro* en repetición infinita. El plan de Savannah ha dejado claro que esto es más grande que una rivalidad, más grande que el número diez de mi lista.

—¿Qué supondría exactamente aliarnos? —pregunta, siempre lógico. Bajo la suave luz de la tarde, sus pecas parecen que casi están iluminadas desde dentro. Nunca tiene este aspecto bajo las luces LED ecológicas de Westview. Sus pestañas brillan de color ámbar, y el efecto es tan inesperado que tengo que apartar la mirada.

—Ayudarnos mutuamente con las pistas. Cubrirnos las espaldas. —Caigo en la cuenta de que no tengo ni idea de quién es el objetivo de McNair, y eso me inquieta—. Espera, ¿a quién tienes tú?

—Oh. Carolyn Gao. —La presidenta del club de teatro. Estuvo increíble en la producción del año pasado de *La pequeña tienda de los horrores*—. Y sé que no me tienes a mí, pero...

—Madison Winters.

Asiente.

—Entonces, si lo hacemos, si nos aliamos, ¿qué pasa al final? Supongo que significa que terminaríamos la búsqueda del tesoro al mismo tiempo, ¿no?

—Una vez que consigamos la última pista, es una guerra sin cuartel. Quien llegue primero al gimnasio gana. Uno contra uno, como siempre. —Nos aliamos ahora, y lo destruyo después. Esa es la clave.

Me abstengo de mencionar la firma de Delilah Park. Eso es dentro de más de cuatro horas. Si para entonces no nos hemos irritado el uno al otro hasta matarnos, me inventaré una excusa para escabullirme.

Tira de otro hilo suelto de su mochila, donde el pin de ¡CACHORROS GRATIS! se aferra al nailon deshilachado.

—Tengo una pregunta... ¿qué significa todo esto para ti? Si tanto quieres ganar, no puede ser solo para derrotarme.

—Eso es... una buena parte —admito. No anularía lo de *valedictorian*, pero sé que sería increíble ganar nuestra última competición. No quiero quedarme estancada en el tiempo como la segundona—. Y me encantaría ganar el dinero para la universidad. —Luego le devuelvo la pregunta.

—Universidad —coincide, un poco demasiado rápido—. Nueva York es cara.

—Claro —contesto, y no puedo evitar la sensación de que solo está diciendo una parte de la verdad.

—En el hipotético caso de que acepte tu plan, digamos que ganas todo el juego. Tú te llevas la gloria. ¿Qué obtengo yo? Me parece un trato de mierda llegados a esas alturas.

Lo considero.

—Nos dividimos el dinero. Cincuenta y cincuenta. Independientemente del resultado.

Se le dibuja una sonrisa en la cara y se me revuelve el estómago.

Esto no puede ser bueno.

—¿Y si lo subimos?

—Te escucho.

—Una apuesta —propone—. Tú y yo. Una apuesta para culminar nuestros épicos cuatro años de derramamiento de sangre académico.

—¿Como qué? ¿Que el perdedor tiene que ir desnudo debajo de la toga en la graduación?

Resopla.

—¿En serio? ¿Tienes doce años? Estaba pensando en algo mucho más personal.

Me devano los sesos. Lo más seguro es que haya muchas cosas que McNair no disfrutaría haciendo, pero no lo conozco lo suficiente a nivel personal como para adivinar cuál de ellas sería.

En ese momento, suelto un grito ahogado y me tapo la boca para disimular una sonrisa cuando se me ocurre la idea.

—Quien pierda tiene que escribirle a quien gane una reseña sobre un libro que el ganador o ganadora elija.

—¿Cuántos párrafos?

—Cinco como mínimo. A doble espacio, no menos de tres páginas. —Cruzo los brazos sobre el pecho, consciente de que es la apuesta más friki de la historia. Pero *guau*, la de libros que podría hacer que se leyera...—. ¿Aceptas o no?

Durante unos instantes, ninguno de los dos parpadea. Nunca habíamos hecho una apuesta en ninguna de nuestras competiciones. Siempre había habido mucho en juego.

—Por raro que sea hablar de reseñas de libros el último día de clase, es perfecto —responde—. La única pregunta es, ¿debería ser *El viejo y el mar* o *Grandes esperanzas*? O espera, me encantaría ver qué haces con *Guerra y paz*. Íntegro, naturalmente.

—Hay tantos hombres blancos mediocres entre los que elegir.

—Y, sin embargo, por algo se llaman clásicos. —McNair se gira en el asiento y extiende la mano—. Por la destrucción mutua asegurada —dice, y nos las estrechamos.

A pesar de coincidir en estatura, nuestras manos no son del mismo tamaño, algo en lo que no había reparado hasta ahora. Sus manos son ligeramente más grandes, y su piel es cálida y sus dedos pecosos están entrelazados entre los míos pálidos.

—Sí que tienes muchas pecas.

Retira la mano de la mía y la mira con fingido asombro.

—Oh, *eso* es lo que son. —Acto seguido, deja caer las manos sobre el regazo—. Siempre las he odiado.

—¿Por qué? —Sé que le da vergüenza cuando las menciono para meterme con él, pero no pienso que sean poco atractivas ni nada de eso, aunque, claro está, nunca le he dicho eso a la cara. Simplemente son abundantes—. Son... interesantes. A mí me gustan.

Una pausa. Una ceja alzada.

—¿Te... gustan mis pecas?

Pongo los ojos en blanco y decido seguirle el rollo.

—Sí. Siempre me he preguntado si tienes pecas *en todas partes*.

Ya es casi automático cómo consigo que se sonroje así. Sí que es susceptible. Aun así, chasquea la lengua y dice:

—Algunas cosas es mejor dejarlas como un misterio. —Se pasa una mano por el brazo desnudo—. Contrólate, R2. Ahora somos compañeros de equipo. Si no eres capaz de lidiar con todas estas pecas tan sexis, puede que estemos condenados.

Debe de ser el hecho de estar hablando sobre ellas lo que hace que me quede mirando su rostro unos segundos más de lo que haría normalmente. Porque el caso es que sí que me he preguntado si tiene pecas en todas partes. De una forma puramente científica, del mismo modo que uno se pregunta cuándo se producirá el próximo gran terremoto en Seattle o cuánto tarda en descomponerse un chicle. Dado que están tan densamente salpicadas por sus brazos como por su cara, debe de tenerlas en todas partes, ¿verdad?

Tiene que saber que no estoy hablando en serio. No quiero que piense que estoy calculando el porcentaje de piel pecosa y no pecosa que tiene. Aunque sea de forma puramente científica.

—Tienes las gafas torcidas —digo, con la esperanza de que eso nos devuelva a la normalidad, y se las ajusta.

Ya está. Salvo que la *normalidad* no es Rowan contra Neil; es Rowan y Neil contra el resto de la clase de último año.

Lo más probable es que sea una muy mala idea.

Con una porción de la que McNair declara que es la mejor pizza de Seattle, trazamos una estrategia. Bueno, primero discutimos. Empiezo a pagar mi comida, pero él insiste en hacerlo él porque yo soy la que está conduciendo. Luego acepto a regañadientes compartir mi foto del muro de chicles siempre y cuando él comparta su foto de un paraguas. Hasta este momento habíamos sido iguales. Y supongo que seguimos siéndolo.

Me encantaría descifrar cada pista ahora mismo, pero McNair piensa que es una pérdida de tiempo. Quiere centrarse en lo que sabemos y averiguar el resto sobre la marcha.

—Existe algo llamado «planear demasiado» —dice, echándose copos de pimiento rojo en la pizza. Upper Crust no es la mejor pizza de Seattle, en mi opinión. Mi porción tiene demasiada *mozzarella* viscosa y poca salsa—. ¿Tengo que recordarte el incidente de las lecturas de verano?

Hago una mueca. Nuestra profesora de Inglés mandó una lista de títulos la semana que terminaron las clases, y decidí leer los cinco lo más rápido posible para poder leer lo que quisiera el resto del verano. El día que terminé, envió un correo electrónico para informarnos a todos de que se había equivocado de lista y que «seguramente» nadie había empezado todavía.

—Eso fue una anomalía. —Juego la carta del coche: si quiere caminar, puede largarse en cuanto terminemos de comer, pero yo me quedo aquí hasta que resuelva algunas cosas más. Cede.

Al menos estamos de acuerdo en algunas de las pistas más específicas. Es probable que «Un helado apto para Pie Grande» sea el sabor yeti de Molly Moon's, la heladería más popular de Seattle. Y estamos bastante seguros de que «Un sitio en el que podéis encontrar quirópteros», el nombre científico del murciélago, es la exposición nocturna del zoo de Woodland Park.

—¿Alguna idea de lo que puede ser «Un tributo al misterioso señor Cooper»? —pregunta—. Es muy impreciso. He buscado «Seattle Cooper» en Google y solo me ha salido una empresa de remolques, un concesionario de coches y un montón de médicos. ¿O esta: «Un sitio que es rojo desde el suelo hasta el techo»?

—La Sala Roja de la Biblioteca Pública de Seattle, en el centro —respondo sin vacilar. Mis padres narran cuentos en la biblioteca con regularidad, y he explorado casi cada rincón. La sala es espeluznante pero fascinante, una peculiaridad en un edificio lleno de peculiaridades. Sin embargo, la pista del señor Cooper es tan misteriosa como él mismo—. Ahora sé por qué tenías tantas ganas de que nos aliáramos —añado, quitando un poco del exceso de queso de mi pizza—. No te sabes ninguna de las difíciles.

—Mentira. —Señala «algo local, orgánico y sostenible»—. El sistema de compostaje que introdujiste en Westview.

A mi pesar, resoplo y me río.

—Por favor, estoy comiendo.

No obstante, comer pizza con Neil McNair es extraño. El escaparate de la pizzería es semireflectante, lo que me permite casi ver lo que parece, que ambos estamos juntos en público. Tiene el pelo rojo ligeramente alborotado, mientras que mi moño salió alborotado y se lanzó a la catástrofe natural hace un par de horas.

Tras unos minutos más de discusiones, seguimos sin tener respuestas en cuanto al misterioso señor Cooper, pero ya nos ocuparemos de eso más tarde. Nuestra primera parada como equipo será la Doo Wop Records que tenemos cerca para comprar el primer disco de Nirvana.

Tiramos los platos al cubo de compostaje (cómo no) antes de salir de Upper Crust. Neil saca el móvil para localizar la tienda de discos. Además de todos los iconos de siempre de redes sociales y mensajería, hay más de una aplicación de diccionarios en su pantalla de inicio.

—¿Fan de Merriam-Webster? —pregunto.

—Soy más del *OED*. —Cuando lo miro sin comprender, añade—: ¿El *Oxford English Dictionary*? Solo es el registro definitivo de la lengua inglesa.

—Sé lo que es el *Oxford English Dictionary* —contesto—. Pero no conocía las siglas. ¿Cuántas veces aparece en la vida cotidiana? ¿Cuándo tienes que sacar un diccionario... o cinco?

Se encoge de hombros.

—Bastante a menudo, si quieres convertirte en lexicógrafo.

—Ah —digo, asintiendo como si supiera exactamente qué es eso.

Se le eleva la comisura de los labios.

—Tú tampoco sabes lo que es, ¿verdad?

—Ahora mismo me estoy esforzando mucho para que no me resultes exasperante.

—Es la persona que compila diccionarios —explica, y en cierto modo le pega—. Me encantan las palabras, y eso es a lo que me quiero dedicar. No hay mayor satisfacción que utilizar la palabra adecuada en una conversación con precisión. Me encanta el reto que supone aprender un idioma nuevo y descubrir los patrones. Y me parece fascinante que palabras de otros idiomas se hayan colado en nuestro vocabulario. *Poltergeist, amateur, tsunami...*

Mientras lo explica, se le iluminan los ojos y gesticula con las manos. No sé si alguna vez lo he visto tan animado, tan claramente enamorado de algo.

—Es estupendo —acabo admitiendo. Porque, sinceramente, es estupendo—. ¿Cuántos idiomas sabes?

—A ver... —Los va contando con los dedos—. Cinco en Español, Francés y Latín Avanzados. Me habría metido en Japonés, pero no lo ofrecían, así que tendrá que esperar hasta la universidad. Las lenguas romances son bastante fáciles de aprender una vez que tienes la base en alguna de ellas, así que he estado aprendiendo italiano en mi tiempo libre de forma autodidacta. —Sus labios se curvan en una sonrisa—. Puedes decir que estás impresionada. No pasa nada.

Me niego, pero es difícil no impresionarse cuando mis conocimientos de la primera lengua de mi madre terminan en Español III.

Como la tienda de discos no está lejos, decidimos ir andando en lugar de aferrarnos a la esperanza de tener suerte dos veces aparcando en Capitol Hill. Pasamos junto a una tintorería, una zapatería y un restaurante de sushi. Como medimos justo lo mismo, nuestros zapatos golpean la acera a la par. Seguro que no nos costaría ganar una carrera de tres piernas.

Broadway es la arteria principal de Capitol Hill, una calle en la que los restaurantes y tiendas modestas han sido sustituidos poco a poco por panaderías y cafeterías de gatos. Quedan algunos pedazos de la historia de Seattle, como la estatua de bronce de Jimi Hendrix en la intersección de Broadway y la calle Pine, congelada en medio de un solo de guitarra, y el Dick's Drive-In. Yo no me como las hamburguesas, pero sus batidos de chocolate son la perfección metida en vasos compostables. También es el centro de la cultura *queer* de Seattle, de ahí los pasos de cebra arcoíris, a los que les hacemos una foto y recibimos nuestras marcas de verificación verdes.

—¿Puedo preguntarte algo? —inquiere de repente. Parece incómodo, y me entra el pánico, temiendo que vaya a volver a sacar el tema del anuario. Si lo hace, lo firmaré ahora mismo. No haré ningún comentario sarcástico—. ¿Por qué me odias tanto? —Lo dice con tanta facilidad, sin alterar el tono de voz. No se traba, pero me toma desprevenida, hace que me detenga en medio de la acera.

—Y-Yo... —Estaba lista para lanzarle una respuesta, pero no estaba segura de cuál era—. No te odio.

—Permíteme dudarlo. Llevas media hora burlándote sin parar.

—«Odiar» es una palabra muy fuerte. No te odio. Me... —Agito la mano en el aire como si la palabra adecuada fuera algo que pudiera atrapar en el puño—. Me frustras.

—Porque quieres ser la mejor.

Hago una mueca. La manera en la que lo dice hace que me sienta inmadura al respecto.

—A ver... Vale, sí... pero es más que eso. La mayor parte de lo que hablamos es totalmente inofensivo, pero eres incapaz de parar de hacer comentarios sarcásticos sobre las novelas románticas, y para mí eso no es bromear. Me... duele.

Afloja el agarre de las correas de la mochila y agacha la cabeza como si estuviera avergonzado.

—R2 —dice en voz baja—. Lo siento mucho. Pensaba que... Pensaba que solo estábamos bromeando. —Suena arrepentido de verdad.

—No es bromear cuando haces todo lo posible para que me sienta como una basura por gustarme lo que me gusta. Ya tengo que defenderlo bastante delante de mis padres y de mis amigas. En plan, lo entiendo, ja, ja, a veces hay hombres sin camiseta en las cubiertas. Pero lo que nunca voy a llegar a entender es por qué la gente no tarda en destrozar la *única cosa* que siempre ha sido para las mujeres primero. No nos dejan tener esta única cosa que no hace daño a nadie y que nos hace *felices*. Nop, si te gustan las novelas románticas, no tienes gusto alguno o eres una triste solterona.

Cuando por fin paro de hablar (gracias a Dios que paro de hablar), estoy respirando con dificultad y tengo un poco de calor. No esperaba alterarme tanto, no el día que voy a conocer a la diosa literaria Delilah Park y no delante de Neil McNair.

Me mira fijamente con los ojos muy abiertos y sin parpadear detrás de las gafas.

Se va a reír de mí en tres, dos, uno...

Pero no lo hace.

—R2 —repite, esta vez más bajo—. Rowan. De verdad que lo siento. S-Supongo que no sé mucho sobre ellas. —Cambia de rumbo y usa mi verdadero nombre. Acto seguido, alza la mano hasta que se queda suspendida sobre mi hombro. Me pregunto qué le haría falta para que la bajara. Recuerdo la sesión de fotos de Con Más Probabilidades de Triunfar, cómo se opuso a tocarme. Como si eso fuera a transmitir un cariño que nunca nos hemos tenido. Respeto mutuo, sí. Pero ¿cariño? Nunca.

Deja caer la mano antes de que pueda seguir dándole vueltas.

—Disculpa... aceptada, supongo. —Estaba preparada para contraatacar. No estoy acostumbrada a las negociaciones de paz—. ¿Puedo preguntarte algo yo *a ti*?

—No. No puedes. —Por cómo se le arruga la boca al decirlo, puede que sea para relajar el ambiente.

Le doy un empujón en el hombro, uno suave. Así es como tocaría a un amigo cercano, y me resulta tan extraño que me da un vuelco el estómago. Ni siquiera estoy segura de que McNair y yo seamos capaces de ser amigos, o si es que acaso importa. De todas formas, nos vamos en un par de meses. Tampoco es que tenga tiempo exactamente para hacer amigos nuevos.

—¿Por qué las odias tanto? A las novelas románticas.

Me lanza otra mirada extraña.

—No las odio.

PIZZERíA UPPER CRUST

20 DE JUNIO DE 2020, 15:18

PEDIDO Nº: 0102

HA ATENDIDO: JENNIFERCLIENTES: 2MESA: 9

PARA TOMAR AQUí

1 VENGANZA VEGETARIANA	2,99 $
1 DELICIA DE PEPPERONI	3,49 $

SUBTOTAL	6,48 $
IMPUESTOS	0,65 $

TOTAL	7,13 $

PROPINA	2,50 $

TARJETA VISA XXXXXXXXXXX1519

MCNAIR, NEIL A

¡GRACIAS!

15:40

Están sonando The Temptations en Doo Wop Records, una de las pocas cosas que hacen que me sienta como si hubiera retrocedido en el tiempo. Todo el local es un homenaje a los años sesenta, con carteles de conciertos antiguos en las paredes y cabinas privadas en la parte de atrás para escuchar música.

—Encajas a la perfección —comenta McNair, señalando mi vestido.

—Yo... Oh. —Es algo tan poco propio de McNair que tardo un rato en formar una frase—. Supongo que sí. Me gusta la ropa vieja y la música vieja. ¿Te gusta... la música? —Parece un dato básico para conocer a una persona: pelo castaño, ojos marrones, haría cosas cuestionables para haber podido ver a The Smiths en directo.

—¿Que si me gusta la música? —Se burla de la pregunta mientras nos dirigimos a un pasillo marcado como «rock j-n»—. ¿Fue Hemingway el mejor escritor del siglo xx? Sí, me gusta la música. Sobre todo grupos locales, algunos que han triunfado y otros que todavía no. Death Cab, Modest Mouse, Fleet Foxes, Tacocat, Car Seat Headrest...

—¿Viste a Fleet Foxes en Bumbershoot hace unos años? —pregunto, ignorando el comentario de Hemingway. Solo por eso elegiré un libro más erótico para que lo lea cuando gane.

Se le iluminan los ojos.

—¡Sí! Fue un concierto increíble.

Y, si bien es cierto que llevamos cuatro años yendo al mismo instituto, hay algo extraño en esto: McNair y yo hemos estado en el mismo concierto, aplaudiendo al mismo grupo en un mar de hípsters sudorosos de Seattle.

Es el primero en encontrar la sección con el título «N», y la hojea mientras abro el chat grupal que tengo con Kirby y Mara. No es imposible que Savannah haya reclutado a más gente desde que estuvimos en Hilltop Bowl, y aunque estamos en una situación precaria, no quiero tenerles miedo a mis propias amigas.

> estoy segura de que la respuesta es no, pero por casualidad no os habréis aliado con savannah bell para matarnos a mcnair y a mí, no?

MARA
En absoluto.

KIRBY
Qué demonios???

> escuché cómo convocaba un ejército en la zona segura

KIRBY
Repito: qué demonios???

> ya

> así que es posible que haya unido fuerzas con mcnair

Me meto el móvil en el bolsillo, ya que todavía no estoy del todo preparada para sus respuestas.

—No lo tienen —indica McNair, y le doy un codazo para que se aparte y echarle un vistazo yo misma.

—¿Puedo ayudaros a encontrar algo? —pregunta una mujer con un cordón de Doo Woop en el cuello. Lo más probable es que tenga unos veinte años, tiene un corte *pixie* rubio platino y lleva un peto largo y unas botas de combate. Su placa de identificación dice Violet.

—Estamos buscando el primer disco de Nirvana —respondo, y como lo he buscado antes, añado—: ¿Creo que es *Bleach*?

—¡Así es! —canturrea Violet—. El Nirvana de la vieja escuela. Me encanta. De hecho, no sois las primeras personas que preguntáis por ese disco hoy. ¿Estáis jugando a algún tipo de juego?

—Algo así como una búsqueda del tesoro —dice McNair.

—Mmm, sé que lo tenemos. Debería estar aquí. —Nos apartamos para que pueda echar un vistazo a la sección de la «N».

Quienquiera que haya venido antes que nosotros, ¿y si lo ha escondido? Aquí hay miles de discos. Podrían haberlo metido en cualquier parte.

McNair debe de llegar a la misma conclusión, porque dice:

—¿Tendríais una copia en algún otro sitio?

—Tenemos *Nevermind* (sobrevalorado, en mi opinión), *In Utero* y *MTV Unplugged in New York*. Ese sí que es un buen disco. —Lo saca y lo acaricia con cariño—. El mejor disco en directo que he escuchado en mi vida.

La mirada de Violet se detiene en McNair, y al principio supongo que es porque tiene algo en la cara. Yo también me permito mirarlo durante unos segundos, pero no tiene nada. C-Creo que existe la posibilidad de que esté tonteando con él.

Estoy muy avergonzada por ella.

—Sin duda —coincide McNair. ¿Le está devolviendo el tonteo?

Violet le sonríe.

—Por desgracia, no veo *Bleach*. Puede que alguien lo haya colocado en otro sitio o se lo haya llevado a una cabina.

—O lo haya comprado —añado. Hay otras tiendas de discos en Seattle, pero perderíamos tiempo en llegar, y existe la posibilidad de que tampoco lo tengan.

—Dejadme echar un vistazo atrás, ¿vale? —Violet vuelve a deslizar *MTV Unplugged* en la sección de la «N»—. Siempre es posible que alguien haya traído una copia para vender.

—Muchas gracias. —La cortesía de McNair está al 110 %. Cuando Violet se aleja con sus botas, enarco las cejas—. ¿Qué? —inquiere.

—Sin duda. El mejor disco en directo jamás grabado en la historia de la humanidad.

Me mira fijamente.

—¿Se supone... que me estabas imitando?

—Depende. ¿Estabas tonteando con Violet? —No le daré la satisfacción de decirle mi suposición de que Violet estaba tonteando con él primero. A lo mejor también estaba intentando contar sus pecas.

—Estaba sumida en una especie de ensoñación con Nirvana. No quería que se perdiera a manos de ella.

—Nunca has escuchado a Nirvana, ¿verdad?

—Ni una sola canción. —McNair mueve la cabeza en dirección a las cabinas que hay al fondo—. Mientras esperamos, siempre he querido escuchar algo ahí detrás.

—¿De verdad te piensas que podemos ponernos de acuerdo en algo que escuchar? —pregunto, aunque llevo mirando las cabinas con nostalgia desde que entramos.

Se da golpecitos en la barbilla.

—¿Qué te parece si cada uno elige un disco y la otra persona tiene que escuchar una canción entera antes de emitir un juicio?

No puedo negar que suena divertido.

—Vale, pero que sea rápido.

KIRBY
oh EN SERIO?? 👀

te has aliado con el chico con el que no estás para nada obsesionada?

MARA
No seas mala.

Pero: 👀 👀 👀

Pongo los ojos en blanco, aunque me siento aliviada de que nuestra amistad no se haya tensado hasta el punto de no tener conversaciones como esta.

«Creo que estás un poco obsesionada con él».

Obsesionada con ganar, sí. Y resulta que es la única persona que puede ayudarme a conseguirlo.

Voy a la cabina unos segundos antes que McNair, y el corazón se me sube a la garganta mientras escondo el móvil, aunque es obvio que no puede ver nuestro chat grupal. Lleva un disco tan aferrado contra el pecho que podría estar abrazándolo. En la mesita hay un tocadiscos y dos pares de auriculares con dos sillas metidas debajo. McNair cierra la cortina y nos encierra en el pequeño espacio.

—Tú primero —digo mientras apartamos las sillas y agarramos los auriculares.

Solía imaginarme viniendo aquí con alguien que me gustaba, pasando horas eligiendo discos, chocando las rodillas mientras los escuchábamos en una cabina como esta. Es el sitio en el que el novio perfecto de instituto y yo habríamos pasado el rato. Me quedaba despierta por la noche, trazando un mapa mental de Seattle para ese chico misterioso y para mí, y escuchar discos juntos era una de las cosas más románticas que podía imaginar. Me inventaba listas de reproducción enteras para nosotros. *Close to Me*, de The Cure, con sus pausas jadeantes y su letra sugerente, era la canción más sexi que había oído en mi vida. El universo debe de encontrar graciosísimo que la primera vez que esté aquí sea con McNair.

La canción de McNair es alegre, animada, con voces masculinas agudas. A los quince segundos, se quita los auriculares de una oreja y pregunta:

—¿Qué te parece? —Mueve la pierna arriba y abajo, impaciente por mi respuesta.

—Es... divertida —admito, pero no quiero que se le suba el ego por haber elegido algo que no es terrible, así que añado—: Casi se te nota en la cara lo divertida que es.

—No sabía que te ofendiera tanto la diversión. —Me enseña la portada del disco, en la que aparecen los cinco miembros de la banda vestidos con colores brillantes y jugando al Twister.

—¿Cachorros gratis? —inquiero—. ¿En serio se llama así el grupo?

—No. Es ¡Cachorros gratis! ¡Signo de exclamación! —Le da unos golpecitos al pin que tiene en la mochila—. No se puede hablar de ¡Cachorros gratis! sin signos de exclamación. Son de aquí y los he visto en directo varias veces. Están empezando a sonar a nivel nacional, pero no creo que lo vendan todo.

—¿Tu grupo favorito se llama «¡Cachorros gratis!»? —Pongo todo el énfasis que me es posible en el signo de exclamación, y niega con la cabeza.

—Algún día irás a un concierto de ¡Cachorros gratis! y verás la magia con tus propios ojos.

He empezado a tener demasiado calor con la chaqueta, probablemente porque fuera todavía hace sol. O puede que el termostato esté demasiado alto. En cualquier caso, me la quito y, en el proceso, le doy sin querer con una manga vacía.

—Perdón —digo mientras la cuelgo del respaldo de la silla.

—Es un poco estrecho esto —contesta, encogiéndose de hombros en señal de disculpa, como si fuera culpa suya.

—¡Estáis de suerte! —La voz de Violet. McNair descorre la cortina y Violet agita un álbum negro con una foto en negativo en la portada—. Teníamos una copia en una pila de discos donados a la espera de ser procesados.

—Gracias —digo al tiempo que McNair acepta el disco.

—No hay de qué. —Se queda un rato ahí, cambiando el peso de un pie a otro, y durante unos instantes me pregunto si de verdad estaba tonteando. En ese momento, suelta—: Canción tres. *About a Girl*. Fue la primera señal de que Nirvana iba a ser algo más que *grunge*. Aunque no lo compréis, tenéis que escucharlo en vinilo. Su intención siempre ha sido que se escuche así.

—Lo haremos —afirma Neil, y Violet nos dedica una sonrisa más antes de cerrar la cortina.

McNair le da la vuelta al disco.

—¿Ha escrito su número en la parte de atrás? —inquiero—. Espero que esté preparada para un montón de mensajes con la puntuación y las mayúsculas adecuadas.

—R2, estaba mirando la lista de canciones. Y creo que simplemente le encanta Nirvana.

Pone el disco sobre la mesa y cada uno le hace una foto.

—Supongo que estamos listos, entonces —digo, pero frunce el ceño.

—Todavía tenemos que escuchar tu canción.

—¿Nada de Nirvana?

Sacude la cabeza.

—Puede que me echen de Seattle por decir esto, pero nunca he sido un gran fan.

Le presento mi disco preferido: *Louder Than Bombs*, de The Smiths. «Is It Really So Strange?» es la primera canción, y Neil se mantiene en un molesto silencio durante los tres minutos que dura.

—Es pegadiza, pero... también parece melancólica.

—¿Qué tiene eso de malo?

—Hay demasiada mierda en el mundo como para escuchar música deprimente todo el tiempo. —Le da un golpecito al disco de CG—. De ahí ¡Cachorros gratis!

Cuando descorremos la cortina para irnos, es casi demasiado perfecto: Madison Winters, la de los siete zorros que cambian de forma, está mirando discos con un par de chicos de Westview. No me ve hasta que me acerco sigilosamente por detrás y le arranco el pañuelo azul del brazo.

—Cuánto sigilo —dice su amigo Pranav Acharya, que extiende la mano para que le choque los cinco—. Lo respeto.

—Vaya, ¿dónde está tu lealtad? —pregunta Madison, fingiendo estar ofendida, y es tan bondadosa al respecto que me siento un poco mal por burlarme de sus zorros que cambian de forma. Al menos tiene algo que la define.

McNair y yo nos quedamos delante de la tienda mientras saco el móvil para registrar la muerte. Por extraño que suene, ha sido divertido. Tal vez idealicé venir aquí con un novio, pero la verdad es que no ha estado tan mal con McNair.

—¡Has matado a alguien! —McNair está prácticamente entusiasmado. Lo dice de una forma tan jovial, con los ojos brillantes detrás de las gafas, como si estuviera orgulloso, lo que supongo que tiene sentido porque técnicamente estamos en el mismo equipo. De momento.

En lugar de la aplicación de mensajería, aparece una útil burbuja azul:

Instalando actualización de software 1 de 312...

Claro, ahora es un buen momento para hacerlo.

—Un segundo. Mi móvil ha decidido instalar una actualización.

Instalando actualización de software 2 de 312...

De repente, la pantalla se queda en negro. Mantengo pulsado el botón de encendido y nada.

—Mierda —murmuro—. Ahora no se enciende.

—Déjame ver.

Lo fulmino con la mirada.

—Dudo que el hecho de que tú pulses el botón vaya a hacer algo diferente a si lo hago yo. —Y no quiero que vea el chat grupal con Kirby y Mara sin querer y se haga una idea equivocada. Aun así, se lo doy. Si se enciende, se lo quitaré al segundo.

—No se enciende —indica después de mantener pulsados todos los botones durante un tiempo más que aceptable y de sacarme profundamente de quicio en el proceso—. ¿Lo has cargado?

—Lo he tenido enchufado en el coche. —Extiendo la palma de la mano, ya que hay algo muy extraño en el hecho de que mi móvil, con la funda de motivos geométricos que Mara me regaló por Janucá el año pasado, esté en manos de Neil. Vuelvo a probar el botón de encendido—. No puedo jugar sin el móvil.

—Espera. Espera. Hay una solución. —McNair desliza el dedo por su móvil y toca la foto de contacto de Sean Yee—. Sean es capaz de arreglar cualquier cosa. El año pasado resucitó un MacBook de doce años.

—¿Y por qué iba a ayudarme?

—Nos estaría ayudando a los dos. —Escribe un mensaje que no veo—. Y lo han matado muy pronto, así que no tiene nada que hacer. —Le suena el móvil—. Sean está libre y está en casa. Vive justo al lado de la I-5, entre la calle Cuarenta y Tres y Latona. Tardaremos diez minutos solo en llegar.

—¿No estaba en la zona segura contigo, Adrian y Cyrus? —Esto es demasiado raro. ¿El amigo de McNair ayudándome porque tiene un corazón bondadoso?

Una sonrisa le curva un lado de la boca.

—Solo vino a pasar el rato. ¿Estabas... pendiente de mí?

—Simplemente soy perspicaz.

—Estabas pendiente de mí —concluye—. Estoy conmovido.

PISTAS DEL AULLIDO

- ~~Un sitio en el que puedes comprar el primer disco de Nirvana.~~
- Un sitio que es rojo desde el suelo hasta el techo.
- Un sitio en el que podéis encontrar quirópteros.
- ~~Un paso de cebras arcoíris.~~
- Un helado apto para Pie Grande.
- El grandullón que hay en el centro del universo.
- Algo local, orgánico y sostenible.
- Un disquete.
- ~~Un vaso de café con el nombre de alguien (o tu propio nombre muy mal escrito).~~
- ~~Un coche con una multa por mal estacionamiento.~~
- Unas vistas desde las alturas.
- ~~La mejor pizza de la ciudad (tú eliges)~~
- ~~Un turista haciendo algo que a un local le daría vergüenza hacer.~~
- ~~Un paraguas (todos sabemos que los que de verdad son de Seattle no los usan).~~
- Un tributo al misterioso señor Cooper.

16:15

—Bienvenidos a mi laboratorio —dice Sean con una voz que hace que parezca el villano de una película de espías que ni en broma pasaría el test de Bechdel. Nos acompaña al interior del pequeño sótano de su chalet situado en el barrio de Wallingford. Y sí que parece un laboratorio. Hay una mesa de trabajo con cuatro monitores, un estante con herramientas e innumerables cables y aparatos electrónicos esparcidos por todas partes. La iluminación le da un tinte vagamente verdoso a todo.

Hace frío en el sótano y, cuando me froto los brazos desnudos, me acuerdo de dónde me he dejado la chaqueta: en una silla de la cabina.

—Espero que no te hayamos interrumpido —digo—. En serio, muchas gracias por hacer esto. O por intentarlo.

Sean y yo nunca hemos tenido motivos para hablar mucho. Si soy sincera, no tiene motivo alguno para ser así de amable conmigo. Savannah hace que sospeche de todos los que solían parecer inofensivos.

—*Intentarlo* —repite Sean en voz baja acompañado de una mirada a McNair, y los dos se ríen entre dientes, como si la idea de que Sean no tenga éxito fuera ridícula—. Tranquis, solo estaba jugando al nuevo *Assassin's Creed*.

—¿Por qué ibas a someterte a eso después de que te mataran tan pronto en el Aullido? —pregunta McNair con inocencia.

—Muchas gracias por el apoyo emocional.

Le doy un toquecito a mi móvil muerto.

—Puedo mandarte algo por Venmo...

Sean enarca las cejas.

—¿Qué? No, no, ni en broma vas a hacer eso. Habría suspendido el examen final de Francés sin Neil. Le debo una. O siete. —No me da tiempo a señalarle que no es lo mismo que ayudarme a mí que a McNair antes de que Sean tome un par de gafas gruesas de la mesa de trabajo y se las ponga—. ¿Me dejas ver al paciente?

Conteniendo una carcajada, le entrego el móvil. Neil me dijo que le explicó toda la situación cuando veníamos en coche, pero si a Sean le resulta extraño vernos a los dos juntos, no dice nada.

—Bueno, ¿qué ha pasado exactamente? —inquiere Sean, que coloca el móvil sobre la mesa con suavidad y rebusca en un cajón antes de sacar un cable y enchufarlo. Conecta el otro extremo a su ordenador principal.

—Murió mientras se instalaba una actualización. Y luego no se encendía.

—Mmm. —Sean pulsa algunas teclas y la pantalla del móvil se vuelve azul—. No debería ser muy difícil.

Dejo escapar un suspiro de alivio.

—Menos mal.

—Gracias —dice Neil, y me dedica una sonrisa alentadora.

Me tiemblan los dedos. Odio estar tan unida al móvil que incluso el hecho de pasar diez minutos sin él me provoca síndrome de abstinencia. Pero lo que sí que tengo es el objetivo de Madison. *Brady Becker*. Supongo que sigue vivo.

—Ni me imagino lo que vale todo esto —comento, observando el laboratorio.

—La mayor parte de los aparatos tecnológicos los encontré de segunda mano y los restauré. —Sean se inclina sobre mi móvil, con el pelo negro cayéndole sobre la cara—. Le hice un ordenador nuevo a Neil por su cumpleaños el año pasado.

Me quedo boquiabierta.

—Eso es... increíble.

A mi lado, Neil hace un sonido ligeramente no humano.

—Quizás deberías dejarlo que trabaje.

—Puedo hacer varias cosas a la vez.

—En realidad —contesta Neil—, la multitarea es un mito. Nuestros cerebros solo pueden concentrarse en una tarea de alto nivel a la vez. Por eso puedes conducir y escuchar música al mismo tiempo, pero no podrías hacer un examen y escuchar un pódcast simultáneamente.

—Nada de *mansplaining* en mi laboratorio, por favor —dice Sean.

—No estaba... —empieza Neil, pero luego se calla, como si se hubiera dado cuenta de que eso era justo lo que estaba haciendo. Cuando le lanzo una mirada, se está mirando los zapatos.

Después de eso, dejamos que Sean trabaje en silencio. De vez en cuando, murmura una palabrota o le da un trago a una bebida energética que tiene sobre la mesa.

—*Creo* que lo he conseguido —indica Sean quince minutos después, tras lo que desenchufa el móvil y mira un par de ajustes más—. No debería verse afectado ninguno de tus datos. Ahora crucemos los dedos y... —Los tres lo miramos, esperando a que aparezca la pantalla de inicio. Y ahí está, la foto de Kirby, Mara y yo y el patrón de iconos familiares—. ¡*Voilà*! Como nuevo.

—Eres un genio —digo—. ¡Gracias, gracias!

—También he cambiado la configuración para que no siga con la actualización hasta la semana que viene, así podrás terminar el juego sin que te interrumpa.

—Dios mío, te quiero —contesto, y Sean se sonroja—. Muchísimas gracias. Otra vez. ¿Conoces Dos Pájaros Un Trigo? Ven la semana que viene y te daré un rollo de canela gratis.

Sean se quita las gafas.

—No es tan mala —le susurra a McNair.

—No siempre —admite.

Me aprieto el corazón.

—Estoy conmovida —intervengo, imitando a McNair.

Neil le pone una mano en el hombro a Sean. Mi reino por más chicos que expresen afecto físico sin necesidad de justificar su masculinidad después.

—¿Sigue en pie lo del Beth's Café antes de la graduación?

—Pues claro. Nunca me pierdo Beth's —responde—. Buena suerte a los dos.

—Vida Cuad —dice Neil.

—¡Vida Cuad! —repite Sean con un grito, y experimento una vergüenza ajena tan extrema que podría estallar en llamas. Acto seguido, intercambian un breve pero complejo apretón de manos antes de que Sean nos conduzca hasta la luz del día.

Acabamos con algunas de las pistas fáciles de camino al centro de la ciudad: helado sabor yeti del Molly Moon's, un expositor de manzanas cultivadas en Washington en el mercado de la esquina («Algo local, orgánico y sostenible»).

De camino a la Biblioteca Pública de Seattle, Neil me cuenta más cosas sobre el Cuad. Sean y él fueron mejores amigos durante casi toda la escuela primaria, y lo mismo con Adrian y Cyrus en un colegio privado. Sean y Adrian eran vecinos, por lo que en la escuela secundaria los cuatro pasaban tiempo juntos con bastante regularidad. Neil incluso va a las reuniones familiares de Sean todos los años.

La conversación resulta extrañamente natural. Por algún motivo, Neil y yo nos estamos llevando bien, lo que requiere un recordatorio mental de que voy a destruirlo al final de esto. Esa fue la razón por la que nos hemos aliado.

Tengo suerte a la hora de aparcar en el centro, y no puedo evitar admirar el edificio a medida que nos adentramos en la biblioteca. Es una maravilla arquitectónica, con formas geométricas, colores brillantes y muestras de arte público. Y siempre está llena. Hay un momento incómodo en la planta principal con Chantal Okafor y las Kristen, durante el cual todos nos agarramos los brazaletes, pero cuando nadie se abalanza sobre nadie, todos exhalamos aliviados. Después, Chantal alza las cejas y mira fijamente a McNair. Lo único que puedo hacer es encogerme de hombros, ya que no tengo tiempo suficiente para explicarlo.

—Es... muy rojo —comenta Neil cuando llegamos al Salón Rojo, situado en la cuarta planta. Las paredes brillantes y curvas hacen que parezca que estamos dentro del sistema cardiovascular de alguien.

—¿Alguna otra observación reveladora?

—¿Que lo más probable es que la persona que lo diseñó era un poco sádica?

Enviamos las fotos antes de que nuestros móviles vibren con otra actualización del Aullido.

TOP 5

Neil McNair: 10

Rowan Roth: 10

Iris Zhou: 6

Mara Pompetti: 5

Brady Becker: 4

—Guau —digo—. Hemos dado una buena delantera.

—Naturalmente —contesta Neil, pero está claro que está contento.

Una vez que nos hacemos con la pista de la biblioteca, no puedo quitarme de la cabeza lo que dijo antes Sean. «No habla mucho sobre su vida personal».

—¿Sueles... ir a casa de Sean? —inquiero, intentando sonar casual a medida que recorremos el camino de vuelta a través del Salón Rojo.

—¿A diferencia de...?

—Los vi antes, a Sean, Adrian y Cyrus, antes de que empezara el partido. Dijeron que habías tenido una emergencia familiar y que hacía tiempo que no iban a tu casa. Son tus mejores amigos, así que supongo que no me entró en la cabeza.

McNair se queda callado unos instantes.

—¿Acaso... no tiene secretos todo el mundo? —pregunta al final con rotundidad. Su tono no es cruel, pero tampoco es cálido precisamente.

Justo cuando creo que estamos progresando, que empezamos a abrirnos el uno al otro, cierra la puerta ante esa posibilidad. Salvo que... hay algo que va mal. Su rostro se ha vuelto ceniciento y tiene una mano apoyada en la pared, como si no pudiera mantenerse firme sin ella.

—Oye. ¿Estás bien?

—No... me encuentro muy bien —responde mientras se balancea, y apoya la cabeza en el codo—. Mareado.

—¿De tanto rojo? —inquiero, y asiente. Tiene un aspecto horrible. Se pone en marcha un instinto del que no era del todo consciente—. Venga. Vamos a sacarte de aquí.

Antes de que pueda pensármelo demasiado, le pongo una mano en el hombro y lo guío fuera del Salón Rojo hasta una silla que hay cerca del ascensor. Puede que no sea mi persona favorita, pero eso no significa que quiera que se sienta así.

Se apoya la cabeza en las manos.

—Hoy no he comido nada salvo ese trozo de pizza —dice—. Lo sé, lo sé, mala idea, pero estaba encargándome de mi hermana y se me estaba haciendo tarde y...

—Quédate aquí. Vuelvo enseguida.

«Su hermana». La emergencia familiar. Una pregunta contestada y unas cien más.

De un trozo de papel metido entre los limpiaparabrisas del coche de Rowan

Puede que te hayas dado cuenta de las líneas
blancas que hay en la calle y que indican que
estás ocupando dos plazas de aparcamiento.
Quería hacerte un favor y decirte que,
de hecho, tu coche cabe perfectamente
en una plaza.

Atentamente,
Un ciudadano preocupado

16:46

Neil agarra un paquete de galletitas saladas.

—¿Me lo has abierto?

—No —miento.

En una minitienda de barrio que hay al otro de la calle, encontré una botella de agua, una lata de *ginger ale* y las galletitas. Es posible que me haya pasado.

—No tenías por qué hacer todo esto —dice, y le da un sorbo lento al agua—. Gracias. Siempre he tenido un estómago débil. Los viajes en coche conmigo son toda una maravilla.

Asiento, acordándome. Cuando usábamos el autobús para los actos escolares, como la excursión del año pasado a la Fundación Bill y Melinda Gates, les dijo a los profesores que tenía que sentarse delante. La ley del autobús dicta que la parte delantera es para los que no son tan agradables entre nosotros y, por alguna razón, sentí una incomodidad ajena tan extrema en nombre de Neil que me senté al otro lado del pasillo (no junto a él; todos saben que, si hay suficiente espacio, te sientas solo) y discutí con él durante el resto del trayecto en autobús.

Ya llevamos un par de horas juntos (el máximo tiempo que hemos pasado solos) y McNair ha estado extrañamente normal. Torpe y de vez en cuando molesto, sí, pero no odioso. No estoy segura de si el final del instituto ha accionado un interruptor o si nunca hemos estado en una situación en la que no nos enfrentáramos enseguida.

Me siento en la silla que hay a su lado, en un pequeño hueco de la cuarta planta, y jugueteo con el tapón de la botella. Nos mantenemos en silencio un rato, durante el cual el único ruido es el crujido de la botella de plástico o McNair masticando. Incluso me ofrece una galletita. De vez en cuando, se pasa una mano por el pelo, despeinándoselo más. Debemos de compartir ese hábito nervioso.

No obstante, su pelo no se ve mal cuando lo hace. Y es ahí, en la cuarta planta de la biblioteca, viendo cómo mi némesis le da unos tragos lentos al *ginger ale*, cuando me doy cuenta de algo horrible.

Neil... es *guapo*.

No a lo «me atrae». Sino, en plan, objetivamente atractivo. Quizá sea más preciso decir que tiene un aspecto interesante, con el cabello rojo, las pecas salvajes y unos ojos que a veces son de color marrón oscuro y a veces son casi dorados. La curva de sus hombros debajo de esa camiseta tampoco está mal, al igual que la definición de sus brazos. Incluso esa sonrisa de suficiencia suya es bonita. Dios sabe que la he visto suficientes veces como para hacer esa evaluación.

Guapo. Neil. Inesperado pero cierto, y no es la primera vez que lo pienso.

—Podría contarte algo para animarte. —Debe de ser el aspecto de seguir encontrándose fatal que refleja el rostro de McNair lo que provoca que diga eso.

—¿Sí?

Nunca se lo he contado a nadie, ni siquiera a Kirby y a Mara, porque sabía que nunca permitirían que lo olvidara.

—¿Te acuerdas de noveno?

—Intento no hacerlo.

—Ya. Claro. —Entierro una mano en el flequillo. Es demasiado corto. Lo más probable es que sea una mala idea, pero si lo distrae del Salón Rojo, vale la pena. Tal vez. Me lanzo antes de que pueda reconsiderarlo—. Antes de que se anunciaran los ganadores del concurso de ensayos y revelaras tu verdadero yo, a mí... me gustabas un poco.

Nop, sin duda ha sido una idea terrible. Me invade el arrepentimiento casi de inmediato, y cierro los ojos con fuerza, esperando a que se ría. Cuando no lo hace, abro un ojo, vacilante.

Neil me mira a los ojos, sin aspecto de tener náuseas ya. En su rostro ahora hay diversión: una curva más profunda en la boca, como si estuviera conteniendo una risa en la garganta.

—Te gustaba un poco. —Lo convierte en una frase declarativa. No me está pidiendo que dé explicaciones; está afirmando un hecho.

—¡Durante doce días! —me apresuro a añadir—. Hace cuatro años. Era prácticamente una niña.

No necesita saber qué, exactamente, encontraba tan atractivo en él por aquel entonces. Al principio me quedé hipnotizada por la gran cantidad de pecas que tenía, pensé que eran hermosas, de verdad. Asentía ante las ideas que compartía en clase, ofrecía las mías y sentía una chispa de orgullo cuando estaba de acuerdo conmigo.

No necesita saber que, de vez en cuando, durante el transcurso de ese año, deseé que no hubiera resultado ser el peor arrogante de la literatura para reanudar mis fantasías de las clases de Inglés, esas en las que descansábamos debajo de un roble y leíamos sonetos en voz alta. Me decepcionó tanto que no fuera el chico con el que había soñado. No necesita saber que un par de veces, cuando nuestros hombros se rozaron en el pasillo, sentí un vuelco en el estómago porque tenía catorce años y los niños eran una especie nueva y misteriosa. Tocar a uno, incluso por accidente, era como pasar la mano por una llama. No estaba orgullosa de eso, pero mi cuerpo no se había puesto al día con mi cerebro. Y, doce días después de empezar noveno, mi cerebro decidió que Neil McNair debía de ser despreciado, y su destrucción se ganó el puesto número diez en mi guía para triunfar. Para cuando estábamos en décimo, todas esas volteretas en el estómago se habían ido, y apenas recordaba que me hubiera gustado en absoluto.

Tampoco necesita saber lo del sueño que tuve hace unos meses. No fue culpa mía. Habíamos estado escribiéndonos antes de acostarme, y eso me alteró el subconsciente. Por lo que sé, su subconsciente también hizo que tuviera sueños raros. Estábamos en un restaurante elegante comiendo exámenes de Matemáticas e informes de laboratorio cuando me tomó la cara con las manos y me besó. Sabía a tinta de impresora. Mi lado lógico intervino y me despertó, pero después de eso me pasé una semana sin poder mirarlo a los ojos. Le puse los cuernos a Spencer en sueños con McNair. Fue horrible.

Neil está sonriendo de oreja a oreja.

—Pero era... el chico de catorce años más estúpido.

—¿Y yo era estupenda?

—Pues sí —insiste—. Dejando de lado tu incapacidad para reconocer que *El gran Gatsby* es la novela estadounidense por excelencia.

—Ah, sí, *El gran Gatsby*. Un texto feminista —contesto, aunque mi mente se tropieza con su testimonio en cuanto a lo de que era estupenda—. Nick tiene menos sangre que una zanahoria. Daisy se merecía algo mejor que ese final.

Suelta un bufido de burla. Pero no puedo negar que parece que se encuentra bastante mejor. Su tez ha pasado de ser cenicienta a su habitual tono pálido. Debatir sobre libros en una biblioteca; puede que este sea nuestro estado natural.

—En fin. Volvamos a lo de que te gustaba —continúa—. ¿Escribías poemas sobre mí? ¿Garabateabas mi nombre en el cuaderno con un corazón sobre la «i»? O... ¡oh! ¿Me imaginabas como el héroe de una novela romántica? Por favor, di que sí. Por favor, di que era un vaquero.

—Parece que te encuentras bastante mejor. —Estiro las piernas, deseando moverme otra vez.

Se mira los brazos.

—Ni me había dado cuenta. ¿Estoy exponiendo demasiada piel? No quiero exhibirme delante de ti y provocarte con algo que no puedes tener. Tengo una sudadera en la mochila. Puedo ponérmela si estás...

—Sí, estás mejor. Vamos.

Mi madre me llama cuando llegamos a la planta principal de la biblioteca.

—¡Lo hemos conseguido! —anuncia. Tiene el móvil puesto en altavoz y mi padre está animando de fondo—. ¡Hemos acabado el libro!

—¡Enhorabuena! —Le hago señas a Neil para que me siga y giremos la esquina, así no molestamos a nadie—. ¿Va a salir al mismo tiempo que el próximo libro de *Excavado*?

—Unos meses antes. El verano que viene.

—Y lo más importante, ¿será este el que por fin se convierta en película?

—Ja, ja —responde con sequedad. Ella y mi padre siguen resentidos porque la película de Riley se paralizó hace años—. Ya lo veremos.

—¿Qué tal tu último día, Ro-Ro? —pregunta mi padre—. ¿Conseguiste ser *valedictorian*?

Sus palabras despegan la tirita de la herida.

—No —contesto, y miro a Neil—. Soy *salutatorian*.

—Eso es genial. ¡Enhorabuena! —exclama mi madre—. ¿Dónde estás? Es casi de noche. ¿Vienes a casa para la cena de Shabat?

Neil me mira con una expresión extraña.

—No sé si podré. Estamos... Estoy en mitad del Aullido. ¿Sigue sin haber luz?

—Por desgracia, sí. Pero podemos pedir comida a tu restaurante italiano favorito. Tardará una hora. Por favor. ¿Tu última cena de Shabat en el instituto?

Ahí es donde me atrapan. Además, Neil y yo llevamos la delantera con diferencia, y me vendría bien para cambiarme de ropa.

—Estaré allí en cuanto pueda.

Cuando termino la llamada y vuelve a aparecer la foto de fondo de Kirby, Mara y yo, se me retuerce el estómago. Apago la pantalla y McNair me mira boquiabierto.

—Tus padres —dice con un tono lleno de veneración— son Jared Roth e Ilana García Roth.

—¿Sí...?

—Me he leído sus libros. Todos. Estaba *obsesionado*.

Ahora me toca a mí quedarme boquiabierta. Es algo que ocurre en ocasiones, sí, pero nunca sospeché que Neil McNair fuera fan de los libros de mis padres.

—¿Cuál es tu libro favorito? —pregunto para ponerlo a prueba.

Responde sin vacilar.

—La saga *Excavado*, sin duda.

—Riley es genial —coincido. Solía disfrazarme de ella para los eventos de mis padres, con la chaqueta roja, sus características medias de pterodáctilo que me habían hecho a medida y el pelo recogido en dos moñitos desordenados.

Neil se pone nostálgico.

—En el que hizo su bat mitzvá y su abuela y abuelo vinieron de Ciudad de México y aprendieron todo sobre las tradiciones judías... R2, me *deshidraté*.

—¿Número doce, *Mi maravillosa bat mitzvá*? —Estaba basado en mi bat mitzvá, aunque no fue del todo el intercambio ideal de culturas que aparece en el libro. Más bien, la familia mexicana de mi madre estaba convencida de que la familia de mi padre los estaba evitando, y la familia de mi padre se quejaba de la comida y de que no habían podido oír al rabino. Deseé, no por primera vez, saber más español, incluso mientras leía el hebreo.

—Sí. Lo leo siempre. —Lo dice en presente.

—Espera. ¿*Todavía* los lees?

Aparecen manchas rosadas en sus mejillas.

—Puede.

Si hubiéramos sido más amigos que rivales, me pregunto si me lo habría contado antes. Durante todo este tiempo, solo ha sido la mitad de arrogante de la literatura de lo que yo creía que era. Es desconcertante darme cuenta de lo mucho que tengo en común con alguien a quien le he dedicado tanto tiempo para destruirlo.

—No te estoy juzgando. Solo estoy sorprendida. ¿Por qué no has ido a ninguna de sus firmas?

—No quería ser el chico que da mal rollo al fondo y que está claro que es demasiado mayor para esos libros.

—Nunca se es demasiado nada para los libros —afirmo—. Nos gusta lo que nos gusta. Mis padres tienen muchos fans adultos y, aun así, odian las novelas románticas.

El rosa de sus mejillas se intensifica.

—Una vez más, lo siento. ¿De verdad que tus padres no aprueban lo que lees? ¿No deberían, no sé, alegrarse de que leas?

—Eso nunca ha supuesto un problema conmigo —respondo—. Los libros infantiles, no pasa nada, pero ¿las novelas románticas? —Si supieran lo de la firma de libros de Delilah, sacudirían la cabeza y fruncirían los labios, y yo sabría, antes incluso de que dijeran nada, que no solo me están juzgando a mí, sino también a Delilah y a sus fans—. Empecé a esconderles mis libros. No aguantaba más.

—A mi madre le gustan —ofrece Neil—. Si eso ayuda en algo.

—Espero que nunca te metas con ella por eso.

Hace una mueca.

—Ya no.

Vuelvo a meter el móvil en el bolsillo.

—Tengo que ir a casa para la cena de Shabat —explico—. Es el Shabat judío. No somos, en plan, los mejores judíos, pero intentamos hacer la cena de Shabat todos los viernes y...

—Sé lo que es el Shabat —dice, y se señala a sí mismo—. También judío.

—Espera. ¿Qué?

¿Cómo es posible que me haya dejado alucinando dos veces en cuestión de un minuto?

—Soy judío. Mi madre es judía, y me crie como judío.

—¿A qué templo vas? —inquiero, todavía sin estar convencida.

—Hice mi bat mitzvá en el Templo Beth Am. Mi Parashá de la Torá fue Vezot Habrajá.

—Yo voy al Templo De Hirsch Sinai —indico. Es la única otra sinagoga reformista que hay en Seattle. En nuestra ciudad de casi ochocientos mil habitantes, tenemos dos. Dentro del área de tres manzanas desde mi casa hay cinco iglesias.

Lo examino, como si estuviera buscando algún rasgo judío evidente que se me haya pasado por alto. Como es lógico, no hay nada, solo su cara objetivamente atractiva. Suelo tener una conexión instantánea con otros judíos. Lleva pasándome toda la vida, a pesar de los pocos judíos que conozco.

Neil McNair es judío, y siento un tirón en el pecho, el que siento cuando me entero de que comparto religión con alguien.

—¿Radar de judíos defectuoso? —pregunta.

—Supongo que sí. También es por el apellido.

Hace una mueca extraña.

—Es el de mi padre. Tenía intención de cambiármelo cuando cumpliera dieciocho años. El apellido de soltera de mi madre es Perlman. Pero... no lo hice. —Se queda mudo.

—Ah —contesto, y siento cierta incomodidad, pero no sé cómo afrontarla—. En fin... yo tengo que ir sí o sí a casa. —Pero no me parece bien separarnos todavía, no cuando ahí fuera hay todo un ejército de estudiantes de último año tramando nuestra muerte.

Le echa un vistazo a su reloj antes de volver a mirarme.

—¿Te parece bien que me pase un momento? Solo para... saludar a tus padres y decirles que pienso que son unos genios de la literatura. —Se pellizca el labio inferior con los dientes—. No, eso sería raro. Sería raro, ¿verdad? Hoy ya te has portado bien conmigo cien veces. No hace falta que lo hagas —añade rápidamente. Está balbuceando, madre mía.

Supone un alivio tan grande oír que no quiere separarse (o al menos que no lo mencione) que tengo que obligar a mi cara a que no reaccione. Y, en ese momento, me pregunto por qué, de entre todas las opciones, siento *alivio*. Habría supuesto que a estas alturas ya estaría desesperada por tener un descanso, pero supongo que mis niveles de tolerancia hacia McNair son más altos de lo que me pensaba.

—¿Quieres... cenar con nosotros? —pregunto—. Puedes conocerlos si me prometes ser normal.

Acabo de invitar a Neil McNair a hacer la cena de Shabat conmigo y con mis padres. En mi casa. En cualquier otro momento, les mandaría un mensaje a Kirby y a Mara para contárselo, pero no estoy segura de cómo lo explicaría. Apenas soy capaz de explicármelo a mí misma.

Neil abre mucho los ojos.

—¿Estás segura?

—Claro —respondo—. Les encanta tener gente en casa.

—¿Te parece...? —Se interrumpe y se sube las gafas, las cuales se le han vuelto a deslizar por la nariz—. ¿Te parece bien que paremos en mi casa de camino? Quiero que me firmen unos libros. Solo serán unos minutos.

Vuelvo a pensar en lo que dijeron sus amigos antes, lo de que no le gusta llevar gente a casa. Seguro que entrará corriendo y que volverá a salir corriendo. En realidad, no voy a ir *a* su casa.

Le digo que sí y, de camino al coche, les mando un mensaje a mis padres para decirles que va a venir. Luego acribillo a Neil con más preguntas sobre los libros. Es un experto en *Excavado*, se acuerda de detalles como el nombre del jerbo que tenía Riley como mascota (Megalosaurio), el lugar en el que hizo su primera excavación en el primer libro (un pequeño pueblo situado al sur de Santa Cruz, donde su familia estaba de vacaciones) y lo que encontró allí (un dólar de arena del Plioceno). Estoy impresionada.

—Vas a tener que darme indicaciones —digo mientras giro la llave en el contacto.

—Gira a la izquierda después de la salida de la calle Cuarenta y Cinco. —Se abrocha el cinturón—. Es raro, ¿eh? Que vengas a mi casa y que luego cenemos con tus padres.

Suelto una carcajada un poco más aguda de lo habitual.

—Sí. Lo es.

—Y para que lo sepas, puede que vayamos a cenar juntos, pero esto no es una cita —aclara, completamente serio—. No quiero que te emociones demasiado. En plan, tus padres van a estar allí, por lo que sería muy incómodo que estuvieras adulándome todo el rato.

VIDA PERSONAL DE NEIL MCNAIR:

LO QUE SÉ

- Vive en alguna parte del norte del lago Union, pero al sur de Whole Foods.

- Tiene un armario lleno de trajes.

- Es judío.

- Tiene una hermana. ¿Puede que más de una? ¿Puede que un hermano también?

- Ha tenido una emergencia esta mañana.

- mmm

17:33

Neil se desabrocha el cinturón. Como no me muevo, me pregunta:

—¿Vienes?

—Oh, pensaba que no... Vale —respondo, incapaz de decidir qué frase terminar.

—No vamos a tardar —me asegura. Pero no le hago la pregunta que tanto deseo: «¿Por qué?». ¿Neil McNair quiere que esté en su casa o ni siquiera se lo está pensando o...?

Antes de abrir la puerta, hace una pausa.

—Puede... —empieza, pero luego se interrumpe. Se pasa una mano por el pelo y me pican los dedos ante el deseo de alisarle los mechones para que vuelvan a su sitio. Neil McNair no es Neil McNair si cada parte de él no está en perfecto orden—. Puede que esté desordenado —concluye finalmente, tras lo que gira la llave y me deja entrar en la McGuarida por primera vez.

La casa de Neil está en una zona antigua de Wallingford. Todas las casas de esta manzana son de una sola planta y los patios están cubiertos de malas hierbas. El de Neil está un poco más cuidado que los demás, pero aun así al césped no le vendría mal tener una sesión de una hora con la cortacésped. Dentro, está limpio... y hace *frío*. Escasamente decorado, pero nada fuera de lo común. Estoy completamente desconcertada por su advertencia.

—Espero que te gusten los perros —dice Neil al tiempo que un *golden retriever* salta sobre mí moviendo la cola.

—Me encantan —afirmo, rascándole las orejas. Mi padre es alérgico, pero yo solía pedir uno para Janucá todos los años—. Es preciosa. Los *golden retriever* siempre parecen estar súper felices.

—Parece que lo está. Se está quedando ciega, pero es una buena chica —cuenta, y se arrodilla para que le pueda lamer la cara—. ¿Verdad, Lucy?

—Lucy —repito, sin dejar de acariciarla—. Eres preciosa.

—Te va a llenar de pelos.

—¿Has visto el vestido que llevo hoy?

Se pone de pie y Lucy lo sigue. Debe de percatarse de que me estoy agarrando los brazos, porque dice:

—No ponemos la calefacción en verano. Incluso cuando los veranos son, bueno, como este.

—No pasa nada —me apresuro a decir—. Es inteligente. Para ahorrar dinero y todo eso.

Mi familia es de clase media-alta. En Seattle hay algo de pobreza, pero los barrios que rodean Westview suelen ser de clase media o media-alta, con algunos grupos de megarricos.

No sabía que el dinero fuera un problema para la familia de Neil.

Una chica pelirroja sale de una habitación situada al final del pasillo.

—Creía que no ibas a volver a casa hasta más tarde. —Parece que tiene once o doce años, y es adorable: coleta alta, falda lavanda sobre *leggings* negros, pecas salpicándole la cara.

—He venido un momento —contesta Neil—. No te preocupes. No me voy a colar en tu fiesta de pijamas.

—Qué decepción. La última vez nos divertimos mucho haciéndote un cambio de imagen —dice, y él gime. La idea de unos críos haciéndole un cambio de imagen a Neil McNair desprende algo demasiado preciado como para describirlo con palabras. Se vuelve hacia mí—. Soy Natalie, y si te ha contado algo sobre mí, es una completa mentira. Espera, ¿eres Rowan? —inquiere, y toda la piel expuesta de Neil se vuelve roja—. Me encanta tu vestido.

—Lo soy. Gracias. A mí me gusta tu falda.

Neil le pone una mano en el hombro a su hermana.

—¿Estás... bien? —pregunta en voz baja, como si no quisiera que lo oyera—. Por lo de antes.

Natalie se toca una tirita que tiene en el nudillo.

—Estoy bien.

«Emergencia familiar». Dios... ¿le ha hecho daño alguien?

Retrocedo unos pasos, muy muy recelosa de repente de lo que me he encontrado.

—Si te vuelven a molestar por él, ¿me juras que me lo dirás y que no usarás los puños?

—Pero es que son muy efectivos —responde, y Neil niega con la cabeza—. Vale, vale. Te lo prometo.

—Neil, cariño, ¿eres tú? —pregunta una voz desde la cocina.

«¿Cariño?». inquiero gesticulando con la boca, y se sonroja todavía más si cabe.

—Sí, mamá —responde—. Solo he venido a buscar algo.

Lucy nos sigue hasta la pequeña cocina. La madre de Neil está sentada a la mesa, inclinada sobre un portátil. Su pelo corto es de un castaño rojizo más oscuro que el de Neil, y lleva lo que supongo que es su ropa de trabajo: pantalones grises, americana negra, zapatos cómodos.

—Soy Rowan —digo, y por algún motivo siento la necesidad de explicarle por qué estoy aquí—. Estoy ayudando a Neil con un... un proyecto.

—¡Rowan! —exclama con afecto, y se pone de pie para darme la mano—. Pues claro. Me alegro mucho de conocerte por fin. Soy Joelle.

—¿Por fin? —repito, mirando a Neil y sonriéndole. «Horrorizada» ni siquiera empieza a describir la expresión que tiene. Madre mía, esto es demasiado bueno. Le habla de mí a su familia. Decido torturarlo un poco más—. ¡Es genial conocerte a ti también por fin! Neil no para de hablar de ti. Es genial cuando a los chicos no les da vergüenza hablar de sus madres, ¿sabes?

—Eso es muy dulce. Has hecho que estos últimos años sean un reto para Neil en el mejor sentido posible. —Le pone una mano en el hombro a su hijo. Este se desintegra silenciosamente debajo de ella—. Le encanta un buen reto. Nos ha contado que el año que viene vas a irte a estudiar a Boston.

Esto es increíble en todos los sentidos.

—A Emerson, sí. Es una pequeña facultad de artes liberales en Boston.

—¿Vas a estar bien encargándote de Natalie y de sus amigas esta noche? —pregunta Neil, uniéndose por fin a la conversación. Su rostro es de un encantador tono escarlata.

—Es pan comido. De todas formas, Christopher vendrá más tarde.

—Dile que siento no poder verlo.

Decido señalar lo obvio:

—Sois todos pelirrojos.

—Formamos parte del menos del dos por ciento de la población mundial que es pelirroja —indica Joelle—. Yo les digo que son especiales cuando se quejan de ello. —Le da un empujoncito a Neil en el hombro—. Cariño, no te olvides de tus modales. Sabes cómo se trata a un invitado.

El charco de vergüenza antes conocido como Neil McNair murmura:

—Mmm... ¿Quieres algo de beber?

—Estoy bien. ¿Quieres ir a por esos libros? —pregunto para salvarlo de la combustión humana. Asiente con la cabeza.

—Antes de que te vayas... ¿te has enterado? —inquiere su madre—. Lo de *valedictorian*.

—Oh. —La mirada de Neil se dirige al suelo—. Sí. Lo he conseguido.

—Estoy muy orgullosa de ti —dice, y lo abraza.

Y, de repente, ya no me apetece seguir riéndome de él.

Su madre lo suelta y oigo cómo murmura un «gracias».

Lo sigo por el pasillo con moqueta marrón hasta su habitación. Una vez dentro, cierra la puerta y se apoya en ella, cerrando los ojos. Está claro que necesita un momento para relajarse, aunque no entiendo muy bien por qué. La verdad es que me pone un poco nerviosa. Su madre es un encanto. Su hermana es adorable... Me inclino a pensar que su vida es bastante normal.

Aun así, aprovecho para examinar su habitación. La pintura se está despegando de las paredes en algunos sitios. Hay un póster de *Star Wars*, una de las nuevas, creo, y el folleto de un concierto de ¡Cachorros gratis! Encima del escritorio está enmarcada la Parashá de la Torá de su bat mitzvá. Su estantería está llena de libros como *Aprende japonés fácilmente* y *Conque quieres hablar hebreo moderno*. Su escritorio está repleto de bolígrafos de caligrafía y, a un lado, descansan dos mancuernas de tres kilos y medio. Un McMisterio resuelto. Intento imaginarme a McNair levantando pesas mientras recita el alfabeto hebreo.

Y ahí está su cama, con una manta tirada por encima de forma descuidada. Supuse que estaría perfectamente ordenada. Sus trajes, que asoman por el armario, son lo más bonito de la habitación. Estar en su cuarto es demasiado personal, como leer el diario de alguien cuando no deberías.

—Perdón por todo eso —dice cuando abre los ojos.

—No pasa nada. Le hablas a tu familia de mí. Me siento halagada.

—Ahora que sus ojos están puestos en mí, de repente no sé adónde mirar. Está claro que mirarlo a él es lo más seguro. No quiero que piense que estoy observando las pesas de su escritorio ni, Dios no lo quiera, su cama—. ¿Tu hermana... está bien?

—Lo estará —afirma, y luego espera mucho, mucho tiempo antes de volver a hablar—. Mi padre... está en la cárcel.

«Oh». Se me cae el corazón al suelo.

Eso no es lo que me esperaba ni de lejos, pero ahora que lo ha dicho, no tengo ni idea de lo que me esperaba oír. «Cárcel». Suena frío, distante y aterrador. Apenas soy capaz de asimilarlo, apenas soy capaz de conseguir que salgan las palabras.

—Neil, l-lo siento mucho. —No es suficiente, pero mi voz se ha convertido en tiza.

Se le tensan los hombros.

—No lo sientas. La cagó. Es culpa suya. Jodió su vida y jodió la nuestra, y *todo* eso es culpa suya.

Nunca lo había visto así. Su mirada desprende una intensidad que hace que retroceda unos pasos. Tengo tantas preguntas: qué hizo, cuándo ocurrió y cómo lo está afrontando Neil, porque yo no sé cómo lo haría. Y su hermana y su madre y... Joder. El padre de Neil está en la cárcel. Esto es demasiado.

—No tenía ni idea. —Es lo que digo en su lugar.

—No hablo con nadie de eso. Nunca. Tampoco traigo gente a casa porque es más fácil no responder a preguntas sobre el tema. —Se queda mirando al suelo—. Ocurrió en sexto. El otoño de sexto, después de que empezara la secundaria. El dinero siempre ha sido escaso. Mi padre tenía una ferretería en Ballard, pero no le iba muy bien, y tenía algunos problemas de ira. Una noche atrapó a un par de chicos robando. Estaba tan furioso... que golpeó a uno de ellos hasta dejarlo inconsciente. El chico... estuvo en coma un mes.

Me quedo en silencio. Porque, sinceramente, ¿qué se puede decir ante eso? Nada de lo que diga lo arreglaría.

Cuando habla, su voz es áspera.

—No sabía que era capaz de algo así. De ese tipo de violencia. Mi padre... casi *mató* a alguien.

—Neil —digo en voz baja, pero no ha terminado.

—Por suerte para mí, yo era lo bastante mayor como para entender lo que estaba pasando, pero Natalie no. Lo único que sabía era que nuestro padre se había ido —continúa—. Los chicos de la escuela secundaria se enteraron, y fue horrible. Las bromas, los insultos, la gente intentando buscar pelea conmigo. Para ver si reaccionaba como él. La mayoría de los días ni siquiera quería ir a clase. No podíamos permitirnos un colegio privado y, debido a la zonificación, no podía cambiarme de centro, así que ideé mi propio plan. Distraje a todo el mundo haciendo lo contrario de lo que quería hacer, que era desaparecer. Me metí de lleno en los estudios, dejé que ser el mejor me consumiera. Supuse que, si adquiría esa etiqueta, podría quitarme de encima la etiqueta de «padre en la cárcel». Y... funcionó. Si alguien en Westview se acuerda, no dice nada al respecto.

»Algunos de los chicos del colegio de Natalie se enteraron y lo han estado usando para meterse con ella, así que contraatacó. A pesar de todas las veces que le he dicho que *no* está bien, que no queremos convertirnos en nuestro padre...

—Eso no va a pasar —insisto. No me imagino a esa niña dulce siendo violenta.

—Y esa era la emergencia familiar por la que preguntaste. Tuve que recogerla de la escuela antes de que empezara el Aullido. —Se le hunden los hombros—. Al menos sus amigas se van a quedar esta noche a dormir. Le irá bien.

Ha estado llevando una armadura todos estos años. Está claro que su plan de esconder muchas partes de él ha funcionado, y no estoy segura de si eso es bueno o malo.

—Seguro que sí. Gracias... por contármelo. —Espero que no me esté equivocando con todo lo que digo. Espero que sepa que voy a mantener el secreto como si fuera mío. No, más.

—H-Hace tiempo que no se lo cuento a nadie —dice—. Por favor, no te comportes raro cuando estés conmigo. Por eso dejé de hablarlo con la gente. Mis amigos lo saben, obviamente, y solía hablar con Sean sobre ello cada dos por tres... pero ya no tanto. Todo el mundo actuaría como si quisieran hacer preguntas, pero no supieran cómo hacerlo con tacto. Si tienes preguntas, adelante, hazlas.

Dios, tengo un millón, pero me las apaño para escoger una.

—¿Lo visitas?

—Natalie y mi madre sí, pero yo llevo sin verlo desde los dieciséis. Ahí fue cuando mi madre dijo que podía decidir por mí mismo si quería verlo o si... no. Por eso quiero cambiarme el apellido también. —Sigue toqueteando la manta—. Pero cuesta dinero, y resultó ser un jaleo legal cuando mi madre investigó para cambiárnoslo a Natalie y a mí. Siempre había algo que parecía más importante.

»A veces odio llevar su apellido. Incluso cuando estaba aquí, nunca tuvimos una relación cercana. Estaba claro que no encaja en su descripción de lo que debería ser un hombre. En su cabeza, había «pasatiempos para chicos» y había «pasatiempos para chicas», y la mayoría de los que me gustaban encajaba en la última categoría. Era imperdonable que no me interesaran los deportes, y si supiera que me estoy poniendo emotivo por esto... —Se interrumpe, como si el peso de todo fuera demasiado. Intenta respirar hondo, pero lo único que consigue es una inhalación poco profunda y pequeña.

Desprecio al padre de Neil con cada fibra de mi ser.

—Tienes todo el derecho de ponerte emotivo. Por el motivo que sea.

Se sienta en el borde de la cama y agarra la manta. Sus hombros ascienden y descienden al ritmo de su respiración pesada, y lo único que quiero hacer es sentarme a su lado, rodearlo con el brazo, *algo*.

—No pasa nada —digo con lo que espero que sea una voz tranquilizadora. Espero que eso sea algo de lo que soy capaz cuando le hablo a Neil McNair. Pero sí que pasa. Lo que hizo su padre fue horrible.

—Por eso tenía tantas ganas de ganar —continúa con la voz rota—. Q-Quiere verme antes de que vaya a la universidad, pero la cárcel está al otro lado del estado, y tendría que quedarme a pasar la noche allí y mi madre ya trabaja horas extras y... no vendré mucho a casa durante los próximos cuatro años, y cuando lo haga mi madre y Natalie serán mi prioridad. Por eso... siento que necesito decir adiós y cerrar el libro de toda esa situación. Y... y si ganase el dinero, no tendría que sentirme culpable por haber echado mano de lo que he ahorrado para la universidad.

Eso es lo que más me rompe el corazón: que piense que tiene que usar el dinero del premio para alguien que se ha comportado fatal con él.

Está llorando. No sollozos en toda regla, solo hipos pequeños que hacen que su brazalete suba y baje. Neil McNair está *llorando*.

Y ahí es cuando reacciono. La cama cruje cuando me siento a su lado, con varios centímetros de distancia entre los dos. Aun así, noto el calor que desprende su cuerpo.

Despacio, alzo una mano, se la coloco sobre el hombro y espero su reacción. Es como cruzar un límite extraño. Me percato todavía más de su respiración, de su pulso errático. Pero entonces se relaja ante mi tacto, como si sentara bien, y supone un alivio enorme que no haya dado un paso equivocado, que haya reaccionado como haría una amiga. Así pues, deslizo la mano a lo largo de la tela de su camiseta, notando su piel cálida debajo. Después, no es solo la palma, sino también los dedos, y trazo círculos sobre su hombro. Un abrazo habría sido demasiado, habría estado demasiado fuera de lugar, pero esto... esto puedo hacerlo.

Todo el rato, soy plenamente consciente de que estoy *sentada en la cama de Neil McNair*. Aquí es donde duerme, donde sueña, donde me escribe todas las mañanas.

Me *escribía* todas las mañanas.

Así de cerca, veo que sus pecas no son solo de un color, sino de todo un espectro de marrón rojizo. Las largas pestañas rozan los cristales de sus gafas. Son una tonalidad más clara que su pelo, y me quedo embobada con ellas durante unos segundos, con lo delicadas que son, como cien lunas crecientes diminutas.

Cuando abre los ojos para mirarme a los míos, dejo caer la mano de su hombro al instante, como si me hubiera sorprendido haciendo algo que no debería. Algo por lo que estaría muy muy decepcionada mi yo de catorce años con su «destruir a Neil McNair» como meta definitiva.

Además, el tiempo que ha pasado de «consolación en el hombro» ha sido una cantidad promedio.

—Lo siento —dice, y llevábamos tanto tiempo en silencio que sus palabras me sobresaltan. No tiene nada por lo que disculparse. Debería levantarme. Me siento rara así, sentada en su cama, pero, a pesar de que ya no lo estoy tocando, parece que no soy capaz de conseguir que mi cuerpo se mueva—. No sabía que seguía tan afectado por esto. Mis padres se divorciaron hace un par de años —continúa, limpiándose las huellas que las lágrimas le han dejado en la cara—. Todos hemos ido a terapia, y eso ayudó un montón. Y mi madre ha empezado a salir con alguien otra vez. Christopher, así se llama su novio. Es increíblemente raro que mi madre tenga novio, pero estoy feliz por ella. Y no me avergüenzo de no tener dinero —añade—. Me avergüenzo de lo que nos hizo.

—Gracias por contármelo —repito. Con suavidad—. De verdad.

—Es el último día —contesta—. No es algo que puedas usar contra mí ya. —Suelta lo que parece una risa forzada—. O lo de llorar.

—Nunca —afirmo con énfasis. Quiero que sepa que no pasa nada si llora conmigo, que no es una señal de debilidad—. Lo juro. No lo habría hecho. Incluso si fuéramos a clase el lunes. —Espero a que vuelva a mirarme a los ojos—. Neil. Tienes que creer que nunca habría hecho algo así.

Despacio, asiente con la cabeza.

—No, tienes razón.

—Podemos cambiar de tema —digo, y deja escapar una exhalación audible.

—Por favor.

Me pongo de pie de un salto, incapaz de seguir soportando la realidad de estar en la cama de Neil McNair. Hace calor, a pesar de la configuración del termostato. Las estanterías parecen un lugar de la habitación mucho más seguro.

—Cuando dijiste que eras fan... guau. Es posible que tengas más copias que mis padres.

Se arrodilla a mi lado y examina los libros.

—No te rías, pero... era esa aventura que sentía que no tendría nunca —confiesa—. Hemos recorrido todos los sitios imaginables del noroeste del Pacífico en coche, pero nunca me he montado en un avión. Para mí, los libros de *Excavado* eran una forma de experimentarlo todo.

Solía ponerme triste que nunca fuera a obtener eso... pero sabía que algún día lo haría.

—El año que viene —afirmo con suavidad—. He oído que la universidad es algo así como una aventura.

Lleva mucho rato apreciando la estantería, sacando unos cuantos libros, mirando las cubiertas, riéndose entre dientes. Si no fuera Neil McNair, sería adorable. Puede que, aun así, lo sea un poco.

De una forma u otra, todo lo que me ha pasado en primaria y en secundaria ha acabado en un libro. El libro en el que a Riley le baja la regla por primera vez, ese que recibió cierto rechazo por parte de los padres porque, al parecer, las funciones básicas del cuerpo humano son tabú, está basado en mi experiencia. Me bajó en sexto, durante una excursión a un museo, y le dije a la profesora que debía de haberme hecho daño porque estaba sangrando (lo cual, en retrospectiva, es extraño, porque sabía lo que era la menstruación). Cuando me preguntó dónde estaba sangrando, señalé entre mis piernas y no tardó en encontrarme una compresa. Me pasé el resto del día deseando que nadie se diera cuenta del bulto que tenía en los pantalones, el cual estoy segura que vio todo el mundo.

Ahora que lo pienso, espero que Neil no saque ese. Por mucho que este tipo de cosas no suelan perturbarme, preferiría no discutir sobre mi periodo ni el de Riley en la habitación de Neil McNair.

—Existe una palabra en japonés: *tsundoku* —comenta Neil de repente—. Es mi palabra favorita de entre todos los idiomas.

—¿Qué significa?

Sonríe.

—Significa «adquirir más libros de los que en realidad podrías leer jamás». No existe una traducción directa.

—Me encanta —digo—. Espera. ¿Qué es eso que hay al fondo?

—Nada —responde con rapidez, pero estoy estirando la mano hacia la cubierta que me resulta familiar, la mujer con un vestido de boda. *Álbum de boda*, de Nora Roberts. La novela romántica sobre la que escribí en noveno.

—Ajá. Qué interesante, ¿no? —Soy incapaz de contener una sonrisa burlona.

Se lleva una mano al pelo.

—Yo... eh... lo compré de segunda mano. A finales de noveno. Pensé que igual había sido un poco... imbécil al respecto. Supuse que quizá habías dado con algo, que tal vez debería leerlo si iba a juzgarlo con tanta dureza. Así es como mucha gente habla de las novelas románticas, ¿verdad? Era joven, y supongo que pensaba que era guay burlarse de cosas que en realidad no entendía. Quise darle una oportunidad.

—¿Y qué te pareció?

—Me... gustó —admite—. Estaba bien escrito y era divertido. Fue fácil involucrarse con los personajes. Entiendo por qué te gustaba.

Me está sorprendiendo de muchas maneras.

—Lo quitaré de mi lista de posibles reseñas de libros. Pero la saga tiene tres libros más —digo—. Vaya. La cabeza me está dando vueltas. Por todo. —Lo abro y me quedo paralizada cuando llego a la página de los derechos de autor—. Espera. ¿Es una *primera edición*? ¿En serio?

Le echa un vistazo.

—Vaya, supongo que sí. No me había fijado.

Me quedo boquiabierta. Neil tiene una primera edición de Nora Roberts.

—Llévatelo —dice.

—¿Qué? No. Ni en broma —contesto, aunque lo tengo abrazado contra el pecho.

—Significa más para ti. Deberías quedártelo.

—Gracias. Muchísimas gracias. —Abro la cremallera de la mochila y, con las prisas por reorganizar y hacerle sitio al libro, un pequeño envoltorio de papel de aluminio cae al suelo entre nosotros.

Nunca antes había experimentado el silencio que nos invade. «Rojo» ni siquiera empieza a describir el color que ha adquirido su cara.

—¿Tenías... planes para más tarde?

Me quiero morir.

—Madre mía. No. *No* —respondo, agarrando el condón y metiéndo-lo en la mochila—. Era una broma. Kirby estaba limpiando su taquilla... se lo dieron en la clase de Salud... y ahora voy a proceder a morirme. Déjame aquí con tus libros.

Si esto le hubiera pasado a cualquiera de las heroínas de Delilah Park, se habrían reído sin problemas y habrían bromeado sobre ello más tarde. Puedo hacer eso con Kirby y Mara, pero no con Neil McNair. En el fondo de mi mente (bueno, puede que en algún lugar más cer-cano al centro de mi mente), me pregunto si ha mantenido relaciones sexuales. Esta mañana habría dicho que no porque él y su novia eran muy fríos en el instituto. Pero después de todo lo que ha pasado en su casa... no hay nada imposible. Justo ahora me doy cuenta de lo poco que sabía de él.

—Por favor, no te mueras. Tengo que burlarme de ti más tarde.

—Tenemos que irnos —insto mientras me echo la insolente y des-carada mochila al hombro—. Shabbat.

Antes de abrir la puerta, mira hacia atrás una vez, como si la imagen de mí en su habitación fuera demasiado extraña como para ponerlo en palabras. Sinceramente, todo lo que ha pasado aquí es demasiado extraño como para ponerlo en palabras.

Aunque más extraña es la determinación nueva que late en mí.

Me equivoqué. El Aullido va más allá de Neil y de mí, pero tam-bién va más allá de Westview. Destruir a Neil para lograr un sueño que tenía en noveno suena demasiado trivial cuando el dinero podría cambiarle la vida. Dios, hasta podría cambiarle el nombre. Si bien es cierto que no puedo borrar lo que le ha pasado, está claro que no pue-do quedarme con una parte del dinero del premio. No puedo seguir jugando al Aullido solo por mí misma. Cuando ganemos el Aullido (*si* ganamos el Aullido), ganaremos por él.

Excavado #8: Una Janucá encantada

por Jared Roth e Ilana García Roth

Riley se apretó uno de los pequeños moños que tenía enroscado en lo alto de la cabeza y luego el otro. No iba a permitir que su pelo se interpusiera en su misión. Otra vez no.

No tenía miedo. No había tenido miedo desde los diez años, tal vez once. Roxy era la que se asustaba, la que le suplicaba a Riley que mirara dentro del armario y debajo de la cama por si había monstruos. Riley siempre se había tomado muy en serio su papel de vencedora de monstruos y, después de asomar la cabeza en todos los espacios sombríos, declaraba con su voz más formal que la habitación de su hermana estaba oficialmente libre de bestias.

No, no estaba asustada, no mientras subía sigilosamente los familiares escalones de su lugar favorito en el mundo a las doce y media de la noche. Estar en el museo fuera de horario era un privilegio; Riley lo sabía. Mientras pasaba su placa y saludaba a Alfred, el guardia de seguridad del turno de noche, se recordó a sí misma que tenía que ver la piedra de cerca. Necesitaba silencio para que su mente pudiera procesarla por completo.

La señora Graves, conservadora jefa del museo, dijo que la habían encontrado en una excavación en Jordania y que la imagen tallada en ella era, sin duda, una menorá. De hecho, puede que fuera la representación más antigua de una menorá que se había encontrado.

Y, sin embargo, había algo en la piedra tallada que no le había parecido del todo correcto, algo que hizo que volviera al museo cuando sus padres creían que estaba dormida.

Riley se acercó, con sus zapatillas de la suerte golpeando el suelo de baldosas. Debería estar más adelante, cerca de otras reliquias religiosas que formaban parte de la colección permanente del museo.

Pero justo al doblar la esquina, oyó gritar a alguien.

Y de repente, Riley estaba muy muy asustada...

18:22

Neil McNair mira a mis padres como si no pudiera creerse que son reales.

—¿Quieres realizar el *kidush*? —le pregunta mi madre después de encender las velas con una mano sobre los ojos. A lo mejor intuyó que quería hacerlo por cómo los estaba mirando.

—Me encantaría —responde tras una pausa.

En el coche, se lamentó por no haberse puesto algo más bonito, pero insistí en que a mis padres les iba a dar igual que llevara una camiseta con una frase desconocida en latín. Inconveniente: la situación de los brazos de Neil ha vuelto.

No ha anochecido del todo (léase: no somos los mejores judíos), así que todavía entra luz de fuera. Cuando llegamos, se quitó los zapatos en el pasillo y les estrechó la mano a mis padres, pero apenas era capaz de hablar. Saben lo básico sobre él: rival desde hace tiempo, exasperante, gusto mediocre por la literatura. Y judío, lo que incluí en mi mensaje para informarles de que el *valedictorian* de Westview iba a hacer acto de presencia en la cena de Shabbat. A mis padres les encanta abrirles las puertas de nuestra casa a otros judíos, y eso ocurre con muy poca frecuencia.

Mi madre le pasa la copa de *kidush*.

—*Baruj atah Adonai Eloheinu melech ha'olam borei p'ri hagafen* —dice en voz baja y melosa. La bendición sobre el vino.

Su pronunciación y su inflexión son impecables. Con su afinidad por las palabras y los idiomas, es lógico que lo sean. Hay muchas

cosas que me gustan del judaísmo, la historia, la comida y cómo suenan las oraciones, pero también me aísla. Sin embargo, aquí hay alguien a quien tachaba de enemigo y que tal vez se sentía aislado de
la misma manera.

Después de lo que ha pasado en su casa, no sé muy bien cómo
comportarme con él. Está claro que las cosas han cambiado entre nosotros; hemos compartido más sobre nosotros mismos que con la mayoría de la gente. Pero no sé cómo decirle que, si ganamos, quiero que
se lleve el dinero del Aullido sin que suene a que lo hago por compasión.

Nos pasamos la copa de *kidush* que perteneció a los abuelos de mi
padre, plateada y ornamentada. Neil le da un pequeño sorbo y me la
tiende. Mi sorbo también es diminuto. Me pregunto si pensará que he
bebido por donde no ha bebido él a propósito. Luego se la paso a mi
padre e intento actuar un poco menos neurótica.

Después recitamos la bendición sobre el *challah* y llega la hora
de comer. Fieles a su palabra, mis padres han comprado raviolis de
champiñones y han preparado una ensalada con la receta secreta
de vinagreta de mi padre.

—¿Celebras el Shabbat con tu familia, Neil? —pregunta mi madre.

—No muy a menudo. Pero tengo buena memoria, y solíamos hacerlo cuando mi hermana y yo éramos pequeños. —Es leve, pero noto
cómo se le tensa la mandíbula durante una fracción de segundo—.
¿Vosotros lo hacéis todas las semanas?

—Intentamos cenar juntos en Shabbat todos los viernes —responde mi padre—. Supongo que será diferente cuando Rowan esté en la
universidad.

—Es raro ser uno de los pocos judíos de la clase —dice Neil, y es
extraño oír cómo pronuncia algo que solo he pensado para mí misma.
Es extraño y supone cierto alivio oír a otra persona decir algo que
creías que solo sentías tú.

La mayor parte del año no notas que sea algo que te haga diferente. Simplemente es algo que tu familia hace todos los viernes, y no

dejamos las tecnologías de lado por completo como algunos judíos más practicantes. Pero durante los meses de noviembre y diciembre, eres un completo intruso. Mucha gente nunca llega a darse cuenta de que alguien, por defecto, no celebra la Navidad.

—Cuando estaba en quinto, una de mis profesoras puso un árbol de Navidad antes de acordarse de que yo era la única judía de su clase —cuento—. Así que anunció a toda la clase que, como no quería ofenderme, lo iba a quitar. Y todos se enfadaron conmigo durante una semana entera. Ni siquiera me preguntó qué pensaba o si debía añadir una menorá para compensar. Era casi como si quisiera que la gente supiera que yo era la razón por la que no podían tener un árbol.

La mesa se queda en silencio unos instantes. No me había dado cuenta de que llevaba tanto tiempo guardándomelo.

—¡No nos lo contaste! —exclama mi madre—. ¿Qué profesora fue?

—No quise darle importancia —explico. Pero quizá debería haberlo hecho—. ¿La señora Garrison?

—Donamos un lote de libros a su clase —interviene mi padre con un refunfuño.

—Es terrible —dice Neil. Hace un gesto que abarca la habitación—. Pero esto está bien. Estar rodeado de otros judíos.

Y, dicho de manera sencilla, sí que lo está.

Mi madre le sonríe a nuestro invitado inesperado.

—Rowan nos ha dicho que eres fan de nuestros libros.

La boca de Neil se abre y se cierra, pero no sale ningún sonido humano. Sus libros de *Excavado* están debajo de la mesa. Neil el fan: sin duda, no es alguien que pensé que conocería.

Le doy una patada por debajo de la mesa. «Por favor, acuérdate de cómo se forman las palabras», intento decirle por telepatía. Los egos de mis padres van a estar por las nubes después de esto.

—Soy un gran fan —dice por fin—. Empecé a leer *Excavado* cuando estaba en tercero y ya no pude parar. De hecho, esos libros fueron los que hicieron que me aficionara a la lectura.

Mis padres están encantados.

—Es el mejor cumplido que podrías habernos hecho —contesta mi padre—. ¿Has leído la saga entera?

—Demasiadas veces como para contarlas. —Señala la mesa—. Y los dos sois veganos, ¿verdad? ¡Igual que Riley!

—Sí —responde mi padre—. Aunque Rowan es vegetariana. Le encantan los lácteos. —Mis padres se hicieron veganos cuando iban a la universidad, y querían que yo decidiera por mí misma cuando tuviera la edad suficiente. En preescolar me declaré vegetariana, y nunca he vuelto atrás. Amaba demasiado a los animales como para imaginarme comiéndolos. Como resultado, seguir la kósher, al menos sus reglas más básicas, es bastante fácil en nuestra casa.

—A Rowan le *encanta* el queso —añade mi madre—. A veces, cuando quiere picar algo, se lleva una cuchara y una tarrina de queso para untar a su habitación.

Neil me mira con las cejas alzadas, y está claro que está intentando no reírse.

—Madre. —Sí, el queso para untar es el alimento de los dioses (concretamente Chris Hemsworth hacia *Thor: Ragnarok*), pero solo lo he hecho unas pocas veces. Menos de diez, eso seguro—. ¿Y si dejamos de hablar de queso?

Además, no es solo el queso. No podría sobrevivir sin los rollos de canela de Dos Pájaros.

—Vale, bien. ¿Cómo va el Aullido?

Están absortos mientras Neil y yo les explicamos nuestra estrategia, las pistas de este año y el gran premio. Ahora que no tienen una fecha de entrega cerca, están mucho más relajados.

—Deberíamos escribirlo en un libro —propone mi padre—. Sería divertido, ¿eh?

Mi madre se encoge de hombros.

—No sé. Quizá cuesta un poco seguirlo. Demasiado especializado.

—¡Yo creo que sería genial! —exclama Neil, un poco demasiado entusiasmado—. ¿Cuál es el libro que acabáis de terminar?

Una vez que los ponga en marcha, serán incapaces de parar. Echo un vistazo al móvil. Queda una hora y media para la firma de Delilah. Como es poco probable que para entonces consigamos las cinco pistas que nos quedan, tendré que dejar a Neil solo un rato. Me pregunto si podré hacerlo sin decirle la razón.

—Es el principio de una saga *spin-off* sobre la hermana pequeña de Riley...

—¡Roxy! —suelta Neil—. Es graciosísima. Me encanta cómo utiliza la comida que no le gusta en vez de exclamaciones, como «Por el amor del pomelo» o «¿Qué higos?». Siempre me parto de risa en los libros de Riley.

—A nuestro editor también le encanta —indica mi madre—. Y la editorial pensó que con esta saga podríamos llegar a un público infantil totalmente nuevo. Sigue a Roxy en su aventura para convertirse en pastelera, y cada libro tendrá recetas en la parte de atrás que son fáciles de hacer para los niños.

—Es una estupenda idea —susurra Neil—. A mi hermana le encantarían. Tiene once años y está empezando a interesarse por los libros. Siempre he pensado que *Excavado* sería una película increíble.

—¡Nosotros también! —coincide mi padre—. Se vendieron los derechos, pero no pasó nada con ellos.

—De todas formas, conociendo a Hollywood, lo más seguro es que la hubiesen blanqueado —se queja mi madre—. Habrían convertido a Riley Rodriguez en Riley Johnson o algo así y harían que los libros sobre Janucá girasen en torno a la Navidad.

Neil se estremece.

—De hecho, me he traído un par de libros, si no os importa...

—¡Pues claro que no nos importa! —dice mi padre. Juro que ya tiene preparado un bolígrafo para firmar—. ¿Neil se escribe con «e-a» o «e-i»?

Les dice cómo se escribe correctamente y firman sobre la portada.

*Para Neil,
¡a disfrutar excavando!*

Neil lo lee una y otra vez, con los labios formando las palabras. Parece que se va a desmayar.

—¿Podríais firmar el otro a nombre de mi hermana, Natalie? —pregunta, y le hacen caso—. Gracias. Muchísimas gracias. No sabéis cuánto significa esto para mí.

Todos estos años he estado librando una guerra contra un súperfan de Riley Rodriguez. No puedo negar que es un poco entrañable.

—Cuando quieras, Neil —responde mi madre—. Si quieres venirte este verano, podemos enseñarte algunos bocetos del próximo libro ilustrado que vamos a publicar.

—Sería increíble —dice, y juraría que se sienta más erguido, como si estuviera ganando más confianza—. ¿Sabéis qué otro tipo de libros me encantan? Las novelas románticas.

Y, con toda la casualidad del mundo, se mete más ensalada en la boca.

Un momento que me recoloco la mitad inferior de la mandíbula. Mi madre alza las cejas.

—Mmm —responde con un tono de perplejidad—. Ah, ¿sí?

—Rowan y tú tenéis eso en común —añade mi padre—. Supongo que ya no son solo para amas de casa aburridas. —Pone énfasis en «amas de casa aburridas», como si no fuera una frase que le gustara necesariamente, pero no se le ocurriera otra mejor. Papá, se te está notando la misoginia.

—Y tampoco son solo para mujeres —indica Neil tras una pausa que posiblemente indica que también le ha molestado el comentario de mi padre—. Aunque ponen a las mujeres en el foco como no hace casi ningún otro medio.

Su voz es sólida, firme. No hay ningún atisbo de sarcasmo, y ya no estoy segura de que me esté tomando el pelo. Cuando sus ojos se cruzan con los míos, uno de los bordes de su boca dibuja una sonrisa que es más tranquilizadora que conspirativa. Casi como si estuviera intentando ayudar a mis padres a entender esta cosa que me encanta.

Pero eso es una locura.

—Bueno, no sé si eso es necesariamente cierto —dice mi padre, y suelta los nombres de unas cuantas series de Netflix porque, cómo no, tres ejemplos recientes son la prueba irrefutable de que toda una forma artística todavía no está muy sesgada hacia la mirada masculina.

¿Qué dirían si se lo contara ahora mismo? ¿Si les dijera que voy a asistir a clases de Escritura Creativa en Emerson porque quiero escribir la clase de libros que creen que no valen nada? ¿Intentarían hacer que cambiara de opinión o aprenderían a aceptarlo? Una parte de mí tiene la esperanza de que entenderían que medio quisiera seguir sus pasos, pero quiero tener la garantía de que su reacción no va a aplastarme.

Noto demasiada presión en los pulmones y, de repente, no hay suficiente aire. Con un movimiento rápido, me pongo de pie.

—Disculpadme un momento —digo, antes de escapar hacia la cocina.

Me deleito en mi soledad durante unos minutos, intentando comprender cómo es que el día ha pasado de que Neil McNair ganara el *valedictorian* a que defienda las novelas románticas delante de mis padres. Las risas del comedor se atenúan, pero todavía las oigo.

—¿Rowan? —Es la voz de mi madre.

Me doy la vuelta y dejo de mirar por la ventana hacia el patio trasero. Mi madre se quita las gafas y se limpia los cristales con el jersey. Lleva el pelo recogido en el mismo moño que yo, aunque, por algún motivo, el suyo tiene el aspecto descuidado de autora profesional. La más probable es que sea por el par de lápices que le sobresalen.

—Ese chico no puede ser el mismo con el que llevas compitiendo cuatro años —dice al tiempo que señala hacia el comedor—. Porque es muy simpático. Muy educado.

—Es el mismo chico. —Me apoyo en la encimera de la cocina—. Y lo es. Sorprendentemente.

Me dedica una cálida sonrisa y me acaricia el hombro.

—Rowan Luisa Roth. ¿Seguro que estás bien? Sé que este último día debe de haber sido duro.

«Rowan Luisa». Mi segundo nombre perteneció a la madre de su padre, una abuela que vivió y murió en México antes de que yo naciera.

Solo noto el acento de mi madre en ocasiones, cuando pronuncia ciertas palabras y cuando se corta con un papel o se golpea un dedo del pie y murmura un «Dios mío» tan rápido que solía pensar que era una única palabra. Cuando lee en voz alta para sí misma (instrucciones, una receta, al contar) lo hace en español. Una vez se lo dije, simplemente porque me parecía interesante y porque me encanta oír a mi madre hablar en español. Ni siquiera era consciente de ello, y temía mucho que, ahora que sabía que lo hacía, dejara de hacerlo. Por suerte, no lo hizo.

—No... no lo sé.

Siempre he sido capaz de ser sincera con mis padres. Hasta se lo conté a mi madre cuando perdí la virginidad. Las novelas románticas hicieron que tuviera muchas ganas de hablar de ello.

La cosa es que tengo miedo.

Miedo de decir que quiero lo que ellos tienen.

Miedo de que lo descarten como un pasatiempo.

Miedo de que, si leen mi trabajo, me digan que no soy lo suficientemente buena.

Miedo de que me digan que no lo conseguiré nunca.

Su mano roza mi mejilla.

—Los finales son muy difíciles —dice, y luego se ríe por el doble sentido que tiene—. Yo debería saberlo. Nos hemos pasado todo el día intentando que el nuestro sea perfecto.

—Los vuestros siempre son perfectos. —Y lo digo en serio. Fui la primera lectora de mis padres, su primera admiradora—. ¿Alguna vez...? —Me interrumpo, preguntándome cómo decirlo—. ¿Alguna vez ha habido gente que os mirara por encima del hombro a ti y a papá por escribir libros infantiles?

Me mira por encima de las gafas, como si dijera: «Obviamente».

—Siempre. Te contamos lo que dijeron sus padres cuando el tercer libro de Riley entró en la lista del *The New York Times*, ¿verdad? —Niego con la cabeza y continúa—: Su padre preguntó cuándo íbamos a empezar a escribir libros de verdad.

—El abuelo solo lee novelas de la Segunda Guerra Mundial.

—Y eso está bien. No son de mi agrado, pero entiendo por qué le gustan. Siempre nos ha gustado escribir para niños y niñas. Están tan llenos de esperanza y de asombro, y todo les parece grande, nuevo y emocionante. Y nos encanta conocer a los niños y niñas que leen nuestros libros. Aunque ya no lo sean —añade, señalando el comedor.

—¿Has pensado alguna vez...? —Me muerdo el interior de la mejilla—. Lo que dijo el abuelo sobre vuestros libros. Así es como me siento a veces.

—¿Sobre las novelas románticas? Nunca afirmaría que no son libros de verdad, Rowan. Cada uno tiene sus propias preferencias. Podemos tener opiniones distintas.

Intento que no se me encoja el corazón. No es lo que se dice progresar exactamente, pero al menos no lo siento como si hubiera dado un paso atrás. Tendrá que bastar hasta que conozca a Delilah.

—Hablando de romances —continúa—. ¿Hay algo entre Neil y tú?

Mis manos vuelan hacia mi boca, y estoy segura de que mi cara refleja el horror más absoluto.

—Dios, mamá, no, no, no, no, no. No.

—Lo siento, no lo he entendido bien.

Pongo los ojos en blanco.

—*No.* Nos hemos aliado para el juego. De forma totalmente platónica.

No obstante, mi mente se tropieza con la forma en la que ha pronunciado el *kidush*, el sonido de esas palabras que conocía tan bien en una voz que creía conocer. Me hormiguean los dedos ante el recuerdo de cuando me senté en su cama y le toqué el hombro. Un momento inusual de contacto físico entre nosotros. Luego, el puntillismo de pecas que le recorren la cara y el cuello, los puntos que le envuelven los dedos y le suben por los brazos. Y sus *brazos...* cómo lucen con esa camiseta.

Seguro que es solo que me gustan mucho los brazos.

—Bueno. Espero que disfrutéis del resto del *juego* —dice mi madre con una sonrisita antes de volver al comedor.

PISTAS DEL AULLIDO

- ~~Un sitio en el que puedes comprar el primer disco de Nirvana.~~
- ~~Un sitio que es rojo desde el suelo hasta el techo.~~
- Un sitio en el que podéis encontrar quirópteros.
- ~~Un paso de cebras arcoíris.~~
- ~~Un helado apto para Pie Grande.~~
- El grandullón que hay en el centro del universo.
- ~~Algo local, orgánico y sostenible.~~
- Un disquete.
- ~~Un vaso de café con el nombre de alguien (o tu propio nombre muy mal escrito).~~
- ~~Un coche con una multa por mal estacionamiento.~~
- Unas vistas desde las alturas.
- ~~La mejor pizza de la ciudad (tú eliges).~~
- ~~Un turista haciendo algo que a un local le daría vergüenza hacer.~~
- ~~Un paraguas (todos sabemos que los que de verdad son de Seattle no los usan).~~
- Un tributo al misterioso señor Cooper.

19:03

—Comer queso para untar directamente de la tarrina —dice Neil sacudiendo la cabeza mientras recorremos la avenida Fremont en el coche—. Toda una bárbara.

—Nadie tiene modales cuando come solo —contesto mientras aparco—. Seguro que tú tienes un montón de hábitos terribles.

—La verdad es que soy bastante sofisticado. Pongo las cosas en platos antes de comérmelas. ¿Has oído hablar de ellos? ¿Platos? Véase también: cuencos.

Terminando de cenar, trazamos una estrategia: el Fremont Troll («El grandullón que hay en el centro del universo») y luego «Unas vistas desde las alturas». Cuando sugerí el Gas Works Park, famoso por la escena del *paintball* en *10 razones para odiarte*, soltó una burla.

—¿En serio esas son las mejores vistas de Seattle? —preguntó.

—Son *unas* vistas de Seattle —respondí—. No tienen por qué ser las mejores.

Fremont está muy concurrido los viernes por la noche. Todavía no ha oscurecido y las voces emanan de bares y restaurantes. La semana que viene, durante el solsticio de verano, Fremont lo celebrará con un desfile y un paseo en bicicleta sin ropa. El trol, de casi seis metros de altura, está rodeando un Volkswagen Escarabajo real con una mano y tiene un tapacubos como ojo.

Miro la hora en el salpicadero del coche por décima vez en el último minuto. La firma de Delilah Park es dentro de una hora y ya me ha entrado el pánico oficialmente.

Irá elegante, por supuesto, como en todas sus fotos. Y será amable. Estoy segura de que va a ser amable. He conocido a los amigos escritores de mis padres, pero no es lo mismo. Delilah es alguien que descubrí por mí misma, no alguien a quien mis padres invitan a tomar unas copas cada vez que están en la ciudad. Horrorizada, caigo en la cuenta de que se me ha olvidado cambiarme el vestido manchado por algo limpio. Rezo para que no haya mucha luz en la librería. No quiero sentarme en primera fila, pero tampoco en la última. ¿Qué hace la gente normal cuando va sola a eventos? Igual dejo la mochila en el asiento de al lado y finjo que se lo estoy guardando a alguien.

—¿Tienes que estar en otro sitio? —pregunta Neil mientras buscamos aparcamiento—. No paras de mirar el reloj.

—Sí. En plan, no. Es que hay algo que quiero hacer a las ocho.

—Oh. Vale. ¿Pensabas... decírmelo?

—Sí. Ahora.

Incluso después de su minidiscurso sobre las novelas románticas durante la cena, la firma es algo que tengo que experimentar por mi cuenta. Si él está allí, no sentiré que puedo ser cien por cien yo misma, aunque no estoy segura de quién es esa persona, la que es capaz de amar lo que ama sin avergonzarse.

—Vale —dice despacio—. ¿Dónde está?

—En Greenwood. Solo tardaremos diez minutos en llegar y solo estaré ausente una hora. Y vamos los primeros con ventaja —añado, consciente de que sueno como si estuviera intentando defenderlo—. Podemos volver a vernos después y terminar el juego. A menos que pienses que estarás demasiado cansado.

—Estoy comprometido con esto hasta el final.

—Bien. Yo también.

Se hace un silencio un poco incómodo. Tengo que cambiar de tema antes de que me disuelva en un charco de nervios.

—Tu hermana y tú parecéis muy unidos.

—Lo estamos —afirma, antes de reprimir una sonrisa—. Salvo por los seis meses durante los que la convencí de que era una extraterrestre cuando tenía ocho años.

—¿Qué? —farfullo, riéndome.

—Es zurda y el resto de la familia es diestra, y es la única que tiene el ombligo para fuera, así que la convencí de que eso significaba que era una extraterrestre. Se asustó muchísimo y estaba decidida a intentar volver a su planeta natal, que le dije que se llamaba Blorgon Siete. De vez en cuando le pregunto cómo van las cosas en Blorgon Siete.

Sé que hay un afecto genuino. Que es un buen hermano, aunque como soy hija única, nunca he sido capaz de comprender del todo la profundidad que hay en las relaciones entre hermanos. Me llega al corazón en más de un sentido.

—Pobrecita tu hermana.

—Y tú, con tus padres... estáis muy unidos —comenta, más como una afirmación que como una pregunta.

Asiento con la cabeza.

—Ha estado bien lo que les dijiste. Gracias.

—Me di cuenta de que estaba equivocado. Ellos también lo están —dice—. Pero, en serio, tus padres son estupendos. Tienes suerte.

Sus palabras me pesan. Sé que tengo suerte. De verdad. Y quiero a mis padres, pero no sé cómo hacer que entiendan lo que quiero cuando no entienden lo que amo.

—Gracias. —Eso es lo único que consigo decir—. Otra vez. —Cortesía con Neil McNair. Eso es nuevo.

Encontramos aparcamiento a diez minutos andando del trol. Cierro el coche mientras Neil hace como que se estira, como si estuviera preparándose para una gran carrera. Alza los brazos hacia el cielo, la camiseta se le sube y deja al descubierto un trozo de abdomen. Lleva un cinturón marrón sencillo y la banda azul marino de su bóxer asoma por encima de los vaqueros.

Se me calienta la cara. La orden de apartar la mirada se pierde entre la parte de mi cerebro que toma buenas decisiones y la que no. Es como si mi mente no procesara el abdomen de Neil McNair como algo que tiene sentido. Es obvio que tiene un abdomen y, como es lógico, está cubierto de pecas...

Objetivamente, es un abdomen atractivo. No es más que eso, una apreciación de la forma masculina. Sus hombros, sus brazos, su abdomen.

Y el anillo de pecas alrededor de su ombligo.

Y el vello rojizo justo debajo que desaparece dentro de los calzoncillos.

Vuelve a bajar los brazos, y el dobladillo de la camiseta baja también, de manera que le oculta el abdomen. Me mira a los ojos antes de que pueda apartar la mirada, y se le tuerce una comisura de la boca.

Oh, no, no, no. ¿Se piensa que me he quedado mirándolo?

—Hacía tiempo que no tenía una cena de Shabbat —comenta, y me siento aliviada, ya que el judaísmo es algo de lo que puedo hablar. Las razones por las que estaba mirando el abdomen con pecas de Neil, no tanto—. Gracias por eso. De verdad. Lo que dijiste sobre la profesora que tuviste... —Sacude la cabeza—. He tenido demasiadas experiencias iguales como para contarlas. La gente te dice que no te lo tomes tan a pecho, que estás exagerando. O al menos al principio, y luego es una «broma» tras otra y empiezas a preguntarte si de verdad eso te hace inferior. Por eso dejé de decírselo a la gente, y con mi apellido... nadie lo pensaba. —Pasamos junto a una tienda de marcos y una panadería sin gluten—. Pero las fiestas son duras. Todos los años pienso que no lo serán, y luego lo son.

—¿No te encanta cuando la gente lo llama «fiestas» o «celebración de las fiestas» pero todo es rojo y verde y hay un puto Papá Noel? —inquiero—. Es como si se pensaran que llamarlo «fiestas» los convierte automáticamente en personas inclusivas, pero no quieren hacer la verdadera labor de inclusión.

—¡Sí! —Casi lo grita, tan fuerte que una familia que está saliendo de un restaurante tailandés se nos queda mirando. Neil se ríe un poco, pero no porque sea gracioso—. Un profesor me dijo directamente que no podía participar en la búsqueda de huevos de Pascua, a pesar de que yo quería.

—Cuando la gente se entera de que soy judía, juro que a veces asienten con la cabeza, como diciendo: «Sí, tiene sentido». Me han... dicho que parezco muy judía.

—Yo tenía un amigo en la escuela primaria que dejó de venir a mi casa —cuenta con un tono de voz bajo—. Se llamaba Jake. Cuando le pregunté, me dijo que sus padres no lo dejaban. Volví a casa llorándole a mi madre porque no lo entendía, y llamó a su padre. Cuando colgó... nunca la había visto así. Y una parte de mí *supo*, antes de que lo dijera, por qué ya no lo dejaban venir a casa.

No para de romperme el corazón.

—Eso es una puta mierda. —Observo nuestro entorno antes de pronunciar la siguiente parte—. Antes, cuando escuché a Savannah en la zona segura. Dijo que era obvio que no necesitaba el dinero del Aullido. Y luego... y luego se dio un golpecito en la nariz. —Mientras digo lo último, hago lo mismo con la mía, cayendo en la cuenta de que estoy poniendo la atención sobre ella, y me pregunto si Neil piensa que es demasiado abultada o demasiado grande para mi cara, como solía hacer yo. Se detiene bruscamente, con las cejas arqueadas.

—¿En serio? —Suelta una fuerte exhalación—. Qué demonios, Rowan. Eso es retorcido. Eso es muy retorcido. Lo siento.

Su reacción me ayuda a relajarme un poco. Como si pudiera justificar cómo me sentía al respecto porque no era la única que pensaba que era una mierda, pero... mi reacción bastaba, ¿no? Si me sentó como una mierda, bastaba.

Neil da un paso adelante y me roza el antebrazo con un par de dedos, un pequeño gesto a juego con su expresión de empatía. Me toca de forma suave y tentativa. Como yo lo toqué en su habitación, en su cama.

—Lo siento —repite sin apartar los ojos de los míos, y esas palabras combinadas con las yemas de sus dedos sobre mi piel desprenden algo tan extraño que tengo que apartar la mirada, lo que hace que baje la mano.

—La gente se piensa que no hace daño. Se piensan que es divertido. Por eso lo hacen —digo mientras intento ignorar el extraño escalofrío que noto en la zona del brazo en la que me ha tocado. Debe de ser electricidad estática—. Y sí. Supongo que no hace daño hasta que pasa algo malo. No hace daño, y entonces hay guardias de seguridad en tu sinagoga porque alguien ha avisado de una amenaza de bomba. No hace daño, y te aterroriza salir de la cama el sábado por la mañana y asistir a los oficios.

—¿Eso...? —pregunta en voz baja.

—Justo antes de mi bat mitzvá.

La policía encontró al que lo hizo. Había sido una broma, al parecer. No estoy segura de lo que le pasó, si fue a la cárcel o si un policía simplemente le dio una palmadita en el hombro y le pidió que no volviera a hacerlo, como hacen cuando los hombres blancos hacen algo atroz. Pero yo estaba tan asustada que lloré y les rogué a mis padres que no me obligaran a ir a la sinagoga durante semanas. Y, con el tiempo, dejamos de ir, excepto en festividades.

Ese miedo me arrebató algo que amaba.

Obviamente, no hace daño.

Neil y yo estamos un poco sin aliento. Tiene las mejillas sonrojadas, como si la conversación hubiera sido un esfuerzo tanto físico como emocional. Empezamos a caminar otra vez.

—Pero a veces es raro, con mi apellido y con el pelo y las pecas, la suposición es que soy cien por cien irlandés. Paso por no judío hasta que alguien se entera de que soy judío, y entonces hacen referencia a ello todo el rato. Aquí la gente hace todo lo posible para que te sientas cómodo y, al hacerlo, a veces te ofenden todavía más. Algunos tienen buenas intenciones, pero otros...

Sí. Tal cual.

—Cuando te enteras de lo del Holocausto, asumes que el antisemitismo es algo histórico. Pero... en realidad no lo es.

—¿Cuándo te enteraste tú? —pregunta. Tengo que pensar un momento—. A mí me lo contó mi madre después de lo que pasó con Jake.

—En plan académico lo dimos en cuarto. Pero yo ya lo sabía. El caso es que... —Me detengo y busco en mi memoria, pero solo me viene a la mente una respuesta devastadora—. No recuerdo haberme enterado de ello. Seguro que mis padres me lo contaron en algún momento, pero no recuerdo *no* haberlo sabido en algún momento.

Ojalá me acordara. Quiero saber si lloré. Quiero saber qué preguntas hice, qué preguntas no supieron responder.

—Vamos a dejar a Savannah por los putos suelos, ¿vale? —dice Neil.

El uso casual que hace de las palabrotas es una mezcla entre divertido y algo más que no consigo nombrar. Habla en serio. Está furioso por mí, busca venganza. Como si de verdad fuéramos aliados en algo más que en el juego.

Esta conversación hace que me lamente, solo un poco, de que no hayamos sido amigos. Kylie Lerner, Cameron Pereira y Belle Greenberg se movían en círculos diferentes, pero yo deseaba tener amigos judíos con todas mis fuerzas. Estaba convencida de que me entenderían a un nivel profundo, algo que nadie más podría hacer. No estoy exenta de culpa, nunca me esforcé por conocerlo más allá de como competidor. Metí la pata al tratarlo como a un rival cuando podría haber sido mucho más que eso. ¿Qué seríamos ahora si yo no hubiera buscado venganza después de aquel concurso de redacciones, si él no hubiera contraatacado?

Esa línea temporal alternativa suena tan tan agradable.

—Casi... —empiezo, pero me detengo.

Deja de caminar.

—¿Qué?

—N-No lo sé. Casi desearía que hubiéramos hablado de esta clase de cosas antes —digo rápidamente, todo de un tirón, antes de que pueda arrepentirme. A la mierda, ya hemos compartido mucho esta noche—. Nunca he tenido a nadie con quien hablar de ello.

Los instantes que espera antes de responderme son una tortura.

—Yo también —contesta en voz baja.

Hacemos la foto del trol, *con* el trol, insiste Neil mientras le pasa el móvil a un turista. Estoy segura de que salgo con el ceño fruncido, pero cuando miramos la foto después, me sorprende ver que los dos estamos sonriendo. Un poco incómodos, sí, pero es un paso por encima de la foto de Con Más Probabilidades De Triunfar.

—No nos da tiempo ir a Gas Works antes de lo tuyo —indica Neil mientras volvemos a mi coche—. Deberíamos ir primero al zoo.

Asiento con la cabeza.

—Sí. Vale. Espera, ¿por qué te has parado?

Tuerce la boca hacia un lado, como si estuviera pensando si quiere decir lo que va a decir.

—Esto puede sonar ridículo, pero... he oído que esa exposición estando colocado es una experiencia muy loca. —Con las cejas alzadas, señala la tienda que hay a nuestra izquierda. AVE MARÍA, dice el cartel del escaparate, con una hoja de marihuana dibujada debajo.

Neil McNair, el *valedictorian* de Westview, acaba de sugerir que vayamos al zoo *colocados*.

—Perdona —digo, luchando contra las ganas de reírme—, ¿acabas de sugerir que compremos hierba?

—Tengo capas, R2.

—Nos quedan... —Miro el móvil—. Treinta y cinco minutos antes de que tenga que irme a... lo mío. Por no mencionar que ninguno de los dos tiene veintiún años.

—Tenemos tiempo de sobra para lo tuyo y el zoo —asegura—. Estamos aquí mismo. Y el hermano de Adrian trabaja aquí. Siempre dice que deberíamos pasarnos y elegir algo.

—Premio al empleado del mes. —Pero he de admitir que siento curiosidad. No me opongo a la hierba, y ha sido fácil acceder a ella en las fiestas. Sin embargo, temía no saber qué hacer con ella, lo que me impidió que pudiera probarla.

—¿No ha habido nada que quisieras hacer en el instituto, pero nunca llegaste a tener la oportunidad?

Eso es lo que me molesta.

—De hecho —empiezo, porque ya hemos compartido mucho hoy. Podría mostrarle más de mi extraño cerebro—. Tenía una lista. Una guía para triunfar que escribí hace cuatro años con todo lo que debía hacer antes de graduarme. Me olvidé de ella un tiempo, hasta hoy. Y me he dado cuenta de que me he perdido algunos ritos de iniciación por excelencia. No necesariamente la marihuana, sino... otras cosas.

Es un poco catártico mencionar la guía en voz alta. Pero lo que me pregunto es cómo encaja en esa lista una amistad con Neil McNair, porque estoy bastante segura de que no encaja.

—¿Como qué?

—El baile de fin de curso, para empezar. No fui. —Una parte de mí se preguntaba si habría sido divertido ir sin una cita, sin ese novio perfecto de instituto, pero en mi cabeza el baile perfecto era con una cita que estuviera profundamente enamorada de mí. En vez de eso, me regodeé en mi FOMO toda la noche, mirando las redes sociales mientras releía mi libro favorito de Delilah Park en un intento por ignorar la punzada de arrepentimiento que sentía.

—No te perdiste gran cosa. Brady Becker fue el rey del baile, Chantal Okafor fue la reina del baile y a Malina Jovanovic y Austin Hart casi los echan porque estaban bailando de forma demasiado sugerente, según la directora Meadows. —Se frota la nuca—. Y... Bailey estuvo muy callada todo el tiempo, así que no fue raro que unos días después me dijera que quería romper.

Sabía que habían roto hacía poco. Tuve un par de clases con ella, pero siempre fue bastante callada.

Como si se viniera venir que me iba a disculpar, Neil añade:

—No pasa nada. De verdad. No teníamos mucho en común. Incluso hemos podido seguir siendo amigos.

—Spencer también quería que siguiéramos siendo amigos, pero apenas nos divertíamos cuando estábamos juntos. —Suelto un suspiro y clavo los pies en la acera. Es extraño contarle todo esto y, sin embargo, quiero hacerlo—. En retrospectiva, la relación era sobre todo física. Fue divertido, pero yo quería más que eso.

Neil tose un poco.

—Parecíais... ¿felices? Estuvisteis juntos un tiempo.

—No es lo mismo que *ser* felices.

Si hay algo que estoy aprendiendo hoy es que cualquier clase de relación es complicada. Lo que explica por qué estoy aquí con Neil y no con mis mejores amigas. Sus palabras me golpean de nuevo. No estoy aquí porque esté obsesionada con él; estoy aquí para acabar de una vez con lo que hay entre nosotros. Solo entonces seré capaz de seguir adelante con todo esto. Al menos, eso espero.

—Se están acabando muchas relaciones —continúo, ya que no quiero detenerme en Spencer—. Darius Vogel y Nate Zellinsky rompieron la semana pasada y llevaban juntos desde décimo. Supongo que es difícil seguir con alguien que se va a cientos de kilómetros de distancia.

—¿De verdad piensas así?

Me encojo de hombros, insegura de la respuesta y deseando otro cambio de tema.

—Venga.

El día de hoy ya ha estado lleno de muchas cosas que no habríamos hecho jamás. Si quiero que sea una despedida de verdad, podríamos tachar algo de la lista de Neil. En eso se está convirtiendo el Aullido: en una despedida del instituto y del chico que me llevó por el camino de la amargura la mayor parte del tiempo.

Neil sonríe.

El chico que está detrás del mostrador parece el típico hípster de Seattle, camisa de cuadros y gafas de montura gruesa, vello facial bien cuidado. Las luces son brillantes y el mostrador está repleto de toda clase de comestibles. Pipas de todos los colores y diseños se alinean en las paredes.

—¡Neil, hombre!

—Hola, Henry —dice Neil, y cuando ambos nos damos cuenta de que Adrian está allí con él, añade—: ¡Hola!

Los hermanos Quinlan tienen dos recipientes de comida iguales. Adrian nos hace señas para que nos acerquemos.

—A nuestra madre no le gusta que trabaje aquí, pero aun así quiere que esté bien alimentado —dice a modo de explicación—. Y yo estoy muerto, así que. ¿Seguís vivos?

Neil asiente y le cuenta nuestro plan.

—¡De locos! —exclama Adrian. He de decir en favor de Adrian que no me dirige ninguna mirada extraña.

—Avisadme si necesitáis ayuda —interviene Henry con un tono alegre, y es evidente que no le preocupa lo de venderles hierba a menores.

Echamos un vistazo a los comestibles y a la selección de pipas, muchas de las cuales parecen obras de arte. Hay caramelos, galletas, piruletas, tartas, gominolas e incluso bálsamos labiales.

Estoy en una tienda de marihuana con Neil McNair. ¿Qué es de mi vida?

—¿Quieres que pregunte si tienen queso para untar con marihuana y una cuchara grande? —susurra Neil.

—Calla —respondo entre risas, aunque suena a que estaría bueno untado en un *bagel*.

Neil da golpecitos con los dedos en la vitrina.

—¿Qué les recomendarías a dos personas que son relativamente nuevas en el mundo de la marihuana? —No podría sonar más idiota ni aunque lo intentara, madre mía.

—¿Buscáis comestibles o algo para fumar?

—Comestibles —respondo. Mucho menos llamativo.

Mete la mano en la vitrina.

—Una buena dosis inicial para principiantes es de cinco miligramos de THC. Estas galletas son las que más se venden, y las tenemos en porciones de cinco y diez miligramos. Chocolate, mantequilla de cacahuete y menta.

—¿Qué se siente? —pregunto, ya que no quiero parecer una aficionada. No quiero tomarme nada que haga que no parezca yo misma.

—Te relaja —dice Henry—. No te desconecta el cerebro por completo, pero una porción así de pequeña te tranquiliza.

Mis oídos reaccionan ante eso. A lo mejor eso es lo que necesito para conocer a Delilah.

—Suena perfecto.

Iremos al zoo y luego iré con Delilah. Seré normal y guay y estaré tranquila.

Compramos dos galletas de cinco miligramos.

Adrian nos desea suerte y levanta el puño.

—¡Vida Cuad! —Esta vez no me da tanta vergüenza cuando Neil lo repite.

En el exterior, Neil choca mi galleta de hierba con la suya.

—Por las decisiones cuestionables —dice antes de que le demos un bocado.

CLASIFICACIÓN DEL AULLIDO

TOP 5

Neil McNair: 11

Rowan Roth: 11

Mara Pompetti: 8

Iris Zhou: 8

Brady Becker: 7

JUGADORES RESTANTES: 21

HISTORIA DEL AULLIDO: La partida de Aullido más corta duró 3 horas y 27 minutos. La partida más larga duró 4 días y 10 horas, lo que provocó que los futuros creadores del juego implementaran como fecha límite el domingo de la graduación.

19:34

No veo nada. Mis ojos tardan un rato en adaptarse y el resto de los sentidos en equilibrarme. Hace calor en la exposición nocturna. Está más oscura que la oscuridad. Algo cruje, algo corretea, algo ulula. Despacio, enfoco formas de árboles, tal vez un estanque. Esta exposición siempre ha sido mi favorita, y su inquietante tranquilidad es capaz de hacer que hasta los niños más salvajes se calmen y se vuelvan respetuosos.

Ahora mismo estoy un poco lejos de estar tranquila, ya que acabamos de dejar pasar la oportunidad de acabar con alguien mientras íbamos hacia el zoo. Carolyn Gao estaba a unos seis metros delante de nosotros, saliendo de la zona en la que se encuentran los animales nocturnos con Iris Zhou.

—¡Neil! —siseé, pero no reaccionó. Tuve que darle un toque en el brazo. Una vez más, ahí estaba su brazo pecoso y su bíceps poco impresionante pero agradablemente sorprendente—. ¿En serio? ¡Carolyn!

—¿Carolyn...?

—Carolyn *Gao*. ¿Tu objetivo?

—Oh. —Parpadeó como si se estuviera despertando, aunque dudaba que la hierba le hubiera hecho efecto ya—. *Oh.* Joder. Tienes razón.

Carolyn e Iris giraron en dirección contraria, hacia la salida del zoo.

—No tenemos tiempo —dijo, dirigiéndose a la exposición, y yo lo seguí a regañadientes.

Le hicimos una foto a la entrada de la zona de los animales nocturnos, pero en lugar de una marca verde, los de undécimo nos respondieron con una equis roja.

—A lo mejor tenemos que entrar —indicó Neil, lo que supongo que era la finalidad de esos comestibles desde el principio. Insistió en que tardaríamos poco. Que no me perdería mi cita misteriosa. Más le valía tener razón.

Un murciélago se abalanza sobre mi cabeza y me detengo con tanta brusquedad que Neil se choca conmigo.

—Lo siento —susurra, pero todavía lo noto justo detrás de mí, las puntas de sus dedos rozándome el hombro mientras recupera el equilibrio. No saber dónde está exactamente hace que el corazón me dé un vuelco en el pecho—. ¿Tú sientes algo ya?

—La verdad es que no —respondo, pero a medida que las palabras salen de mi boca, soy consciente de que algo ha cambiado. Se me escapa una carcajada, aunque no hay nada que haga gracia—. Espera. Puede que esté notando algo.

Mi enfado con él parece esfumarse y, de repente, la firma de Delilah no parece tan aterradora. Gracias, Henry.

«Delilah». Vuelvo a mirar el móvil. Quedan diez minutos para irme.

Se oye un murmullo indistinto cuando otro grupo de personas entra en la exposición.

—¿Qué crees que harás si ganas? —pregunta alguien, y no está susurrando como se supone que deberíamos hacer.

—Cinco de los grandes bastan para comprar un coche de segunda mano, y estoy hasta las narices del autobús —contesta otra voz—. Sé que Savannah dijo que matarlos era más importante, pero cómo me gustaría conseguir ese dinero.

Tan despacio como me es posible, me doy la vuelta y, aunque no veo la expresión de Neil, juro que lo noto tenso a mi lado.

—Trang lleva toda la tarde aquí y no los ha visto. Tienen que dirigirse hacia aquí pronto.

—Pensé que, como tiene el pelo rojo, sería más fácil de detectar.

—Pues parece ser que no. ¿Savannah llegó a mencionar quién tenía a Rowan?

—Nop. No será alguien del grupo.

Nos agachamos, y Neil se inclina para poder hablarme directamente al oído.

—¿Nos quedamos aquí hasta que se vayan? —Noto su aliento caliente contra mi piel.

Trago saliva.

—Vale —susurro.

Tan cerca de Neil, siento el calor de su cuerpo, huelo lo que debe de ser el gel que ha usado esta mañana, o puede que su desodorante. Debe de ser el comestible apoderándose de mi cerebro y deformando la experiencia.

Los emisarios de Savannah siguen avanzando por la exposición y se detienen de vez en cuando para ver algo más de cerca. Hago todo lo posible por controlar la respiración, consciente de que en cualquier momento podrían encontrar a Neil y matarlo.

Y, en ese caso, no sé para qué estaría jugando.

Como no puedo acceder al móvil, no sé cuánto tiempo ha pasado. ¿Dos minutos? ¿Diez? Tengo que salir de aquí, tengo que ver a Delilah, pero el problema más acuciante es que llevamos agachados mucho más tiempo del que es razonablemente cómodo, y mis músculos no están contentos conmigo.

Me estiro hacia delante hasta que estoy bastante segura de que tengo la boca pegada a su oreja.

—No sé si voy a poder seguir manteniendo el equilibrio —susurro. Estoy tan cerca que mi nariz roza... ¿el lateral de su cara? ¿La oreja? No estoy del todo segura.

Se queda callado unos segundos.

—Vale. Ponte de rodillas lo más despacio que puedas —dice—, y luego desliza las piernas hacia los lados.

—¿Podrías, mmm...?

—¿Ayudarte?

Asiento con la cabeza antes de darme cuenta de que no puede verme.

—Por favor —susurro.

Una mano cálida se posa en mi hombro, estabilizándome, y despacio, *despacio*, me pongo en una posición más cómoda. Es más fuerte, más sólido de lo que me esperaba. Está claro que ya no es una ramita con una camiseta.

—¿Bien? —inquiere una vez que me he acomodado.

Intento exhalar.

—Mm-mmm —murmuro. Su mano abandona mi hombro.

Estamos muy cerca, y eso, sumado a la droga y al miedo a que nos descubran, me produce un poco de pánico.

—No creo que aquí haya nadie más —dice por fin uno de los de último curso—. Vámonos. De todas formas, Savannah puede llegar a ser una cretina. Quiero ganar el juego para mí.

Espero un poco más, probablemente más de lo necesario, para asegurarme de que no solo se han ido, sino de que están lo suficientemente lejos de la exposición como para que no se percaten de nuestra presencia cuando salgamos. Luego me pongo de pie, deseando estirar las piernas.

—Creo que estamos a salvo —afirmo, y cuando no obtengo respuesta, lo interpreto como un acuerdo tácito.

Cuando salgo, el cielo está azul oscuro y las nubes se han vuelto más densas de lo que han estado en todo el día. Es precioso, la verdad, y no puedo evitar quedarme mirándolo un rato, esperando a que mis ojos se adapten a la luz. Ah, sí, ahí está la tranquilidad de la que hablaba Henry.

En ese momento, dos cosas me golpean como una descarga eléctrica, una justo detrás de la otra.

La firma de Delilah empezó hace diez minutos y Neil no está por ninguna parte.

El zoo cierra pronto, y me he quedado congelada entre la exposición nocturna y el pabellón principal. No quiero mandarle un mensaje frenético, así que intento sonar casual. «Hola, ¿has sobrevivido?».

Dudo que me abandone. ¿Lo haría? Tal vez sigue en la exposición, pero ¿y si ha salido antes que yo y uno de esos alumnos de último año que tiene su nombre lo ha matado?

Necesito una respuesta antes de ver a Delilah. No puedo irme sin hablar con él. Me aseguraré de que está bien, correré a la librería y me sentaré al fondo en silencio. No pasa nada. Todo esto va a salir...

—¿Rowan?

Me doy la vuelta y veo a Mara saludándome con la mano.

—Hola —digo, recelosa, pero niega con la cabeza.

—No tengo tu nombre.

—Oh. Bien. —Cambio el peso de un pie a otro con torpeza—. Neil y yo seguimos trabajando juntos. Estoy... esperándolo. —Al menos, eso espero.

—¿Ahora es Neil? —Una de las comisuras de sus labios forma una media sonrisa.

—*Es* su nombre.

—Siempre lo llamas McNair o McPesadilla o algo del estilo.

Oh. Supongo que sí. Debo de haber hecho el cambio de mentalidad en algún momento sin ni siquiera pensarlo.

—Ha sido un día raro —admito finalmente, pero está sonriendo de oreja a oreja—. ¿Dónde está Kirby?

—Muerta —responde, y su tono de voz es tan inexpresivo como si me estuviera informando de que ha sacado un notable en un trabajo—. No pude salvarla.

—Te involucras un poco demasiado, lo sabes, ¿no?

—Bueno, mira quién fue a hablar —dice ella—. Fue bastante loco. Meg Lazarski la vio en el Seattle Center y, por alguna razón, Kirby pensó que podría esconderse en la fuente y que Meg no iría tras ella.

Se equivocaba. Así que se empapó por completo y se ha ido a su casa a asearse. Hemos dicho de vernos en la próxima zona segura.

Imaginarme a las dos teniendo un último día completamente diferente hace que se abra algo dentro de mí. Pero tomé una decisión, me quedo con Neil. Si es que consigo encontrarlo.

Aunque eso no significa que no pueda intentar arreglar las cosas con mis amigas.

—Mara —empiezo, y como disculparse es complicado, me muerdo el labio inferior con los dientes antes de volver a hablar—. Kirby y tú teníais razón. He sido muy egoísta este año. Quiero que las cosas mejoren entre las tres. Siento mucho no haberme esforzado. Creo que estaba tan centrada en la idea que tenía en mi cabeza de nosotras que no me di cuenta de que tenía que, ya sabes, *intentarlo*. He... sido una amiga de mierda.

Vuelvo a pensar en la foto que tengo en el móvil. No sé en qué momento perdimos eso, pero nos queda algo de tiempo para recuperarlo. No intentarlo es lo único que garantiza que no vayamos a conseguirlo.

Mara se queda callada unos instantes durante los cuales le da pataditas al envoltorio de una pajita que hay en el suelo con la sandalia.

—Estás siendo dura contigo misma —contesta—. En plan, sí, este año has sido un poco como un fantasma, pero todas hemos estado muy ocupadas.

—¿Me vas a dejar que me vaya de rositas con tanta facilidad? —inquiero, y sonríe.

—Es mucho más difícil librarse de mí de lo que crees. —Se inclina y me pone una mano en el hombro—. Y todavía nos queda el verano. Tenemos las vacaciones de la universidad. Tenemos redes sociales. No vamos a convertirnos en desconocidas de repente. No puedo prometerte que vayamos a estar tan unidas para siempre, pero... podemos intentarlo.

—Quiero compensaros a las dos. ¿Hablaremos más después del juego? ¿Después de la graduación?

—Me encantaría. Y quién sabe... quizá *Neil* pueda venirse también.

Alzo las cejas, ya que no lo comprendo del todo. No estoy segura de que Neil y yo vayamos a quedar después de hoy, pero Mara está siendo tan optimista como siempre, dando por hecho que, como Neil y yo nos hemos aliado esta noche, ahora somos amigos por arte de magia.

—Si tengo alguna esperanza de alcanzaros, he de darme prisa —dice.

—Buena suerte —contesto, y sale corriendo hacia la salida del zoo.

Chat grupal de Literatura Avanzada
(Undécimo curso)
Martes, 15 de enero, 20:36

Brady Becker

BUA CHICO los dos más listos están en mi grupo

vamos a por el sobresaliente o a por el sobresaliente alto?

Lily Gulati

Brady, puede que tengas que *agárrate* trabajar algo para conseguir un sobresaliente.

ya tengo un montón de ideas para el proyecto

me encanta la señora grable

Neil McNair

Claro, si no te importa leer libros que ni siquiera entran en el examen avanzado.

Brady Becker

@lily no me cortes el rollo!!!

no tienes que ser un imbécil solo porque no vayamos a leer a tu colega mark twain

Neil McNair

No es mi colega. Y el resto de clases de décimo van a leer a Huck Finn este año en Inglés. Perdóname si tenía ganas.

Brady Becker ha cambiado su foto de perfil.
A Brady Becker le ha gustado.

ni me imagino lo que es tener ganas de leer racismo y misoginia en toda regla, pero bueno, cada uno a lo suyo

Lily Gulati

¿Todas... las conversaciones van a ser así?

Neil McNair

No.

sí

Neil McNair ha abandonado el chat.

20:28

Sigue sin contestar al móvil. Lo más probable es que Delilah Park esté haciendo que una sala llena de personas románticas se ría sin parar, y Neil McNair no contesta al móvil.

Mi chat grupal empieza a activarse otra vez, y aunque sé que tenemos cosas en las que trabajar, me siento aliviada de que estemos bien.

KIRBY
hello from the other siiiiiide

MARA
Kirby. POR QUÉ.

KIRBY

Pero Neil no se pronuncia. Estoy a punto de perder los nervios por completo cuando sale de un pequeño edificio de ladrillo situado al otro lado de la plaza.

—¿Dónde demonios estabas? —pregunto, consciente de que sueno como un padre o una madre que se ha enfadado porque su hijo ha vuelto a casa después del toque de queda.

A nuestro alrededor, los padres arrastran a sus hijos hacia la salida del zoo.

Me mira con extrañeza.

—Estaba en el baño. Te lo dije bajito en la exposición. Te dije que te fueras a lo tuyo y que me mandaras un mensaje cuando hubieras acabado.

—No te oí. Estaba preocupada —confieso de forma entrecortada, porque suena ridículo—. Tenemos que estar juntos. Pensaba que... —Me interrumpo, avergonzada de repente por mi reacción.

—¿Que te había abandonado? —inquiere, pero no lo dice con maldad.

—Bueno... sí —admito—. O que te habían matado.

—No te abandonaría. Te lo juro. —Se aclara la garganta y mira el reloj—. Mierda, son casi las ocho y media.

—Sí. Lo sé. —La rabia que olvidé durante mi pánico a que se hubiera ido vuelve a salir a la superficie. Me imagino pilas y pilas de *Escándalo al atardecer*, todos esperando a ser firmados. Seguro que allí nadie se siente culpable por comprarlos. Seguro que no les dan la vuelta a las cubiertas para asegurarse de que nadie las vea al salir de la tienda.

—¿Puedes llegar tarde? —Sus ojos son grandes detrás de las gafas. Esperanzados.

A estas alturas, es demasiado tarde para llegar tarde.

—No, gracias. No necesito llamar más la atención. —Mientras lo digo, hay una pequeña parte de mí que se relaja ante la idea de perderme la firma. Nada de ansiedad por ver dónde sentarme o qué decirle. Lo contrario al FOMO. No estoy del todo contenta con esa pequeña parte de mí, pero está ahí—. No tendría que haberme comido esa galleta. Perdí completamente la noción del tiempo en la exposición. —Eso debe de ser lo que también está alterándome el cerebro.

—Bueno, estaría bien que me dijeras lo que es para que al menos pueda intentar sugerir algo útil.

—Es una firma de libros —digo con un suspiro, intentando hacer todavía más pequeña esa diminuta parte relajada. Es más fácil estar enfadada con él, así que, en su lugar, me centro en eso—. Mi autora favorita, Delilah Park, está (*estaba*) firmando libros y, gracias a Henry Quinlan y a tu oportuna desaparición, está a punto de terminar.

No dice lo obvio: no tenía que esperarlo.

—¿No querías contarme que era una firma de libros? —pregunta, lo que despierta todavía más mi frustración. Lo dice como si hubiera sido súper sencillo—. ¿No hemos hablado antes de novelas románticas? ¿No has visto una en mi estantería? No sé por qué sentías que tenías que mantenerlo en secreto.

—Porque estoy escribiendo un libro, ¿vale? —Se me escapa y, tras un momento de *shock*, me doy cuenta de que me gusta cómo suena en voz alta. Admitirlo me produce una descarga de adrenalina—. Una novela romántica. Estoy escribiendo una novela romántica. Todavía no estoy preparada para enseñársela a nadie, y lo más seguro es que de todas formas sea horrible... En plan, algunas partes están bien... ¿creo? Y no se lo he contado a nadie porque ya sabes cómo trata la gente a las novelas románticas, y pensé que este evento, verla a ella, estar rodeada de otras personas a las que les encantan estos libros... Pensé que me sentiría como si ese fuera mi sitio.

No sé por qué mi cerebro elige el momento en el que me declaro escritora para demostrar que soy totalmente incapaz de expresarme. Me preparo para las burlas, pero no llegan.

—Eso... es estupendo —contesta.

No esperaba sentirme así de aliviada: los hombros relajados, una larga exhalación. Supuse que no entendería el peso de un secreto que llevo tantos años guardando, pero tal vez sí que pueda.

—¿En serio piensas eso?

Asiente.

—¿Qué estés escribiendo un libro? Sí, desde luego. Creo que nunca he escrito algo que tenga más de diez páginas.

—Quiero... —Me interrumpo, me recompongo. Ya no hay vuelta atrás—. Quiero ser escritora. Y no en el sentido de que estoy escribiendo y eso, por definición, me convierte en escritora, sino en el sentido de que es a lo que quiero dedicarme. Y a veces me siento... muy sola.

No al escribir en sí, eso es algo que claramente se hace principalmente a solas. Pero sentir que no puedo contárselo a nadie casi hace que piense que en realidad no existe. Esta firma de libros me ha servido como una validación de eso.

—He leído tus artículos —dice—. Nada de eso era ficción, lo sé, pero eres una buena escritora.

—Está claro que eso no te ha impedido criticar mi gramática y mi puntuación —indico, pero quiero saborear el cumplido. Quiero aceptar lo que me gusta siempre, no solo con Neil el último día de clase cuando no hay nada en juego. Quiero hacerlo sin miedo, incluso cuando la gente lo juzgue—. Supongo que, en mi cabeza, lo que escribo puede ser tan bueno como quiera. Pero en cuanto declare que soy escritora, tendré algo que demostrar. Es difícil admitir que consideras que eres buena en algo creativo. Y encima es mucho peor para las mujeres. Se nos dice que no hagamos caso de los cumplidos, que nos burlemos cuando alguien nos dice que somos buenas en algo. Nos encogemos, nos convencemos a nosotras mismas de que lo que creamos no importa en realidad.

—Pero tú no puedes creer eso. Que no importa.

—Es tan válido como convertirse en lexicógrafo —afirmo sin rastro de sarcasmo en la voz.

—Quizá es por todo el concepto de placer culpable —dice con suavidad—. ¿Por qué deberíamos sentirnos culpables por algo que nos produce placer?

Tartamudea un poco antes de pronunciar esa palabra, y las puntas de sus orejas se vuelven rosadas.

Lo señalo.

—¡Sí! Exacto. Y suelen ser cosas que les gustan a las mujeres, adolescentes o niñas.

—No todo.

Alzo una ceja.

—*Boy bands*, *fan fictions*, telenovelas, *reality shows*, la mayoría de las series y las películas con protagonistas femeninas... Rara vez estamos en primer plano, menos todavía si tenemos en cuenta la raza y la sexualidad, y cuando sí que conseguimos algo que es solo para nosotras, hacen que nos sintamos mal por el hecho de que nos guste. No podemos ganar.

Su expresión se vuelve tímida.

—Nunca... lo había pensado así. —Neil McNair admitiendo que tengo razón: otro momento surrealista.

Aun así, que esté de acuerdo no le da la validación que debería. Si hubiéramos hablado de esto hace uno, dos, tres años... podríamos haber tenido una revolución de la novela romántica en Westview.

Neil le echa un vistazo a su móvil.

—Mira esto. —Ha abierto el Twitter de Delilah. Su *tweet* más reciente es de hace unos minutos.

Delilah Park   @delilahdeberiaestarescribiendo

¡El evento de esta noche en Books & More ha sido MARAVILLOSO! Gracias a todas las personas que habéis asistido. Puede que lea algunas páginas de mi próximo libro en un micro abierto. ¿Bernadette's está bien?

—¿Sabes de qué está hablando?

—Es algo que hace a veces. Siempre habla de la importancia de leer en voz alta lo que se ha escrito para captar bien el ritmo, y le gusta hacerlo con público.

—Entonces, ¿por qué no vamos?

Sé que está intentando ser útil, y lo aprecio, de verdad, pero...

—No es lo mismo —respondo, notando cómo me desanimo. La idea era estar con personas que aman lo que yo amo—. Y no deberíamos perder más tiempo. Sigamos adelante y ya está.

Vuelve a meterse el móvil en el bolsillo.

—Si eso es lo que quieres.

Me obligo a que lo sea. Trazamos el plan de volver a mi coche y conducir hasta Gas Works para la pista de las vistas. Cuando llegamos a la parada de autobús que hay en la avenida Phinney con la esperanza de tomar un atajo, los números del cartel digital nos informan de que el 5 no llegará hasta dentro de veinte minutos. A pesar de que el cielo parece amenazador, decidimos ir andando. A partir de aquí todo va cuesta abajo. Literalmente.

—Es raro que nadie haya venido a por mí —comento, con las manos metidas en los bolsillos para protegerme del frío e intentando por todos los medios alejar a Delilah de mi mente—. En plan, no sabemos cuántos se han aliado. Pero parece que todos han estado yendo a por ti, no a por mí.

Neil se endereza.

—Bueno, *soy* el *valedictorian*.

Lo ignoro.

—Me inquieta no saber quién puede ser.

—Seguiremos teniendo cuidado —dice—. Nos quedan tres pistas. Podemos conseguirlo.

La primera gota de lluvia me golpea la mejilla cuando estamos a unas manzanas del zoo.

—Vale, a ver, ¿qué pone en tu camiseta? —pregunto—. Lleva molestándome todo el día.

Sonríe.

—Significa «todo suena profundo en latín». La traducción literal es «todo lo dicho en latín parece profundo». Pero eso suena a Yoda.

—¿Quién?

Se tambalea hacia atrás, agarrándose el corazón.

—¿*Qué* has dicho? Puede que tenga que retirarte el apodo.

—No... —empiezo a protestar antes de contenerme.

Eso le saca una sonrisa.

—Te gusta —dice. Hay un brillo en sus ojos, como si estuviera entendiendo algo que yo no entiendo—. Te gusta ese apodo.

Y... en cierto modo me gusta. Hace tiempo que no me irrita. Es un idioma que solo tenemos nosotros, aunque sea una referencia que no entiendo.

—Es original. Y es mejor que Ro-Ro, que es como me llama mi padre.

La sonrisa se hace más profunda.

—Vale, R2. *Yoda* —continúa, como si me estuviera informando de cómo se hace un sándwich de mantequilla de cacahuete y mermelada— es un maestro Jedi de una especie desconocida que entrena a Luke en el uso de la Fuerza.

—¿El bichito verde?

Lanza un gemido y se frota los ojos detrás de las gafas.

—El bichito verde —confirma, resignado.

La calle en la que estamos es principalmente residencial, casas pintadas de colores pastel con carteles políticos progresistas en los patios delanteros. La llovizna se convierte en una lluvia constante que hace que eche de menos mi abrigo.

—Bueno... si vamos a seguir, hay algo que tengo que decirte —añade.

—Vale —digo, vacilante.

—¿Te acuerdas de cuando comparamos las aceptaciones de la universidad? —Asiento con la cabeza y continúa—. Solicité la admisión anticipada en el programa de lingüística de la Universidad de Nueva York. Si no entraba, me iba a costar la vida pagar la matrícula, y entonces esperé con ansiedad, sabiendo que dependería de préstamos o de ayuda financiera, o de ambas cosas. Hice que creyeras que había tenido suerte, y así fue, pero... —Se vuelve tímido—. No hablo de ello con mis amigos, pero a veces... paso vergüenza. Por el dinero. Y por no tener mucho. —Me mira de reojo a la cara—. Y esto es exactamente por lo que no lo hago. Porque siempre consigo esta reacción, esta compasión. No quiero que sientas lástima por mí, R2.

—N-No me siento así —respondo rápidamente, aunque tiene toda la razón del mundo. Intento que mi cara parezca menos compasiva—. Es simplemente que no lo sabía.

—Se me da bien disimularlo. Los trajes ayudan. Recorrí tiendas de segunda mano hasta que encontré lo que quería. Aprendí a confeccionarlos yo mismo con la vieja máquina de coser de mi madre, aunque nunca hice un apaño perfecto. Trabajé horas extras para ahorrar para las competiciones regionales de *quiz bowl*. Se trata de proyectar una imagen. Tengo la sensación de que me he pasado todo el instituto manteniendo esta imagen porque no quiero que la gente sienta lástima por mí. Y cuando salga de aquí, quiero empezar de cero. No quiero ser Neil McNair, el *valedictorian*; ni Neil McNair, cuyo padre está en la cárcel; ni Neil McNair, el chico que nunca tiene suficiente dinero. Quiero ver quién soy sin tener todo eso adherido a mí.

Hundo el pie en un charco que me salpica los calcetines de agua turbia.

—Quiero que tengas todo eso. —Lo digo en serio—. Aunque si no quieres mi compasión, no sé muy bien qué más decir. —Ahora me toca a mí volverme tímida.

—Simplemente... sé normal. No cambies tu forma de actuar porque sepas esto de mí. No me trates con compasión. —La lluvia le empapa el pelo y le gotea por las gafas—. Tenía la esperanza de que tú más que nadie no me tratarías de forma diferente.

—Vale. No lo haré. Me sigues pareciendo bastante insufrible. —Aunque me quedo con otra cosa que ha dicho: «No me trates con compasión». Después de hoy, ¿cuándo tendré la oportunidad de no hacerlo?

Por muy divertido que esté siendo, por mucho que haya disfrutado de nuestras conversaciones, no puedo permitirme olvidar que esto (nuestra rivalidad, nuestra alianza, incluso lo que podría ser nuestra amistad incipiente) termina después de esta noche. ¿Existe una palabra para describir lo que ocurre cuando tu némesis te deja entrar en su habitación y te cuenta sus secretos?

—Bien. No me gustaría romper el equilibrio del universo.

Quiero poner los ojos en blanco, pero a pesar de las frustraciones de la última hora, mi cara decide dibujar una sonrisa en mi boca.

Y... se lo permito.

Cuando llegamos al coche, estamos empapados y tiritando. Me lanzo al interior. Neil es mucho más meticuloso que yo y seca las gafas y la esfera del reloj con suavidad contra el cojín del asiento.

Cuando se sienta a mi lado, tiene el pelo empapado de agua y la camiseta pegada a la piel. Si pensaba que su camiseta era reveladora, su camiseta mojada es absolutamente indecente.

Busco a tientas mi chaqueta bajo el asiento antes de recordar dónde está.

—Me dejé el abrigo en la tienda de discos. —Me castañetean los dientes.

Saca una sudadera gris seca de su mochila.

—Toma —dice, tendiéndomela—. Póntela.

—¿Estás seguro? Los dos estamos bastante empapados.

—Ya, pero tú llevas menos. —Su cara se tuerce, las cejas se juntan para formar una expresión de dolor—. Espero que no haya sonado asqueroso. Me refería a que no llevas nada debajo del vestido, excepto, eh, ya sabes. No llevas pantalones, medias ni *leggings* debajo. Si te soy sincero, nunca he entendido la diferencia entre medias y *leggings*. Lo estoy empeorando, ¿no? Llevas una cantidad de ropa completamente normal. ¿En serio vas a dejar que siga hablando?

—Sí. —Neil nervioso siempre será gracioso—. Sabía a lo que te referías. Gracias. —Me subo la cremallera de la sudadera sobre mi vestido salpicado de lluvia y café. Luego pongo la calefacción y me ajusto el brazalete a la manga de la sudadera—. Los *leggings* no te cubren los pies y suelen ser mucho más gruesos que las medias.

No es hasta que me reclino en el asiento, esperando a que se caliente el coche, que me golpea el olor de su sudadera. Huele bien, y me pregunto si es el detergente o simplemente el olor natural de Neil, uno al que no había prestado atención nunca. Supongo que nunca he estado tan cerca como para notarlo. Me sorprende lo mucho que no lo odio, tanto que me marea durante una fracción de segundo.

También puede ser la galleta de hierba volviéndome a deformar el cerebro.

Neil pega las manos a las rejillas de ventilación.

—No tardará en calentarse —afirmo. Me da miedo la bestia mitológica que veré en el espejo, pero le echo un vistazo de todas formas. El delineador se me ha borrado casi por completo y el rímel se me ha corrido por las mejillas. Me lo limpio con las manos, me quito la gomilla del pelo y abro la puerta del coche para escurrir el agua lo mejor que puedo. Con las horquillas que tengo en los portavasos, me lo recojo de nuevo. Pero el flequillo...

—Siempre te estás toqueteando el pelo.

Retiro una mano del flequillo como si me hubieran sorprendido haciendo algo que no debería estar haciendo. Es extraño que otra persona se fije en tus hábitos nerviosos.

—Estúpido flequillo —digo con un suspiro—. Nunca consigo decidir qué hacer con él.

Me estudia durante un largo rato, como si fuera una frase que está intentando traducir a otro idioma.

—A mí me gusta como está —contesta por fin, lo que no me ayuda y, por algún motivo, hace que me sienta más cohibida.

Prometo cortármelo antes de la graduación. No pienso seguir los consejos capilares de Neil McNair.

Conecto el móvil y pongo The Smiths. Vuelta a la música para días lluviosos.

Neil gime.

—En serio, ¿no tienes música alegre?

—The Smiths es alegre.

—No, esto es triste y deprimente. ¿Cómo se llama esta canción?

—No voy a decírtelo.

Me toma el móvil. Intento recuperarlo, pero es más rápido que yo.

—¿*Heaven Knows I'm Miserable Now*?

—¡Es una buena canción!

Ojea mi móvil mientras esperamos a que se caliente el coche. Me invade esa sensación inquieta de «alguien me está toqueteando el móvil». Selecciona una canción de Depeche Mode y vuelve a colocar el móvil en el portavasos. Se me relajan los hombros.

—¿Gas Works? —inquiero, y Neil suelta un suspiro de sufrimiento.

—No son las mejores vistas, pero vale. Y tenemos que averiguar lo de la pista de Cooper o estamos jodidos. Voy a investigar un poco más en Internet, a ver si Sean, Adrian o Cyrus tienen alguna idea.

Con Neil usando su móvil, conducimos en relativo silencio durante unos minutos, excepto por Dave Gahan cantando sobre no tener nunca suficiente. Cuando giro a la izquierda, algo que hay en el asiento trasero se cae al suelo.

Neil se gira para mirar.

—¿Siempre llevas tantos libros encima?

—*Mierda* —contesto, golpeando el volante—. Tenía que devolverlos hoy. —Se me olvidó por completo esta mañana con lo del apagón—. ¿Crees que existe alguna posibilidad de que el instituto siga abierto?

—Claro, dado que son casi las nueve. No, R2. Sin duda está cerrado.

—¿De cuánto crees que será la multa?

—¿Por libro? Tienes, qué, cinco ahí detrás, así que... mucho. —Chasquea la lengua—. He oído que no te dejan subirte al escenario en la graduación si tienes libros sin devolver. Aunque podría ser una leyenda urbana. No he oído que le haya pasado a nadie. ¡Oye, podrías ser la primera! —Vuelve a mirar los libros y luego a mí—. Bueno, supongo que solo podemos hacer una cosa.

Parpadeo, esperando alguna solución mágica.

—Tenemos que colarnos dentro.

Suelto una carcajada.

—Claro. El *valedictorian* y la *salutatorian* colándose en la biblioteca del instituto. Por no mencionar que no podemos seguir desviándonos así.

—Vamos adelantados con bastante diferencia —argumenta, y tiene razón—. ¿Qué otra opción tenemos si no quieres una multa? ¿Y si quieres subirte al escenario el domingo?

Me muerdo el interior de la mejilla. Joder, tiene razón. No quiero arriesgarme a no subirme al escenario en la graduación. En plan, ni de broma le creo, pero por si acaso.

—Allí dentro estaremos seguros —continúa—. Y seremos rápidos. Entrar y salir.

Me detengo en una intersección antes de hacer el giro que nos llevará de regreso al instituto.

—Bueno, pues supongo que vamos a hacerlo. Vamos a colarnos en la biblioteca.

Conversación por mensajes entre Rowan Roth y Neil McNair
Abril de undécimo curso

McPESADILLA

El señor Kepler ha insinuado sin querer que tenemos un examen sorpresa hoy a tercera hora.

Sé que tienes clase con él a cuarta, así que quería que lo supieras.

Para estar en igualdad de condiciones y eso.

eso es... extrañamente amable?

te has roto?

20:51

—Petricor —dice Neil mientras nos dirigimos hacia la biblioteca. Hemos aparcado a unas pocas manzanas del instituto para asegurarnos de que nadie fuera a reconocer mi coche. Estamos en un barrio residencial, con la mitad de las casas ya preparadas para dar por finalizada la noche. Un hombre aparta a su perro de una hilera de flores, mientras al otro lado de la calle un trío de chicas con vestidos elegantes se monta en un Lyft.

—¿Qué? —pregunto, cargando los libros en la mochila.

—El olor de la tierra después de la lluvia —explica—. Es una palabra genial, ¿verdad?

Me envuelvo más con la sudadera. Ya no estamos empapados, solo un poco húmedos. Ahora que volvemos a estar en el exterior, estoy convencida de que el olor de su sudadera tiene que ser el de la lluvia. No sigo pensando en ello, pero si lo hiciera, es... petricor.

—¿Te sabes el plan? —inquiere mientras caminamos por la acera.

Lo discutimos en el coche después de buscar en Google «cómo colarse en una biblioteca», porque otra cosa no, pero resolutivos somos.

—Sí. —Levanto la mochila llena de libros—. Buscamos una ventana y vemos si está abierta. Luego entramos y dejamos los libros.

—Y después nos piramos —añade Neil.

—¿Estás seguro de que no hay sistema de seguridad?

—No en la biblioteca.

Acompasamos nuestros pasos e intento ignorar el olor de su sudadera.

—Puedo añadir esto a la lista de recuerdos sentimentales nocturnos en Westview —digo—. Justo detrás de hacerlo con Luke Barrows por primera vez en su coche, aparcado justo por... ahí. —Señalo al otro lado de la calle.

Se burla.

—Rowan Roth, pensaba que eras una chica buena.

Eso hace que me detenga en seco.

—Lo soy —afirmo, extremadamente consciente de cómo me late el corazón—, pero... eso no significa que sea virgen.

—Oh, no quería decir...

—¿Porque supones que las chicas buenas, es decir, chicas que sacan sobresalientes como yo, no tienen relaciones sexuales? —Mi tono de voz es un poco afilado, pero no puedo evitarlo. Ha caído de lleno en algo que me parece sumamente importante. No sé a qué le estoy dando más vueltas en la cabeza, si preguntarme qué habrá querido decir Neil o que ahora estemos hablando de sexo oficialmente—. Te das cuenta de lo equivocado y anticuado que es eso, ¿verdad? Se supone que las chicas buenas no tienen relaciones sexuales, pero si no lo hacen, son unas mojigatas, y si lo hacen, son unas zorras. Y, por supuesto, nada de eso tiene en cuenta el espectro de género o la sexualidad. Las cosas están empezando a cambiar *lentamente*, pero el hecho es que sigue siendo completamente diferente para los chicos.

Neil se atraganta con lo que supongo que es su lengua, y sus ojos abiertos de par en par indican que no tenía ni idea de que la conversación iba a salir por ahí.

—No lo sé —dice, y está claro que está haciendo todo lo posible por no mirarme a los ojos—, dado que yo nunca... ya sabes.

Dios mío, ni siquiera es capaz de pronunciar la palabra.

—¿Has tenido relaciones sexuales? —inquiero, y asiente.

—He hecho otras cosas —añade rápidamente—. He hecho... todo lo demás, más o menos. Todo menos... —Hace un gesto con la mano.

«Otras cosas». Mi mente se vuelve un poco loca ante eso, y me pregunto si «otras cosas» significa lo mismo para él que para mí. Y aquí está mi respuesta a la pregunta que tuve antes: Neil es virgen.

—Sexo.

—Sí.

—No es una palabra mala —digo.

—Lo sé.

Empezamos a andar otra vez. Hace unos años, me habría dado muchísima vergüenza tener esta conversación. Aunque mis amigas y yo hemos tenido esta clase de discusiones (Kirby nunca pierde la oportunidad de arremeter contra el patriarcado), es la primera vez que hablo así con un chico. No lo había hecho ni con Luke ni con Spencer. Las novelas románticas deberían haber hecho que me diera menos miedo. He leído las palabras muchísimas veces. Debería ser capaz de decirlas en voz alta, pero no ha sido fácil cuando, para empezar, ni siquiera puedo admitir que me encantan esos libros. Y aquí estoy, diciendo por fin lo que quiero, y es con Neil de entre todas las personas.

—¿Tú has...? —empieza, y me deja que rellene el espacio en blanco.

—Sí, con Spencer. Y Luke —respondo, y agradezco que no tenga ninguna reacción dramática—. No sé por qué debería darnos vergüenza cuando muchísimos de nosotros pensamos en ello tan a menudo. Y, sin embargo, es especialmente tabú que las chicas hablen de ello.

—Esa es otra de las razones por las que me encantan las novelas románticas: cómo intentan normalizar estas conversaciones. No estoy diciendo que el mundo sería mejor si más gente leyera novelas románticas, pero... bueno, sí. Lo estoy diciendo—. La masturbación es la peor muestra de doble moral.

El cielo está casi negro, pero una farola ilumina su cara extremadamente roja.

—Estoy... familiarizado con el tema.

Resoplo.

—No lo dudo. Se da por sentado que los chicos lo hacen, tanto que incluso bromean sobre ello. Pero para las chicas a veces sigue pareciendo algo obsceno de lo que se supone que no debemos hablar, a pesar de que es perfectamente sano y de que muchas lo hacemos.

—Conque tú...

—A ver, no voy a darte detalles.

Vuelve a toser, y se convierte en un ataque de asfixia. Ya está. He asesinado a Neil McNair.

Levanta una mano como para asegurarme que está bien.

—He aprendido mucho esta noche.

Hemos llegado al aparcamiento para los estudiantes de último año, situado a orillas de la biblioteca. Agradezco volver a centrarme en la razón por la que estamos aquí, porque la verdad es que la conversación me estaba poniendo un poco febril. Y mi cerebro no para con la espiral de «otras cosas», invocando una variedad de imágenes útiles para rellenar las muchísimas opciones.

No obstante, lo más probable es que esté nerviosa por el allanamiento. Eso explicaría por qué se me ha acelerado el pulso.

—Voy a comprobar estas ventanas —dice McNair, que se aleja varios metros corriendo, y una vez que sale de mi burbuja, suelto un suspiro largo y tembloroso y me acomodo el flequillo.

Primero intento abrir la puerta trasera de la biblioteca. No cede.

—La puerta de atrás está cerrada —le indico a Neil. Empujo una ventana—. Me cago en... Si alguien nos descubre aquí, ¿crees que nos quitarían los títulos? O sea... estamos allanando para devolver unos libros. No llamarían a la policía, ¿no? Estudiamos aquí. O estudiábamos aquí. Todas estas están atascadas. Se supone que se puede hacer algo con una tarjeta de crédito, ¿verdad?

Desentierro una tarjeta de mi mochila y localizo una entrada de wikiHow muy útil.

—Aquí dice que hay que meter la tarjeta en el hueco entre la puerta y el marco y... ¿Neil?

Me giro hacia Neil, quien, de repente, está haciendo todo lo posible por contener una risa. Fracasa increíblemente, y la risa sale como una explosión.

—¿Qué? ¿Qué te hace tanta gracia?

Niega con la cabeza y se dobla mientras se agarra el estómago. Tengo la sensación de que se está riendo de *mí*.

—Neil McNair. Exijo una explicación.

Alza un dedo y mete la mano en el bolsillo, tras lo que revela una llave.

—T-Trabajo aquí —consigue decir entre risa y risa—. O trabajaba aquí. Creo que debería devolverla ahora que estamos aquí.

—¿En serio? ¿La has tenido todo este tiempo? —Estiro la mano para agarrarlas, pero las aparta para que no pueda alcanzarlas—. ¿Por qué no me has dicho que seguías teniendo una llave? —Pero yo también me estoy riendo. Un poquito.

—Quería ver si de verdad ibas a intentar hacerlo. No pensaba que llegarías tan lejos. Pensaba que te rendirías antes.

—Eres lo peor —digo, y le doy un empujón en el hombro.

Todavía riéndose a carcajadas, gira la llave en la cerradura y, entonces, estamos dentro.

Usamos las linternas de los móviles para que nos guíen hasta la mesa de préstamos y devoluciones.

—Esto es un poco inquietante —comento.

Debe de notar que estoy nerviosa, porque dice con un tono de voz suave:

—Solo estamos nosotros, R2.

—Sabes que no he visto *Star Wars*, ¿verdad?

—No has visto las originales —corrige, pero niego con la cabeza—. Espera. Qué. —Me apunta a la cara con la linterna del móvil, lo que hace que entrecierre los ojos.

—¡Te he dicho que no sé quién es Yoda!

—Yoda apenas sale en las nuevas. ¡Di por hecho que al menos habías visto una de esas!

—Creo que vi unos minutos de una en una fiesta... Lo único que recuerdo es un tipo muy enfadado vestido entero de negro.

—¿*Crees*? Lo sabrías, Rowan. Lo sabrías —dice—. Tenemos que verlas.

Ahora soy yo la que lo apunta con la linterna de mi móvil. Y lo miro fijamente.

—¿*Tenemos* que verlas?

Se sonroja y usa una mano a modo de escudo contra la luz.

—*Tienes* que verlas. No conmigo. ¿Por qué haríamos eso?

—Ni idea —respondo, encogiéndome de hombros de forma exagerada—. Tú eres el que lo ha sugerido. Y ahora te estás poniendo colorado.

—¡Porque me estás interrogando! —Se quita las gafas para frotarse los ojos—. Ha sido un desliz. Y también odio eso, casi tanto como las pecas. Siempre delata cómo me siento. Nunca he sido capaz de hablar con una chica guapa sin convertirme en un puto tomate.

—¿Yo entraría dentro de esa categoría?

El hecho de que se sonroje más lo dice todo. Ajá. Neil McNair piensa que soy una chica guapa.

—Sabes que eres atractiva —contesta tras unos segundos de silencio—. No necesitas que lo valide.

Es verdad, no me hace falta, pero eso no significa que no sea agradable oírlo. Debo de estar muy necesitada de cumplidos si «atractiva» hace que me sienta tan bien conmigo misma, si el calor que noto en el pecho sirve de indicio.

—¿Debería dejarlo aquí y ya está? —pregunto al tiempo que saco los libros de la mochila—. ¿O debería escribir una nota o algo?

—Por mucho que me gustaría escribir con caligrafía «Libros de biblioteca vencidos de Rowan Roth», creo que deberías dejarlos en la ranura.

Uno a uno, introduzco cada libro en la parte de devoluciones. Aterrizan con golpes cada vez más fuertes.

He estado en Westview fuera de horario muchísimas veces. Me conozco el instituto muy bien: las taquillas mejor ubicadas, qué máquinas expendedoras están siempre fuera de servicio, la ruta más rápida para llegar al gimnasio para las asambleas. Pero esta noche... da una sensación extraña. No parece mi instituto.

Supongo que ya no lo es.

«Deberíamos irnos», intento decir, porque deseo tanto ganar ese dinero para él, pero en vez de eso, acabo dirigiéndome hacia las estanterías. Neil me sigue. Puede que me inquiete la biblioteca, pero también me transmite paz.

—Voy a echar mucho de menos todo esto —digo, recorriendo los lomos con los dedos.

—Creo que en Boston hay bibliotecas. De las grandes.

Le doy un empujón en el hombro.

—Sabes a lo que me refiero. Puede que esta sea la última vez que estemos aquí.

—¿Eso no es bueno?

Me apoyo contra la estantería de libros que hay frente a él.

—No lo sé. —Meto la mano en la mochila y saco la guía para triunfar. Ya hemos compartido mucho hoy. Una vez que has llorado sobre el hombro de tu némesis, ¿qué límites quedan?—. Estaba muy obsesionada con tener una experiencia perfecta en el instituto, y no puedo evitar sentirme decepcionada de que la realidad no sea como pensaba que sería. Te vas a reír de mí, pero... aquí está esa guía para triunfar.

Acepta la hoja de papel arrugada y la escudriña con una esquina de la boca inclinándose hacia arriba. Me pregunto ante qué está sonriendo: averiguar qué hacer con mi flequillo o liarme con alguien debajo de las gradas.

—Supongo que pensaba que a estas alturas iba a ser una persona muy específica —continúo—. Y... no lo soy.

Cuando llega al final, toca el número diez con toda la naturalidad.

—Destruir a Neil McNair —lee—. No puedo decir que destruirte hubiera estado en mi hipotética guía para triunfar.

—Es obvio que he fallado. En todo.

Todavía sigue mirándola, y me mata no saber qué se le está pasando por la cabeza.

—¿Querías ser profesora de Inglés? ¿«Moldear las mentes jóvenes»?

—¿Qué pasa? ¿No crees que sería una buena moldeadora de mentes?

—La verdad es que creo que sí que lo serías. Si superaras tu aversión por los clásicos. —Me la devuelve, y me siento tanto aliviada como decepcionada de que no haya dicho nada sobre lo del novio perfecto, aunque solo sea porque tengo curiosidad por lo que habría dicho—. No es una lista mala. No sé si es realista, pero... ¿todavía quieres alguna de estas cosas?

Se me ha pasado un par de veces por la cabeza hoy antes de haberlo descartado por completo.

—Algunas de las que sigue siendo posible conseguir, sí. No es algo en lo que piense mucho, pero me encantaría hablar español con fluidez —respondo—. Mi madre lo habla, y toda su familia también, y siempre quise aprenderlo cuando era más pequeña.

—No es demasiado tarde.

Gruño, consciente de que tiene razón.

—Y tuviste una razón para dejar de aprender español. —Cuando me encojo de hombros, añade—: Porque tus intereses cambiaron. Durante un tiempo hubo otras cosas que se volvieron más importantes. Es el mismo motivo por el que ya no quieres ser profesora. No puedes atarte a una lista que hiciste cuando tenías catorce años. ¿Quién sigue queriendo lo mismo que cuando tenía catorce años?

—Algunas personas.

—Claro —dice—. Pero muchas no. La gente *cambia*, Rowan. Menos mal que lo hacen. Ambos sabemos que yo era un trozo de mierda arrogante cuando tenía catorce años, aunque eso no impidió que te gustara.

—Doce. Días.

Sonríe con suficiencia. Es gracioso que piense que la arrogancia es algo del pasado.

—A lo mejor esta versión de ti habría sido estupenda —continúa, y vuelve a golpear el papel con el dedo—. Pero... ahora también eres algo genial.

«Algo genial».

El cumplido hace que mi corazón se vuelva loco. Me deslizo por la estantería hasta que me siento en el suelo, y él me imita, de manera que estamos uno delante del otro.

—Es solo que ojalá no se hubiera acabado ya —digo, aunque a una parte de mí le encantaría que diera más detalles sobre las formas concretas en las que soy «algo genial»—. Ojalá tuviera más tiempo.

No es hasta que lo digo en voz alta que me doy cuenta de que es verdad. *Tiempo*. Eso es lo que llevo todo el día persiguiendo, la noción de que después de esta noche, después de la graduación, ninguno de nosotros volverá a estar en la misma ciudad. Lo que nos ha importado durante los últimos cuatro años cambiará y evolucionará, e imagino que seguirán haciéndolo toda la vida. Es aterrador.

—R2. Puede que no hayas hecho todo lo de la lista, pero has hecho *mucho*. Has sido presidenta de tres clubes, editora del anuario, copresidenta del consejo estudiantil... —La sonrisa de suficiencia vuelve cuando añade—: *Salutatorian*.

No obstante, ya no me molesta. Me subo los calcetines, los cuales están mojados y sucios. El Aullido ha causado estragos en mi conjunto perfecto para el último día.

—Pero es extraño, ¿verdad? —contesto—. Pensar en que nuestro grupo de duodécimo se va a dispersar el año que viene. La mayoría solo estaremos en casa durante las vacaciones, y después de eso estaremos cada vez menos. No nos veremos todos los días. En plan, si te veo en la calle...

—¿En la calle? ¿Qué estoy haciendo «en la calle»? ¿Estoy bien?

—Lo más probable es que estés vendiendo tu colección firmada de los libros de Riley Rodriguez a cambio de dinero para pizza.

—¿Una colección entera firmada? Entonces parece que me va bastante bien.

Me estiro para recorrer el pasillo y golpearle el brazo con la manga de mi sudadera, que es, bueno, la manga de su sudadera.

—Vale, si me *cruzara* contigo por la calle, ¿cómo se supone que deberíamos actuar? ¿Qué somos el uno para el otro cuando no estamos peleándonos para ser los mejores?

—Creo que sería más o menos como esta noche —responde con suavidad. Me da un toquecito en la manoletina con su deportiva, y mientras que mi cerebro le dice a mi pie que se aleje del suyo, por alguna razón el mensaje no le llega, y mi zapato se queda en su sitio—. Algo así como... amigos.

«Amigos». Llevo compitiendo con Neil desde que lo conozco. Me he pasado mucho tiempo preguntándome cómo vencerlo, pero nunca lo he considerado un amigo.

La verdad es que hacía mucho que no me divertía tanto como me estoy divirtiendo con él. Aquí está la fuente secreta de las conversaciones profundas, las aventuras y la *diversión*. Estaba segura de que a estas alturas ya me habría hartado de él, pero es todo lo contrario. Solo nos quedan tres pistas. Terminar el juego significa cortar cualquier conexión que hayamos establecido. Significa graduarnos y verano y subirnos a dos aviones diferentes para cuando termine. Quizás por eso me resisto a irme de la biblioteca, porque, de entre todas las cosas que he aprendido sobre él hoy, la primera de la lista es que de verdad disfruto pasando tiempo con él. Pensaba que al vencerlo me sentiría increíble, pero esto es mucho mejor.

Hace que vuelva a desear que me hubiera dado cuenta antes de que podíamos ser algo más que rivales. Me pregunto si él también siente el deseo de haber tenido más conversaciones como esta mientras nos comemos una pizza mediocre. Y si eso nos convierte en amigos o solo en dos personas que tenían que encontrarse en algún sitio pero que se perdieron por el camino.

—Sí —coincido, e ignoro el salto raro que hace mi estómago, el cual debe de estar causado por esta conversación honesta a deshoras. Debería alejar mi pie del suyo. Rowan Roth y Neil McNair, aunque sean amigos, establecen contacto zapato con zapato. No sé lo que hacen—. Supongo que podríamos serlo.

Me recuesto contra la estantería de libros, sintiéndome menos reconfortada de lo que pensaba por las biografías de mujeres increíbles que literalmente me están respaldando. Esta noche, Neil y yo hemos estado muy cerca en demasiados lugares oscuros. Eso ha reestructurado mis moléculas, ha hecho que dude de cosas de las que creía estar segura.

Ejemplo: lo mucho que me gusta no solo sus brazos y su abdomen sino *él* y cómo me miraba cuando me dijo que era «algo genial».

Pero eso es absurdo, ¿verdad? De todas las cosas de mi guía para triunfar en las que me equivoqué, está claro que Neil no es el novio perfecto de instituto. Simplemente es difícil acordarme de eso cuando nuestros zapatos se están tocando o cuando una farola captura los ángulos suaves de su rostro.

—Ahora que somos amigos —dice—, ¿puedes contarme algo más sobre tu libro?

Sus palabras hacen que me acuerde de lo poco que ha faltado para que conozca a Delilah Park. Lo más probable es que a estas horas haya vuelto al hotel. Lista para la próxima parada de la gira.

Si no puedo ser valiente allí, quizás pueda ser valiente aquí.

—¿De verdad quieres saberlo? —Cuando asiente con la cabeza, respiro hondo. Lo que sea con tal de dejar de pensar en lo que quiera que esté pasando con nuestros zapatos o en lo que quiero o no quiero que pase con el resto de nuestros cuerpos—. Es... una especie de romance de oficina. Entre dos compañeros.

Hannah y Hayden. Dos personas inventadas que llevan viviendo en mi cabeza desde el verano de antes de undécimo. Hannah apareció primero, una abogada de espíritu libre, orgullosa y sarcástica con una mezcla de rasgos de mis heroínas favoritas. Luego llegó Hayden, el abogado estirado que oculta un lado tierno y que se pelea con ella para conseguir un ascenso. Lo de que los polos opuestos se atraen es mi tópico favorito, así que tenía sentido que empezara por ahí. Porque, claro, lo que tienen los polos opuestos es que siempre tienen mucho más en común de lo que piensan.

A veces pienso en ellos antes de irme a dormir y luego aparecen en mis sueños. Hablarle a Neil sobre ellos hace que me sienta como si le estuviera hablando de mis amigos imaginarios. En cierto modo, más o menos es eso lo que estoy haciendo.

—¿Tan difícil era decirlo?

—¡Sí! Lo ha sido —respondo, pero ahora que ha salido, no me parece tan aterrador.

—¿La finalidad de ser escritora no es que alguien lea lo que escribes?

—A ver... sí, pero todavía no he llegado a ese punto —protesto—. Es... complicado. Nadie ha leído nunca algo que haya escrito y que no haya sido para clase.

Teóricamente, *quiero* compartir mi trabajo. Quiero adueñarme por completo de esto a lo que quiero dedicar mi vida. Quiero que no me importe cuando la gente lo llame «placer culpable» o tener el coraje de convencerlos de que se equivocan. O incluso mejor, la confianza de que no me importe lo que piensen.

—Pero quieres —adivina.

Asiento.

—Digamos que no se te da perfecto al instante. Sigues intentándolo. Mejoras.

—No sé, eso suena a un montón de esfuerzo —digo, y pone los ojos en blanco.

—Tengo una idea. Pero puede que la odies. —Cuando alzo las cejas, continúa—. ¿Y si... me dejas que lo lea? Solo una página o dos. ¿Qué da más miedo que lo lea yo?

Por muy sorprendente que parezca, no odio su sugerencia. Su expresión es tierna, y estoy segura de no se va a reír. Lo que es más sorprendente es que quiero enseñárselo. Ama las palabras tanto como yo. Quiero saber qué piensa.

—Has escrito un puto *libro*. ¿Sabes cuánta gente desearía hacer eso o cuánta gente habla sobre hacerlo y nunca lo hace? —Agita la cabeza, como si estuviera impresionado conmigo, y deseo con todas mis fuerzas estar así de impresionada conmigo misma—. Viste *Álbum de boda* en mi cuarto. No soy el mismo que era en noveno. Y puedes decirme que pare cuando quieras, ¿vale? Lo dejaré en cuanto me lo pidas.

Está siendo tan dulce al respecto. Quiero decirle lo mucho que significa para mí esa falta de juicio, pero a lo mejor es más fácil demostrárselo.

—L-Lo sé. —Con manos temblorosas, encuentro el archivo en mi móvil y se lo paso. Cierro los ojos, y el corazón me va a mil por hora. No lo veo, pero lo noto a mi lado, oigo cómo pasa el dedo por la pantalla con suavidad.

—«Capítulo uno» —empieza.

—Dios. Por favor, no leas en voz alta.

—Vale, vale. —Se queda callado, y solo tardo unos segundos en perder la cabeza.

—Lo retiro. El silencio es peor.

Se ríe.

—¿Prefieres que no lo lea y ya está?

Dejo escapar un suspiro tembloroso y muevo los hombros para liberar la tensión.

—No. Esto es bueno para mí. Sigue, yo te digo cuándo parar.

—Vale —contesta—. «Capítulo uno. Hannah llevaba despreciando a Hayden dos años, un mes, cuatro días y quince, no, dieciséis minutos...».

Capítulo uno

Hannah llevaba despreciando a Hayden dos años, un mes, cuatro días y quince, no, dieciséis minutos.

Se acordaba del momento exacto en el que entró en la oficina con su traje impecable y ni un solo pelo fuera de lugar. Lo sabía porque le había echado un vistazo al reloj (vale, lo había estado mirando fijamente) que colgaba sobre su mesa, contando los minutos que quedaban para la próxima crisis de su jefe.

Ya había oído más lo que quería sobre el nuevo empleado, graduado en Derecho por Yale y con un Máster en Dirección y Administración de Empresas por la Universidad de Pensilvania también. Ningún otro del bufete tiene múltiples estudios de posgrado, y Hannah sabía que eso les entusiasmaba a los socios; el trío de hombres con el pelo canoso que ocupaban el lujoso despacho de la esquina.

No obstante, Hannah estaba un poco menos entusiasmada. Iba camino de convertirse en socia, y no iba a permitir que aquel listillo con varios títulos se interpusiera en su camino. No cuando había dedicado al bufete sesenta, setenta, ochenta horas a la semana durante los últimos cinco años de su vida. No se había ido de vacaciones ni había tenido una segunda cita desde la facultad de Derecho, pero todo valdría la pena cuando también tuviera un despacho lujoso en la esquina.

Si Hayden Walker no se interponía en su camino.

Así pues, se quedó mirando cómo se quitaba las gotas de lluvia de la chaqueta y se dirigía a su mesa, que estaba justo enfrente de la suya.

La miró con unos ojos color azul eléctrico.

—¿Eres mi secretaria? —preguntó.

Cómo no, tenía acento británico.

21:20

—Puedes parar ya —digo en voz baja.

Sin vacilar, me devuelve el móvil. No intenta leer más ni quedárselo más tiempo, sino que me escucha. No ha puesto ninguna voz, ni siquiera cuando estaba leyendo el diálogo. Lo ha leído como si estuviera en frente de la clase haciendo una presentación. Cuando por fin recupero la compostura lo suficiente como para mirarlo, tiene las mejillas sonrojadas.

Me ha gustado cómo sonaban mis palabras con su voz.

—Es...

—¿Horrible? ¿Debería dejarlo? Lo dejaré.

—No. Dios, no. Para nada. R2, está muy muy bien. Deberías haber usado una coma en el tercer párrafo, no un punto y coma...

—No sabes cuánto te desprecio, en serio.

Esboza una sonrisa avergonzada.

—Eres una escritora increíble. De verdad. Ha sido muy... *tenso*.

Ahora yo también me estoy sonrojando. A Neil McNair le gusta cómo escribo. Más que eso, oír cómo lo leía ha hecho que me dé cuenta de lo mucho que me gustan esta historia y estos personajes.

—Ni siquiera ha pasado nada entre ellos —digo.

—Pero es la anticipación. El lector *sabe* que va a pasar algo.

—La anticipación es genial, no me malinterpretes. Me encanta. Pero me encanta ese «vivieron felices y comieron perdices» que casi siempre te garantizan las novelas románticas. Aunque no sea realista.

—Pero la felicidad lo es —contesta—. O puede serlo. Quizás no sea una felicidad a lo comer perdices, pero eso no la hace menos real. Mi madre y Christopher han pasado por mucho. ¿No deberías querer que otra persona te ayude a superar las dificultades?

—Ese tipo de cosas no ocurren después del epílogo —admito—. La mayoría de los libros de Delilah terminan con una boda o con una propuesta de matrimonio y la asunción de que todo va a ser perfecto. Sé que a veces no es más que una fantasía. Obviamente, Spencer y yo no éramos perfectos.

Spencer, el chico al que intenté forzar a que adaptara el rol con el que había soñado. ¿Cómo habría sido el último semestre si hubiera roto con él y me hubiera dado permiso a mí misma para no tener un NPI para cuando terminara? Podría habérmelo pasado mejor, de eso estoy segura. Podría haber pasado más tiempo con Kirby y Mara en vez de intentando interpretar el último mensaje críptico de Spencer.

—Yo tampoco me he sentido así nunca con nadie —dice, y me siento un poco más recta, lista para más Historia de las Relaciones de Neil McNair—. Las relaciones que he tenido... Estuvieron bien, pero no fueron trascendentales. No sé. ¿Se supone que hay que sentir las relaciones así?

—¿Trascendentales?

—Sí. En plan, que cada momento que estás con esa persona la cabeza te está dando vueltas y no puedes recobrar el aliento y simplemente sabes que esa persona te está cambiando la vida para mejor. Alguien que te desafía a *ti* a ser mejor.

—S-Supongo que sí —contesto, porque me ha sorprendido con la guardia baja y no estoy segura. Spencer no me desafiaba, no era una pregunta de un examen avanzado. Lo que no le digo a Neil es que yo también he estado buscando ese amor trascendental, y a veces lo deseo tanto que estoy convencida de que podría manifestarlo.

—Vas a pensar que es una locura, pero Bailey y yo... rompimos porque se pensaba que me gustabas tú.

Suelto un resoplido. Fuerte. Es muy ridículo.

—Madre mía. Kirby y Mara piensan que estoy obsesionada contigo.

—¡Mis amigos piensas que estoy obsesionado *contigo*!

Eso hace que nos dé un ataque de risa que dura un par de minutos.

Neil se recupera primero.

—Creía que las novelas románticas solo eran... —Agita la mano—. Sexo. —Si bien es cierto que esta vez lo dice con un poco menos de incomodidad, sigue dejando un montón de espacio alrededor de la palabra.

—Bueno. A menudo es una parte, pero no siempre. Y... no odio esa parte, eso te lo aseguro. Pero son mucho más que eso. Tratan sobre los personajes y sus relaciones. Cómo se complementan y se desafían entre sí, cómo superan algo juntos. —Me interrumpo antes de añadir—: Aunque sí que me hicieron pensar que mi primer beso sería más mágico de lo que fue en realidad.

—Ahora tengo curiosidad.

—Gavin Hawley. Séptimo. Ambos teníamos aparato. Estábamos sentenciados.

—Te doy una mejor. ¿Sabes que me sangra la nariz en invierno?

—Oh, no. No.

—Oh, sí. Chloe Lim, octavo. En la cafetería, lo cual, en retrospectiva, fue la peor idea que he tenido en mi vida. Todo el mundo lo llamó el Beso Rojo. —Eso hace que me ría por la nariz, y niega con la cabeza—. Me quedé traumatizado. Tardé dos años en volver a besar a otra chica.

Pero él también se está riendo. Me encanta cómo suena su risa y su aspecto cuando se ríe. Es como si se dejara llevar y se olvidara de que se supone que tiene ser estirado y engreído. Creo que no lo había visto nunca hasta hoy.

—¿Me firmarás por fin mi anuario ahora? —pregunta cuando nos quedamos callados—. Tengo que tener un autógrafo de Rowan Roth para cuando te hagas famosa.

Siento una cascada de alivio.

—Llevo sintiéndome como una mierda desde que te dije que no.

Escribo el mensaje más agradable que puedo, uno que relata algunas de nuestras rivalidades pasadas y que le desea lo mejor para el año que viene. Neil se toma su tiempo. El bolígrafo se detiene y empieza, y se da toquecitos en la barbilla con él y se mancha las manos de tinta.

Cuando nos los intercambiamos, hago el amago de abrir el mío, pero se lanza sobre él.

—No lo leas hasta mañana —dice.

—Es casi mañana.

Pone los ojos en blanco.

—Tú no lo leas mientras esté aquí, ¿vale?

Como es lógico, eso hace que sienta más curiosidad, pero dado que acabo de dejar que alguien lea lo que he escrito, no puedo culparlo. Puede ser incómodo leer el mensaje de un anuario delante de la persona que lo ha escrito.

—Está bien. Entonces no leas el mío tampoco. —Meto el anuario en la mochila—. Deberíamos irnos. A no ser que haya alguna pista que podamos encontrar aquí.

—Oh, ¡el disquete! —Estoy segura de que es lo más entusiasmado que ha estado alguien por un disquete en las últimas dos décadas—. Justamente aquí encontraríamos uno, ¿no? Voy a mirar en el cuarto de recursos. —Se pone de pie de un salto, pero antes de que se vaya del pasillo en el que estamos, se vuelve a poner de rodillas, como si se le hubiera olvidado algo—. El que está al final del pasillo. Al lado del ala de ciencias. Quiero ser muy claro con respecto a dónde voy esta vez. Sé que entras en pánico cuando me voy.

Cuando vuelve cinco minutos después, lleva un disquete en la mano, un rollo de serpentina y un paquete de Skittles.

—Doy por hecho que eso no tiene nada que ver con el misterioso señor Cooper —digo mientras señalo la serpentina y los Skittles.

—He tenido una idea. —Lo deja todo en la mesa de préstamos y devoluciones y se pasa una cantidad excesiva de tiempo colocando cada objeto, como si estuviera reflexionando sobre lo que va a decir a continuación—. No fuiste al baile. Hemos hablado muchísimo sobre que el instituto se acaba, pero al parecer es la experiencia de instituto por excelencia, al menos si creemos lo que dicen las películas y la tele.

—Sí...

—Bueno, la comida fue bastante mediocre. —Alza los Skittles—. Y aquí tenemos una canción debidamente cursi. —Mueve el dedo por el móvil, reproduce una canción antigua de *High School Musical* y resopla porque sí que es cursi—. Mi hermana acaba de descubrirla. Acepto tus condolencias con gusto. —Acto seguido, pone el rostro serio, deja el móvil sobre la mesa de préstamos y devoluciones y extiende la mano—. No va a ser el baile perfecto de tu guía para triunfar, pero... ¿te gustaría ir al baile conmigo?

Dejo de reírme porque, mientras que una parte de mí encuentra la situación cursi de narices, también es increíblemente dulce. Tengo el corazón en la garganta. No recuerdo la última vez que alguien hizo algo tan bonito por mí.

Detrás de las gafas, su mirada es firme. Inquebrantable. Hace que sea incluso más consciente de lo floja que me siento de repente.

—Deberíamos irnos. —Eso es lo que sale en vez de «sí». Está claro que la conexión entre mi cerebro y mi boca está rota cuando se trata de él.

Su expresión no flaquea.

—¿Un baile?

Y, Dios, parece tan sincero en la oscuridad que no tengo ni idea de por qué no le he dado la mano al instante.

—Está bien —cedo—, pero esta no.

Encuentro otra cosa en mi móvil, algo dulce y agradable de Smokey Robinson and the Miracles.

—Mucho mejor —coincide.

Deslizo la mano en la suya y le pongo la otra en el hombro, y su mano libre se apoya en mi cintura. No es la primera vez que bailo con alguien (Spencer, Luke, un par chicos torpes en secundaria), pero habíamos estado saliendo. Esto es territorio desconocido. Como tenemos la misma altura, nos estamos mirando directamente a los ojos, mi mano derecha entrelazada con la suya izquierda.

—No tenemos que dejar espacio para Jesús —dice—. O el equivalente judío que sea. Si es que hay uno. ¿Dejar espacio para Moisés?

—Dejar la puerta abierta para Elías —respondo, y se ríe.

—Sí. Esa es la versión judía.

—Y somos los peores judíos. —Aun así, me acerco un par de centímetros—. Pero es raro estar mirándote así. Voy a estar todo el rato intentando no reírme.

Se mueve para que la mano que tiene sobre la parte baja de mi espalda me empuje con suavidad para acercarme más a él, de manera que puedo apoyar la cabeza en el espacio en el que su cuello se encuentra con el hombro. Oh. Guau. Estamos... mucho más cerca que hace un segundo, y es sólido y seguro y *cálido*, lo cual no entiendo, ya que ha estado en camiseta la mayor parte del día. Dios. Esa estúpida camiseta. QUIDQUID LATINE DICTUM, ALTUM VIDETUR. Bien podría significar también «mira estos increíbles bíceps».

—¿Mejor? —pregunta, y noto su aliento caliente contra la mejilla, la oreja. Esa única palabra viaja a través de mi columna hasta los dedos de los pies como una corriente eléctrica. Me acuerdo de la persona que me gustaba en noveno, cuando durante doce días fantaseé sobre los dos yendo al baile de bienvenida juntos. ¿Así es como habría sido? ¿Como me habría agarrado?

Decido que lo más probable es que no. Por aquel entonces era más alta que él, antes de que diera el estirón y tuviera la misma altura que yo. Y era flacucho, y ahora está claro que... no lo es.

—Mmm —consigo decir, pero en realidad no estoy segura de que lo sea. Es mejor y peor al mismo tiempo porque Neil McNair es una puta paradoja. El buen olor de la sudadera de antes no era la lluvia. Era *él*. Si tengo la cara colorada por estar tan cerca, al menos no puede verla.

—Bien.

Mientras nos balanceamos de un lado a otro, hay algo que queda evidente al momento:

—No se me da muy bien —digo después de disculparme por pisarle el pie.

Me transporta a una escena en *Tan dulce como Sugar Lake* en la que Emma, la dueña de un restaurante, cerró el local temprano para enseñarle a su mejor amigo (y persona que le gustaba desde hace mucho tiempo) Charlie a bailar antes de la boda de su hermano. Todavía me escuece el haberme perdido la oportunidad de hacerme una foto con la réplica del mirador de Sugar Lake que Delilah ha traído a la gira.

—No pasa nada. Yo lo compenso.

Es arrogante, pero cierto. Es *bueno*, mientras que mi estilo de baile está inspirado en esas cosas flácidas de los concesionarios.

—Eres absurdamente bueno.

—Fui a clases de baile cuando era pequeño. *Ballet* y *jazz*, sobre todo. Un par de clases de claqué aquí y allá.

—Qué genial —digo, y es verdad—. Mi prima Sophie es coreógrafa. O está estudiando en la universidad para serlo. Ella, Kirby y Mara han intentado enseñarme, pero soy una causa perdida total. ¿Tienes algún movimiento impresionante? Quiero ver algún movimiento impresionante.

—Me temo que hoy en día este es el alcance de mis movimientos impresionantes —responde, y tras eso, me guía a través de un giro suave y, cuando acabo justo donde empecé, mi nivel de impresión está oficialmente por las nubes. Sus extremidades tienen más confianza moviéndose a un ritmo de la que tienen el resto del tiempo. No puedo creerme que sea el mismo chico que esta mañana llevaba un traje con unas mangas demasiado largas.

Neil siendo tan buen bailarín... es un poco *sexi*.

El darme cuenta de eso me vuelve del revés, como si mi corazón y mi cerebro traicioneros quedaran dispuestos ante él para que los vea.

—¿Por qué dejaste de bailar? —le pregunto a su hombro, ya que ya no soy capaz de establecer contacto visual. Si no sigo hablando, voy a entrar en espiral. «Neil. Sexi». Mi cerebro se ha vuelto rebelde, y con él mis manos temblorosas, las cuales intenta mantener firmes lo mejor que puede. «Porque es un buen bailarín. Lo que me parece sexi». Mierda. Entrando en espiral. Intento evocar recuerdos de los últimos años, las veces que me ha cabreado tanto que no podía ni pensar.

No funciona.

—Las clases empezaron a quitarme más tiempo —explica. Desprende una cierta tristeza que no hace más que aumentar la ternura que siento hacia él—. Y a mi padre nunca le gustó que estuviera interesado en eso.

—A lo mejor puedes asistir a algunas clases en la universidad.

—A lo mejor —repite al tiempo que la canción cambia. «Un baile». dijo. Estoy segura de que va a soltarme, pero no lo hace, y me quedo entre sus brazos con firmeza—. Lo echaba de menos. Es... agradable.

Lo es. Es agradable de los mil demonios, pero es fugaz, como el resto de lo que ha pasado esta noche. No puedo encariñarme demasiado. Todo lo que tiene que ver con eso es preocupante de cinco formas distintas. Neil no es mi NPI. No es el chico que se enrollaría debajo de las gradas ni quien buscaría mi mano durante una película. No se haría *selfies* ridículas conmigo y las subiría con *hashtags* irónicos que me gustan de forma no irónica ni me declararía su amor con un ramo de rosas. No es un héroe de novela romántica.

—Creo que sería más agradable si te gusta la persona con la que estás bailando.

Al instante, me doy cuenta de que he metido la pata al decir eso. «Mierda». Se pone tenso. Solo dura un segundo, pero basta para que perdamos el ritmo de la canción.

—Sí. Seguro que sí.

Me muerdo el interior de la mejilla con fuerza. Quería detener la corriente de emociones que amenazaban con hundirme, pero está claro que me he pasado. Debería decirle que no me estoy imaginando a ninguna otra persona. Que su olor me ha mareado. Que sería imposible pensar en otra persona que no sea él cuando nos estamos tocando así, cuando su mano está extendida por mi espalda, cuando mis pestañas le rozan el cuello cada vez que parpadeo.

—En plan —reculo, tras lo que le piso el pie y murmuro una disculpa—. No es que no me guste bailar contigo. Es solo que...

—Lo entiendo. —Sin avisar, me suelta la mano—. Tenías razón antes. Deberíamos irnos.

—No... mmm... Vale. —Me tropiezo con las palabras, con mis pies, a los cuales les cuesta moverse por sí solos. El ambiente ha cambiado tan rápido que me ha dejado aturdida, y la temperatura de la sala desciende de cálida a menos cero. Tomo mi móvil para anclarme—. Hay otra actualización del Aullido.

Seguimos en cabeza: 13 para Neil y para mí, 9 tanto para Brady como para Mara y 8 para Carolyn Gao.

—Bien hecho, Brady —dice Neil con un silbido bajo.

También me he perdido más de diez notificaciones del chat grupal de Dos Pájaros.

COLLEEN

Alguien puede cerrar por mí?? Mi hijo ha vomitado en una fiesta pijama y tengo que ir a por él 😦

Nadie?? Os daré todas las propinas de hoy.

El resto de empleados ha respondido que no pueden, que ya tienen planes para el viernes de los que no pueden escaparse. El mensaje más reciente es de Colleen otra vez, solo mi nombre seguido de tres símbolos de interrogación.

—Después del disquete, nos quedan dos. Las vistas y el señor Cooper. Para las vistas deberíamos ir a Kerry Park. Es mi sitio favorito de Seattle —está diciendo Neil mientras me debato cómo responder el mensaje. Debe de darse cuenta de que estoy distraída—. ¿Qué pasa?

—El trabajo —respondo—. Dos Pájaros Un Trigo. Mi jefa necesita que alguien cierre la cafetería esta noche, y soy la única que está disponible. ¿Te importa si hacemos una parada rápida? Tardaremos diez minutos, te lo juro.

—Oh. Claro. Sí. —Su voz destila una frialdad que estoy bastante segura que no está del todo relacionada con el desvío.

No debería haber insinuado que deseaba que fuera otra persona. A nadie le haría ilusión oír eso mientras está bailando con alguien, aunque esa persona sea su enemiga acérrima. Estoy condenada a no decir nunca lo correcto cuando estoy con él, pero estoy empezando a preguntarme si sé qué es lo correcto.

Es el incidente del anuario otra vez. ¿Tanto temía la amistad que conllevaría un «sí» que salté al «no»? ¿Me está intentando proteger mi subconsciente para que no me acerque demasiado o de verdad me da tanto miedo lo que significaría reconocer esos sentimientos? Porque ya ha quedado claro que significan algo. Si hay algo que he aprendido de las novelas románticas, es que el corazón es un músculo imperturbable. Puedes ignorarlo durante un tiempo limitado.

Neil recoge su mochila. De repente, no soporto la idea de irnos de aquí. No del instituto ni de la biblioteca en sí, sino del momento. Con él.

No obstante, obligo a mis pies a que lo sigan a medida que salimos, tras lo que la puerta se cierra automáticamente a nuestras espaldas. No decimos nada mientras nos dirigimos al coche, y es solo cuando estamos bajo la tenue luz de las farolas que abro la boca para hablar.

—Gracias —digo, y estiro la mano para rozarle el brazo desnudo con los dedos. Él también está frío—. Por todo eso. Aunque dudo que el baile de verdad fuera tan desmesurado. Seguro que compraron la marca genérica de Skittles.

Lo que no digo es que estoy segura de que ha sido mejor que el baile de fin de curso. Apenas me acuerdo de cómo me lo imaginaba. Sí, NPI y yo habríamos bailado, pero habríamos estado saliendo durante un tiempo. ¿Habría sido tan increíble como bailar con Neil por primera vez? ¿Me habría recorrido un escalofrío cuando su mano hubiera bajado hasta la parte baja de mi espalda y cuando notara su aliento contra mi oreja?

Gracias a Dios, esboza una media sonrisa.

—Lo mejor para Rowan Roth —contesta, y entonces estoy entrando en espiral otra vez.

Bajo la luz, sus pecas casi brillan y su pelo es de un ámbar dorado. Todo en él es más suave, casi hasta el punto de parecer borroso, como si no supiera del todo quién es esta nueva versión de Neil McNair, lo que me deja más insegura que nunca.

LISTA INCOMPLETA DE LAS PALABRAS

FAVORITAS DE NEIL MCNAIR

- Petricor: el olor de la tierra después de la lluvia (inglés).

- Tsundoku: adquirir más libros de los que en realidad podrías leer jamás (japonés).

- Hygge: un sentimiento cálido y reconfortante asociado con relajarse, comer y beber con los seres queridos (danés).

- Fernweh: sentimiento de nostalgia hacia un sitio en el que nunca has estado (alemán).

- Fremdschämen: la sensación de vergüenza en nombre de otra persona; vergüenza ajena (alemán).

- Davka: lo contrario a lo que se espera (hebreo).

22:09

—Muchísimas gracias —dice Colleen mientras se desata el delantal—. Habría cerrado antes, pero hemos tenido ajetreo a última hora. —Enumera las tareas pendientes: limpiar las mesas, lavar los platos y envolver los pasteles que quedan para el contenedor destinado a los productos hechos el día anterior.

—No te preocupes. Sabes que me encanta este sitio.

Neil se apoya en la vitrina de los pasteles y recorre los productos con la mirada. Si Colleen se pregunta por qué está aquí, por suerte no dice nada.

Colleen agarra su bolso.

—Te echaremos de menos el año que viene.

—Volveré durante las vacaciones —insisto—. Sabes que no puedo resistirme a esos rollos de canela.

—Eso es lo que dicen todos los universitarios. Pero empiezan a estar ocupados o quieren pasar tiempo con sus amigos o se mudan para siempre. Es algo que pasa. Tanto si vuelves para trabajar como si no, siempre habrá un rollo de canela con tu nombre.

Quiero decirle que no voy a ser una de esas personas, pero la verdad es que es imposible saberlo.

Colleen nos deja solos en la pequeña cafetería. Durante el trayecto en coche, no pude parar de pensar en el baile. Estaba tan enfrascada en él que renuncié al privilegio de la música y dejé que Neil pusiera una canción de ¡Cachorros gratis! que aseguró que era la mejor que tenían. Pero apenas la escuché.

Haber estado tan cerca de él en la biblioteca me ha enturbiado los sentimientos. Intenté razonarlo: estoy agotada y el juego ha hecho que delire. Mi mente está jugando conmigo, convenciéndome de que siento algo por él que estoy segura que no sentía ayer. O mi cuerpo ansiaba la cercanía de otra persona. Soy escritora, puedo inventarme cien razones distintas.

Sin embargo, lo que dije sobre desear que fuera otra persona le hirió el ego. Seguro. Pero no me gusta que estemos así. No me gustó esta mañana después de la asamblea, cuando me negué a firmarle el anuario, y no me gusta ahora. O a lo mejor es que esto me gusta demasiado, y eso me asusta incluso más. Neil es más dulce de lo que pensaba, y yo soy una valla con alambre de espino. Cada vez que se acerca demasiado, me vuelvo más afilada.

—¿Qué deberíamos hacer primero? —pregunta.

Meto la mano en la vitrina de los pasteles.

—Bueno, *yo* voy a comerme un rollo de canela. Y tú también deberías.

No es una espiral perfecta, porque, como a Colleen le gusta decirnos, la comida que tiene un aspecto imperfecto es la que mejor sabe. Sostengo el plato cerca de la cara de Neil, dejando que huela el dulce azúcar con canela. Antes de que pueda darle un bocado, lo aparto.

—Primero el glaseado —digo, y me dirijo a la cocina.

Lo único que quiero es que volvamos a actuar con normalidad después de lo que ha pasado en la biblioteca, y mi plan brillante es hacer como si no hubiera ocurrido. No puede gustarme así. Es lo contrario a destruirlo, y si bien es cierto que ya no es mi objetivo, hasta hace unas siete horas era mi enemigo. Él es Neil McNair y yo soy Rowan Roth, y eso solía significar algo.

Abro la nevera, y el frío es una explosión bienvenida contra mi cara, pero no me ralentiza mis latidos salvajes.

—¿Glaseado de crema de queso? —inquiere con un tono burlón en la voz.

—No voy a perdonar a mis padres nunca.

—Yo, por mi parte, aprecio los Datos Curiosos de Rowan Roth. —Se apoya en el mostrador, y parece tan despreocupado. A lo mejor el baile lo ha relajado, lo cual es irónico, ya que a mí lo único que me ha hecho ha sido ponerme de los nervios. No he estado tan tensa desde el examen de Cálculo Avanzado, y puede que ni siquiera entonces lo estuviera tanto—. Como lo de Clau Estrofobia. Menuda maravilla.

Gruño. Después de que me volviera a unir a la mesa, mis padres le contaron todo lo que esperaba saber sobre los libros de Riley y sus vidas como escritores, incluyendo cómo solían quejarse de que les daba claustrofobia cuando se encerraban en casa porque les quedaba muy poco tiempo para entregar el libro. Cuando era pequeña, pensaba que decían «Clau Estrofobia», y un día pregunté, profundamente intrigada, quién era Clau Estrofobia.

—No me da miedo usar esto como arma —digo, alzando el tubo de glaseado—. Y, bueno. Si quieres hablar sobre padres que hacen pasar vergüenza, deberíamos hablar sobre cómo tu madre sabía exactamente a qué universidad iba a ir.

—El instituto mandó una lista. Mi madre está muy involucrada en mi educación. —Señala el glaseado con la cabeza—. Y creo que vas de farol.

Solo porque soy yo la que va a limpiar el tubo después, meto el dedo índice y, antes de que pueda pensármelo demasiado, le unto la mejilla pecosa con glaseado.

Durante un momento, se queda congelado. Y, luego:

—No puedo creerme que acabes de hacer eso —dice, pero se está riendo. Mete la mano en el envase y me pasa un dedo cubierto de glaseado por la ceja. Es frío, pero no desagradable—. Ahí lo llevas. Ya estamos en paz.

Nuestros ojos se encuentran durante unos segundos, un concurso de miradas. Sus ojos todavía brillan por la risa. No voy a convertir esto en una pelea de comida sin cuartel, no cuando el baile en la biblioteca sigue tan reciente en mi mente. Suena peligroso.

En ese momento, ocurre algo aterrador: siento la extraña necesidad de *limpiarle el glaseado de la cara con la lengua*.

Es *divertido*. Me estoy divirtiendo con Neil McNair, cuya cara quiero lamer para limpiarle el glaseado.

Que Thor me ayude.

—Por algún motivo, tengo la sensación de que esto es lo contrario a lo que se supone que deberíamos hacer aquí —indica, alcanzando el rollo de papel de cocina que tiene detrás.

Con el dorso de la mano, me quito el glaseado de la ceja mientras intento ignorar cómo me martillea el corazón. Con un movimiento rápido, tomo una espátula y unto el glaseado sobre una superficie más segura: el rollo de canela. Lo corto por la mitad, y la canela azucarada gotea por los lados.

Neil cierra los ojos cuando le da un bocado.

—Exquisito —dice, y me emociono un poco, como si lo hubiera hecho yo misma. Ni siquiera siento la necesidad de reírme por la palabra que ha escogido.

—Tú come. Yo friego los platos.

Frunce el ceño y deja el plato sobre el mostrador.

—Te ayudo.

—No, no. Es mi trabajo. Por eso me pagan cantidades ingentes de dinero.

—R2, no pienso quedarme aquí sentado viendo cómo friegas los platos.

Me termino mi mitad del rollo de canela. Supongo que terminaríamos antes, y *sería* raro que se quedara ahí mirando. Así pues, pone una canción de ¡Cachorros gratis!, insistiendo en que es la mejor que tienen, pero eso es lo que dijo sobre las últimas tres canciones. Y, entonces, fregamos los platos juntos.

Incluso canta con naturalidad. Tiene que cambiar de registro para llegar a todas las notas, lo que a veces ocurre en mitad de una frase, y cada vez que lo hace me parto de risa. La mayoría de la gente no se sentiría tan segura cantando delante de otra persona. Admito que el

grupo tiene una canción buena. Vale, puede que dos. Y puede que me
una cuando suena *Con la pata en tu puerta*, y ambos cantamos el estri-
billo a grito pelado.

Este es, oficialmente, el día más raro de mi vida.

—En serio, gracias —digo por décima vez mientras cuelgo una
sartén en el escurreplatos—. ¿Así habría sido ser amigos?

—¿Fregar platos, comer rollos de canela y hablar sobre ser judíos?
Cien por cien —responde. La espuma le trepa por los brazos salpica-
dos por puntitos de caramelo—. Piensa en todas las películas que
podríamos haber visto, en todas las cenas de Shabbat que podríamos
haber hecho juntos.

Hay algo en cómo dice lo último que me llega al corazón. El sentimiento es similar a la nostalgia que llevo sintiendo todo el día, excepto que esta es una nostalgia por algo que en realidad no ha sucedido
nunca. Tiene que haber una palabra para esa melancolía específica.

Arrepentimiento.

A lo mejor es eso.

Podríamos haber tenido esto. Cuatro años de discusiones cuando
podríamos haber tenido *esto*: su horrible voz cuando canta, su cadera
chocándose con la mía para que cante, sus mejillas escarlatas cuando
le ataqué con el glaseado. Mientras estaba tan centrada en destruirlo,
me perdí muchísimo.

—Resulta que soy una mala amiga, así igual es lo mejor para ti
—digo, y al instante deseo poder retirarlo.

Le paso un plato, pero se limita a sostenerlo debajo del agua.

—¿Es... algo de lo que quieras hablar?

—Me he estado aferrando a la idea que tenía de mi amistad con
Kirby y Mara, pero últimamente no he estado ahí para ellas. Voy a
intentar ser mejor, pero... puede que lo haga con muchas cosas, en
realidad. Idealizo. —Dejo escapar un suspiro largo—. ¿No soy lo suficientemente realista? ¿Soy demasiado... soñadora? —Siento vergüenza en cuanto digo la palabra—. En plan... ¿sueño demasiado?

Lo medita.

—Eres... optimista. Puede que a veces de manera excesiva, como lo de la guía para triunfar. Pero no creo que sea algo malo. Sobre todo, si eres consciente de ello.

—Llevo siendo consciente de ello tres horas.

Esboza una sonrisa con un lado de la boca.

—Por algo se empieza. —Hace un movimiento para señalar algo, pero como tiene las manos llenas de burbujas de jabón, me hace un gesto con el codo—. Pero ¿eres consciente de que tienes glaseado por lo que viene siendo toda la ceja?

Me arde el rostro. Sus ojos atraviesan los míos, y desprenden una intensidad que hace que me quede clavada en el sitio.

Si estuviéramos en una novela romántica, me pasaría el pulgar por la ceja, se lo metería en la boca y me lanzaría una mirada insinuante. Me empujaría contra la encimera de la cocina con las caderas antes de besarme, y sabría a azúcar y a canela.

Le doy puntos por creatividad a mi cerebro. Este no debería ser un momento romántico. Estamos limpiando los platos de migas y restos de comida de otras personas. Aun así, la idea de besarlo me golpea como un terremoto, y el temblor casi hace que pierda el equilibrio.

—¿Vas a... quitártela o vas a esperar a que se formen costras?

Din, din, din, tenemos ganadora a la palabra con más posibilidades de matar el romanticismo. Enhorabuena, costra.

—Claro —respondo, limpiándome la ceja con la muñeca. El momento se ha ido, porque eso es lo que ocurre siempre, ¿no? Lo que ocurre en mi cabeza es mejor que la realidad—. ¿Me pasas ese trapo?

Una vez que cierro las puertas, Neil hace un chasquido extraño con la lengua.

—¿Sabes? —empieza—. No estamos lejos de ese micro abierto. Nos da tiempo llegar, si todavía quieres ver a Delilah.

El aire me muerde las mejillas.

—No deberíamos —contesto. Pero solo nos quedan dos pistas, y la idea de que termine la noche, de que termine con Neil... hace que me ponga triste de manera irrazonable. El micro abierto al menos aumentaría el tiempo juntos.

—Vale. —Se mete las manos en los bolsillos y se gira para dirigirse hacia donde tengo aparcado el coche.

—¿Vale? —Tengo que correr para seguirle el ritmo—. Pensaba que ibas a ofrecer más resistencia.

Se encoge de hombros.

—Si no quieres verla, no la veas.

—¿Esto es alguna mierda rollo psicología inversa?

—Depende. ¿Funciona?

—Te odio mucho.

—No tienes que hacerlo. Podemos meternos en el coche ahora mismo. Pero la adoras, ¿verdad? Si no es hoy, ¿volverás a tener otra oportunidad? ¿Qué excusa pondrás la próxima vez que venga tu autora favorita a la ciudad o cuando alguien quiera saber qué clase de libro estás escribiendo? —Se inclina hacia delante y me pone una mano en el hombro. Creo que se supone que debería animarme, pero me distrae una barbaridad—. Sé que puedes hacerlo. Eres la persona que revolucionó la recolección de basura de Westview, ¿recuerdas?

Muy a mi pesar, esbozo una sonrisa.

—Escucha —continúa—. Si no lo haces y ya y arrancas la tirita...

—¿Dos clichés en una única frase? —inquiero, y me lanza cuchillos con la mirada.

—Puede que desearas haberlo hecho. Todo ese arrepentimiento del que hablaste antes con lo de la guía para triunfar... aquí tienes un objetivo que puedes cumplir ahora, aunque no puedas tacharlo de una lista.

Intento visualizarlo, pero nunca he estado en Bernadette's, por lo que me es imposible. A lo mejor no me salen las palabras y hago el ridículo delante de Delilah. Pero se suponía que el día de hoy iba a consistir en adueñarme de esta cosa que amo, y ya he hecho mucho progreso con Neil de entre todas las personas. Sentó tan bien hablar por fin de ello. *Liberador.*

Y no creo que haya terminado aún.

—Tú ganas —accedo.

Cuando sonríe, brilla lo suficiente como para iluminar el cielo nocturno.

Es precioso.

SEIS COSAS SOBRE NEIL MCNAIR

QUE NO SON HORRIBLES

- A veces lleva camisetas.

- Su sabiduría en cuanto a palabras e idiomas es, de alguna manera, impresionante.

- Se le da bien escuchar (cuando no está siendo combativo).

- Ha leído a Nora Roberts.

- Por alguna razón, supo que podía enfrentarme a ese micro abierto, aunque yo no lo supiera.

- Sus pecas. Las siete mil.

22:42

Bernadette's está diseñado para que parezca un bar clandestino antiguo, iluminación tenue, fotografías en blanco y negro de la antigua Seattle colgadas de las paredes. Las mesas y las sillas apuntan a un pequeño escenario que hay al fondo, donde se encuentra una chica puede que unos años mayor que nosotros, tocando un violín. No, una viola.

—Seguro que ya se ha ido —le susurro a Neil—. O piensa que una fan que la haya seguido para que le firme unos libros es algo propio de un acosador.

—O se sentirá halagada —dice.

Me paso los dedos por el flequillo y los empujo hacia la izquierda, donde se supone que tiene que estar después de años peinándolo para enseñarle que tiene que quedarse así. Voy a dejar que crezca, se acabó.

«A mí me gusta como está», dijo Neil antes sobre mi flequillo. Rebota en el interior de mi cráneo hasta que es «me gusta me gusta me gusta me gusta» una y otra y otra vez. Cuando lo encuentro mirándome, aparta la mirada con rapidez, y noto cómo me sonrojo.

Cómo no, ahí es cuando la veo, sentada con otra mujer en una mesa situada a poco más de un metro.

Se está riendo de algo que está diciendo la otra mujer de una forma plena, pero silenciosa, y está impecable. Tiene el pelo negro cortado con elegancia a la altura de la mandíbula y lleva un mono azul marino con corazones blancos esparcidos por todas partes.

Hasta tiene las uñas decoradas con pequeñas calcomanías de corazones.

Y, claro está, yo tengo lo que parece una mancha de mierda en la parte delantera del vestido.

—Salúdala —susurra Neil, y me coloca la mano en la parte baja de la espalda.

No sé cómo, pero me impulso hacia delante.

—Perdona, pero... ¿eres, mmm, Delilah Park?

Delilah y su compañera de mesa se giran hacia nosotros. Sus labios de color cereza se curvan en una sonrisa cálida.

—Así es. —Siempre educada, hace un gesto en dirección a la mujer que está sentada a su lado, quien lleva una americana ajustada y está ignorando la frecuencia con la que se le ilumina el móvil sobre la mesa—. Ella es mi publicista, Grace. Lo siento mucho, acabo de leer hace unos veinte minutos.

Genial, genial, me limitaré a desaparecer y ya está. Estoy lista para girarme y correr cuando Neil le da un golpecito a mi mochila.

Coraje. Puedo hacerlo.

—Me encantan tus libros —suelto—. En plan, estoy segura de que te lo dicen mucho. Porque es obvio que si alguien va a uno de tus eventos es porque le encantan tus libros, a no ser que vaya porque otra persona lo ha llevado a rastras, en cuyo caso debería, en plan, mostrar respeto y no decirte a la cara que no le encantan tus libros. No estoy diciendo que a muchas de las personas que van a tus eventos no les encanten tus libros. Estoy segura de que a casi todas les encantan. A mí desde luego sí. En plan, me encantan tus libros.

Grace intenta contener una sonrisa.

—Gracias —contesta Delilah, y suena sincera—. ¿Nos hemos visto antes en la librería?

Niego con la cabeza.

—Me perdí la firma. Es una larga historia que incluye el zoo, una galleta de maría y un juego muy complicado.

—Mmm, me parece la mejor historia —dice, como si fuéramos amigas.

Mis hombros descienden de alivio. No sé cómo, pero estoy hablando con ella. Estoy teniendo una conversación con Delilah Park, cuyas palabras llevo años admirando.

—¿Esta es la persona a la que no le encantan mis libros y a quien has traído a rastras? —pregunta, haciendo un gesto en dirección a Neil.

Noto cómo me sonrojo más, pero su voz desprende bondad. No se está riendo de mí.

—Todavía no me he leído ninguno —admite Neil, y me mira a los ojos antes de añadir—: Pero quiero hacerlo.

Estoy flotando.

—Me he traído algunos libros, ¿te importaría firmármelos?

—Pues claro —responde. Grace ya le está pasando un bolígrafo—. ¿Para quién los firmo?

Le deletreo mi nombre. Grace también tiene el sello en forma de labios de Delilah y, cuando lo presiona sobre la almohadilla de tinta y luego sobre la página, me sorprende que siga en pie. Me da una sensación de *déjà vu* después de lo que pasó con Neil y mis padres. Supongo que no podemos evitarlo: somos unos frikis de los libros.

—Ha sido genial conocerte, Rowan —dice mientras me devuelve los libros. Señala el escenario—. ¿Vas a subir?

—De hecho —contesta alguien y, horrorizada, me doy cuenta de que ese alguien soy yo—, iba a apuntarme ahora.

Tal vez me desea suerte o me dice que está deseando verme o que estoy a punto de cometer el peor error de mi vida. Aquí es cuando mi cerebro se desconecta temporalmente, y Neil tiene que guiarme hasta una mesa.

—Estás intentando no sonreír con todas tus fuerzas, ¿verdad? —dice.

Asiento con la cabeza antes de dejarlo que esboce una sonrisa a mi cara.

—*Madre mía*. Ha sido muy amable, ¿no? La adoro. ¿He hecho mucho el ridículo o solo una cantidad normal de ridículo?

—Has estado *bien* —afirma, sonriendo—. ¿Vas a subir al escenario? Oh. Claro.

—Me he dejado llevar por el momento.

—Yo creo que es una idea muy buena.

Y puede que lo sea, o al menos no una terrible, porque yo, la nube humana llamada Rowan Roth, me estoy dirigiendo de repente hacia el hípster que hay en la barra y que está sosteniendo una carpeta.

—No está siendo una noche ajetreada —dice el chico cuando le pregunto si hay algún hueco libre. Lleva la bandera oficial de Seattle: una camiseta de franela a cuadros—. Puedes ser la siguiente si quieres.

Con voz temblorosa, le digo mi nombre antes de volver a reunirme con Neil en nuestra mesa. Me pregunta si quiero agua, un refresco o algo, pero no sé si mi estómago será capaz de soportarlo. Mientras saco mi cuaderno de la mochila, mis dedos rozan mis nuevos libros firmados. Escribí los primeros capítulos a mano antes de hacerlo a ordenador, y prefiero leer en papel antes que en un móvil.

Soy incapaz de imaginarme el mejor de los casos, y tampoco me permito prepararme para el peor. Esto no tiene por qué dar miedo. He dejado que Neil lo lea. Neil, mi rival y mi némesis, quien solía burlarse de mí sin parar por los libros que me gustan. Y estoy *orgullosa* de lo que he escrito. ¿Por qué es tan difícil admitirlo incluso a mí misma?

—Un aplauso para Adina —dice el maestro de ceremonias, cuyas botas hacen que las tablas del suelo reboten y chirríen—. Siempre es un placer tenerla aquí.

La sala le aplaude a la violinista. Estaba tan ensimismada que no me había dado cuenta de que había terminado. Aplaudo con el resto mientras mi estómago realiza una rutina de gimnasia impresionante.

Adina y yo nos cruzamos cuando se baja del escenario, su pelo largo y oscuro le cae por la espalda y un toque de rojo en los labios.

Tiene las mejillas sonrojadas por la actuación. Puede que sea la persona más guapa que he visto de cerca.

—Ha sido increíble —le digo.

Entonces, hace algo extraño. En vez de restarle importancia al cumplido como habría hecho otra persona, esboza una sonrisa ladeada, como si supera exactamente lo increíble que ha estado.

—Gracias. ¿Te he visto antes por aquí?

—Es la primera vez —respondo.

Su sonrisa se vuelve más amplia. Desprende tranquilidad, espontaneidad.

—Llevo años viniendo, normalmente en las vacaciones de la universidad. Es un buen público. —Mira a mis espaldas, a los espectadores—. Tu novio parece estar muy emocionado por verte.

—Oh, no es... —empiezo, pero no voy a recitarle nuestra historia a esta desconocida, y la palabra «novio» está provocando algo extraño en mi corazón, algo en lo que no quiero pensar antes de subirme al escenario.

—Lo vas a hacer genial —me asegura.

Suena la voz del maestro de ceremonias.

—¡A continuación tenemos a una recién llegada, así que démosle una bienvenida extraespecial estilo Bernadette's a Rowan!

Me subo al escenario, viendo cómo Adina se une a una chica de pelo corto que está sentada en una mesa del fondo.

—Hola —digo al micrófono—. Gracias. —Las luces brillan demasiado. Tardo unos segundos en localizar a Neil, y entonces me pregunto cómo es que no lo he visto al instante, ya que está esbozando esa sonrisa genuina, la que le arruga las esquinas de los ojos de esa forma tan adorable. Y mentiría si dijera que no se me suavizan los nervios que siento en el estómago.

Y ahí está Delilah, dedicándome toda su atención, como si de verdad le interesara lo que estoy a punto de leer.

—Esto es café, por cierto —añado, señalándome el vestido, ya que caigo en la cuenta de lo marrón que debe de verse la mancha bajo las luces—. Un café con leche y avellana, para ser exactos. No, mmm. Otra cosa. Ha sido un día muy raro.

El público se ríe.

—Voy a leer el inicio de una novela en la que estoy trabajando. Es un prólogo, así que es corto, y lo único que necesitáis saber sobre ella es que es... una novela romántica. —Un par de personas lanzan un grito y otra silba. A lo mejor es Delilah. A lo mejor es Neil—. Allá voy —digo, y entonces se vuelve fácil.

Neil me está esperando fuera, apoyado contra el edificio de ladrillos que hay al otro lado del callejón. Cuando terminé, alzó el reloj de muñeca y señaló la puerta con el dedo. El corazón sigue latiéndome con fuerza, y me zumba la cabeza. Guau, la adrenalina es una *locura*.

—Lo he hecho, joder —digo mientras corro hacia él.

Está sonriendo de oreja a oreja.

—Lo has hecho —contesta, igualando mi entusiasmo—. Has estado *que te cagas*.

Cuando llego junto a él, le rodeo el cuello en un abrazo que está claro que lo sorprende, dada la forma en la que su cuerpo se sacude hacia atrás al principio. Pero luego se relaja, como si su cuerpo necesitara un momento para procesar lo que estaba ocurriendo, y sus brazos me rodean y sus manos se apoyan en la parte baja de mi espalda. Agradezco la sudadera; estoy sudando como una loca debajo.

Mi cara cabe en el espacio de debajo de su oreja, allí donde la mandíbula se une con el cuello. ¿Nos hemos abrazado antes? Puede que esta sea la primera vez. Muevo las manos hasta sus hombros, deteniéndome en la suave tela de su camiseta. Me pregunto si tendrá frío. Si debería devolverle la sudadera, la que todavía llevo puesta. Huele a una mezcla de lluvia y sudor de chico (no es algo malo del todo) y, debajo, a algo limpio y reconfortante. Lucho contra el impulso de inhalar profundamente para evitar sonar como si lo estuviera respirando literalmente.

—No lo han odiado.

Su pulso se estremece contra mi piel.

—Porque ha sido *bueno*.

Despacio, deshacemos el abrazo, y no puedo creerme que acabe de hacer eso y no puedo creerme que Neil McNair haya estado ahí para verlo y que esté *feliz* por mí. Si hubiéramos sido amigos en vez de contrincantes, me pregunto cuántos abrazos más nos habríamos dado.

Leer mis palabras delante de gente ha sido un subidón distinto a cualquier otra cosa que haya experimentado. Puede que hasta haya sido mejor que escuchar leer a Delilah. Me ha escuchado *a mí*, una completa don nadie con la esperanza de convertirse en alguien algún día.

—Y ahora Delilah me sigue en Twitter —indico, en parte para distraerme de lo mucho que quiero abrazarlo otra vez—. Me paró antes de que me fuera y simplemente sacó el móvil y me preguntó mi usuario y madre mía, ¿qué se supone que tengo que tuitear? Va a verlo todo. Igual debería borrarme la cuenta.

Alza las cejas.

—¿Así estuve yo cuando conocí a tus padres?

—No. Tú estabas peor. —Le agarro el brazo para mirar su reloj—. ¿Qué hora es?

Tengo un móvil que puedo sacar perfectamente del bolsillo, pero hay algo adorable en la anacronía con la que Neil mira su reloj.

—Las once y poco —responde—. Ha llegado el mensaje con la siguiente zona segura mientras estabas en el escenario.

Lo leemos juntos.

MANADA, ESCUCHAD

¿CÓMO ESTÁIS? ¿OS HABÉIS CANSADO?

El mensaje contiene un enlace a un campo de minigolf que no
está muy lejos y nos pide que estemos allí a las once y media.

—Necesito sentarme primero —digo, todavía temblorosa a causa
de la adrenalina.

Como tenemos algo de tiempo extra, nos dirigimos a un banco
que hay en un parque adyacente. El frío parece golpearme de repente.

—¿Quieres que te devuelva la sudadera? —pregunto.

—Quédatela. —Se mueve hasta que su cadera queda a unos centímetros de la mía. Podría meter dos libros de tapa blanda en el espacio
que hay entre sus vaqueros y mi vestido—. Es lo justo, teniendo en
cuenta esa mancha de café.

No estoy segura ni de si una tintorería sería capaz de salvar mi
vestido después de todo lo que ha sufrido durante el día, pero no sé
si podría tirarlo. Será un trofeo de esta noche, un recuerdo de todas
las cosas que he hecho, pero que pensaba que era incapaz de hacer.

—Muchas gracias —contesto—. Por... por ayudarme a darme cuenta de que podía hacerlo.

Muy ligeramente, me deslizo sobre el banco para estar más cerca
de él. Me digo a mí misma que es por el frío.

Soy una puta mentirosa como la copa de un pino.

Bajo la luz de la luna, su pelo parece de bronce, como si fuera el
busto por el que me reí de él esta mañana. Me cuesta creerme del todo
que eso ocurriera tan solo hace unas horas.

—No... sé si eres consciente de lo mucho que me has ayudado.
—Se lo dice a las rodillas desgastadas de sus vaqueros en vez de a
mí—. Todos estos años. No he podido permitirme no esforzarme al
máximo. No ha sido solo que me hayas mantenido alerta o que me
hayas hecho ser mejor. Competir contigo, *tú* en general... me has

ayudado a mantenerme centrado. Me has ayudado a que todo lo de mi padre no fuera demasiado abrumador. Es... Podría haberme hundido en eso con mucha facilidad. Y lo has hecho sin intentarlo siquiera.

Me rompe el corazón otra vez.

—Neil —digo en voz baja—. Ni siquiera sé qué decir.

—¿De nada? —sugiere, y me río y le doy un empujón con el codo. Apenas hay espacio ya entre nosotros, y cuando alza la cabeza para mirarme, sus ojos me arrastran hacia algo emocionante, algo intenso. No sé cómo no me había dado cuenta antes.

—De nada. Y gracias. Otra vez. —Tras eso, procedo a soltar el secreto que llevo guardándome desde que estuvimos en su casa—. He pensado en una cosa. Si ganamos, deberías quedarte el dinero.

—Rowan...

Sabía que iba a protestar, así que lo interrumpo al instante.

—Y no deberías usarlo para tu padre bajo ningún concepto. Le hizo algo horrible no solo a ese chico, sino a tu familia entera. A ti. —Las palabras empiezan a salir con fluidez—. Deberías usarlo para ti mismo. En algo bueno. Cámbiate el apellido, o igual podrías estudiar en el extranjero o podrías comprarte un traje en... dondequiera que vendan trajes.

Se queda callado durante unos segundos. Estaría segura de que he dicho algo totalmente inapropiado si no estuviera casi tocándome, si no hubiera el más leve espacio entre su cadera y la mía.

—Ahora soy yo el que no sabe qué decir —contesta, y suelta una risa forzada—. Lo que, como bien sabes, no es algo usual en mí. No sé si podría aceptarlo todo, pero gracias. Suena... bastante maravilloso. —Suelta un suspiro y vuelve a hablar—. Tengo miedo —confiesa, y las palabras son tan suaves. Podría meterme debajo de una manta hecha de «tengo miedo»—. Es la primera vez que se lo digo a alguien, pero me da un puto miedo tremendo lo que pasará cuando me vaya. Me muero de ganas por irme, y aun así... me preocupa no ser tan independiente como creo que soy. Iré a la universidad y no sabré cómo funciona la lavadora, a pesar de que llevo años haciéndome mi propia colada. O no sabré moverme por la ciudad y me perderé. Mi madre parece feliz con Christopher, pero me preocupa que trabaje demasiado. Me preocupa que mi hermana no sea capaz de dejarlo todo atrás. O que esté donde esté, no sea capaz de alejarme de mi padre.

»A veces me preocupa que acabe como él. Me pregunto si esa clase de cosas son genéticas. Si estoy condenado a cagarla tanto como él, si en mi interior hay una vena violenta.

—Eso es increíblemente aterrador —digo, y le doy un toque en el zapato con el mío para hacerle saber que se equivoca, que no está condenado—. Y no eres *para nada* así.

Este chico es amable hasta la médula. Discute con palabras, no con los puños. Está tan cerca que podría usar la punta de la nariz para conectar cada una de las pecas de sus mejillas. Olvida lo de contar. Su boca parece suave, y me pregunto cómo besaría, despacio y deliberado o fuerte y desesperado, si me agarraría de la cintura o de las caderas. ¿Sería moderado, planearía de antemano cada movimiento que haría con los labios? ¿O desconectaría la mente y se dejaría llevar por su cuerpo?

El pensamiento de él perdiendo el control de esa forma es casi demasiado como para que lo gestione mi pobre cerebro.

—No tienes por qué hablar de ello —añado—. Si no quieres.

—Ahí está la cosa. Creo que quiero. Llevo muchísimo tiempo sin hablar de ello y contigo... por alguna razón, no es tan duro como creí que sería.

—Ahora mismo quiero hacer un chiste obsceno, pero no quiero que pases vergüenza.

Me da un empujón suave en el hombro. Es un gesto burlón entre amigos que hace que piense cosas muy poco propias entre amigos. Y nuestras piernas casi se están tocando. Por algún motivo, es más íntimo que nuestro baile en la biblioteca. Nunca había sido tan consciente de cada nervio de la parte exterior del muslo.

Un coche toca el claxon a unas cuantas calles y, cuando giro la cabeza por instinto, me doy cuenta de que se me ha quedado atascado un poco de pelo entre los listones del banco. Por si esta noche no estaba siendo lo bastante desastrosa. Me llevo la mano al moño desordenado, que a estas alturas es más desorden que moño, y tiro de él para liberarlo de la gomilla y de las horquillas.

—Es una causa perdida —digo a modo de explicación—. Sellé su destino cuando me duché a oscuras esta mañana y no pude secármelo, y cada hora que pasa está peor.

Neil mira cómo me lo peino con los dedos.

—No, eh. No está mal, no sé. Llevas jugando con él todo el día, pero siempre está bonito.

Y, entonces, hace algo que puede que nos tome por sorpresa a ambos: agarra uno de mis rizos liberado de las horquillas y lo roza con la punta del dedo. Como diciendo: «Este. Este es el pelo que siempre está bonito». Lo toca con mucha suavidad. La delicadeza me diezma, cómo es inseguro pero valiente al mismo tiempo. La yema del dedo desaparece antes de que pueda inclinarme hacia él, justo cuando me imagino cómo sería que me deslizara las dos manos por el pelo.

«Siempre está bonito».

—Y yo no odio tus trajes en realidad —indico—. En plan, no te pongas arrogante ni nada. Sigue siendo extremadamente ridículo ponérselos para ir al instituto, pero... no te quedan fatal.

—No somos los mejores haciendo cumplidos, ¿no?

—A mí se me da mejor —afirmo, y se ríe. Su risa suena como la primera canción cursi de pop *indie* que me puso en Doo Wop Records, la de ¡Cachorros Gratis! Detrás de sus gafas, sus ojos oscuros se iluminan y se vuelven de color ámbar. Una vez más, estoy convencida de que nunca le he prestado la suficiente atención cuando se ríe. A lo mejor no lo ha hecho lo suficiente en mi presencia. A lo mejor solo me ha mirado con los ojos entrecerrados, con las cejas fruncidas por el enfado. Pero esta noche quiero hacer que se ría una y otra vez.

Con el corazón martilleándome, muevo la pierna hasta que por fin está contra la suya, acabando así con la distancia que nos separaba. No soportaba más no tocarlo.

La respiración se le queda atrapada en la garganta. Dios, es un sonido increíble.

—¿Tienes frío? —inquiere, y me siento un poco culpable, ya que llevo su sudadera.

—Un poco —respondo, sorprendida por cómo me carraspea la voz de repente. Si tener frío significa que se acerque más, entonces soy la puta Antártida.

Acto seguido, oigo, noto el crujido de la tela cuando también mueve su pierna contra la mía, la presión que confirma que lo que está pasando es absolutamente deliberado, y estamos cadera con cadera y muslo con muslo y rodilla con rodilla. Me acaricia la rodilla una vez con el pulgar, un roce pequeño y rápido.

Ese roce se merece su propia novela romántica.

—¿Bien? —pregunta, y no sé si está preguntando si estoy bien, si lo que estamos haciendo está bien o bien en el sentido de si estoy lista para irnos, y no lo estoy. No lo estoy. Hace frío, pero podría encender un fuego con cómo me siento estando tan cerca de él. Sí, esto está bien, pero también es insuficiente.

Lo único que puedo hacer es asentir con la cabeza. De repente, su sudadera me da demasiado calor. He lamentado lo que perdimos por no ser amigos, pero ¿y si lo hubiéramos sido y luego algo más? A lo mejor habríamos compartido todas nuestras primeras veces. Habríamos aprendido juntos, explorado juntos y, más allá de lo físico, nos habríamos ayudado en los días difíciles. Llevo toda la noche protegiendo mis emociones porque no era capaz de admitir la realidad: que siento algo real por este chico. Hay tantas cosas que no sabía de él, como que es fan de los libros infantiles y que su palabra favorita es *tsundoku* y que se ajusta los trajes él mismo. Se preocupa por su madre y por su hermana. Se preocupa por mí, Rowan Roth, la chica a la que lleva cuatro años intentando destruir.

Y esa posibilidad es lo que me empuja como un imán hacia mi ex-némesis, Neil McNair, quien está mirándome la boca como si acabara de descubrir el sinónimo perfecto para una palabra que no tiene ninguno.

Y tal vez es lo que lo empuja hacia mí también.

—Rowan, ¿verdad?

Una voz hace añicos la oscuridad, y Neil y yo nos separamos de un salto antes de que se encuentren nuestros labios.

—Hola, ¿tú eres la que se ha subido al escenario en Bernadette's? —Una chica que parece tener veintitantos años está a unos pasos de nosotros, con un gorro de lana que le oculta el pelo y un *septum* que destella bajo la luz de las farolas.

—H-Hola —farfullo—. Sí. Sí. Era yo.

Tengo las mejillas en llamas, como si me hubieran sorprendido haciendo algo que quería que fuera privado. Si ha visto lo que quizás estábamos a punto de hacer, no se ha dado cuenta o no dice nada. Ni siquiera soy capaz de mirar a Neil, quien está quieto como una estatua a mi lado.

De repente, sobre el banco se ha abierto un espacio de casi medio metro entre nosotros. Como si a él también le preocupara que nos hubieran sorprendido.

La chica esboza una sonrisa.

—Me ha encantado tu texto. Soy adicta a las novelas románticas, pero ninguno de mis amigos lo entiende. Y ahí estabas tú, leyendo una novela romántica en un micro abierto y adueñándote de ello.

Guau, me encantaría tener esta conversación literalmente en cualquier otro momento.

—Gracias. Muchas gracias. —«Gracias por arruinar el que podría haber sido el momento más romántico de mi vida».

—Tenía que decírtelo —dice—. ¡Espero verte en el próximo!

—Sí. Yo también.

Se despide con la mano y se adentra en la noche.

El lado izquierdo de mi cuerpo tiene frío, y estoy temblando otra vez. Quiero la ternura de Neil de hace cinco minutos, pero ahora es una estatua con una columna de hierro y unos hombros de cemento. Hemos estado a punto de besarnos. No me lo he imaginado.

Por fin, Neil vuelve a la vida.

—Deberíamos irnos —dice, y se pone de pie de un salto y se quita el polvo de los pantalones—. Tenemos que estar en el minigolf a las once y media.

—Claro —grazno. Con piernas tambaleantes, me pongo de pie.

Ninguno dice ni una palabra durante el trayecto al coche.

PISTAS DEL AULLIDO

- ~~Un sitio en el que puedes comprar el primer disco de Nirvana.~~
- ~~Un sitio que es rojo desde el suelo hasta el techo.~~
- ~~Un sitio en el que podéis encontrar quirópteros.~~
- ~~Un paso de cebras arcoíris.~~
- ~~Un helado apto para Pie Grande.~~
- ~~El grandullón que hay en el centro del universo.~~
- ~~Algo local, orgánico y sostenible.~~
- ~~Un disquete.~~
- ~~Un vaso de café con el nombre de alguien (o tu propio nombre muy mal escrito).~~
- ~~Un coche con una multa por mal estacionamiento.~~
- Unas vistas desde las alturas.
- ~~La mejor pizza de la ciudad (tú eliges).~~
- ~~Un turista haciendo algo que a un local le daría vergüenza hacer.~~
- ~~Un paraguas (todos sabemos que los que de verdad son de Seattle no los usan).~~
- Un tributo al misterioso señor Cooper.

23:26

Hemos tenido muchos trayectos incómodos en coche hoy, pero este es *silencioso*. Neil está mirando por la ventanilla con la barbilla apoyada en la mano. Quiero reproducir mi música melancólica. Quiero contarle de dónde viene la expresión «tener el corazón roto».

El dolor que siento en el pecho no ha hecho más que intensificarse desde que nos fuimos del banco. Ha aprendido a ocultar mucho sobre sí mismo tras lo que ocurrió con su padre, y teniendo en cuenta que se ha vuelto estoico, se le sigue dando tremendamente bien. Y *joder*, es demoledor. No me gusta nada, ni la tensión que noto en el pecho ni la presión que se me está formando detrás de los ojos.

Juro que él también se estaba inclinando hacia mí. A no ser que, ahora que estamos lejos de la adrenalina del micro abierto, se haya dado cuenta de que estábamos a punto de cometer un error colosal. A lo mejor se alegra de que nos hayan interrumpido. Se arrepiente de lo que ha estado a punto de ocurrir. Hace seis horas me habría horrorizado a mí también, ¿o no? ¿Cuándo empezó esto para mí en realidad? Porque estoy bastante segura de que no ha sido hoy. ¿Cuando soñé con él? ¿Lleva dormido desde aquel flechazo efímero en noveno? No, es imposible. Lo que siento por él es algo nuevo, pero también es antiguo y familiar. Me meto con él por sus trajes, pero me encantan, ¿no? Y las pecas. Dios, las pecas. Mataría por sus pecas.

No para de mirar su reloj de muñeca y el del salpicadero.

—Está adelantado tres minutos —indico.

—Vamos a llegar justos.

Lo que no dice: si no hubiéramos ido al micro abierto, si no nos hubiéramos quedado en ese banco, si no hubiéramos estado a punto de besarnos, no estaríamos poniendo en peligro nuestro estado en el Aullido.

—Ahí atrás había un sitio —dice mientras doy la vuelta.

—Era demasiado pequeño.

Mi forma de conducir es segura pero frenética, sobre todo después del choque de esta mañana, pero juro que nos tocan todos los semáforos en rojo, lo que nos bendice con más tiempo durante el que estar en silencio. Neil suspira, tose, vuelve a suspirar, lo que da la impresión de que se está preparando para decir algo para lo que nunca encuentra las palabras.

—Tarde —informa en voz baja cuando aparco el coche cerca del estadio del centro.

«No llores».

—No podemos llegar tarde.

—No es que se pueda discutir con el tiempo. Si llegamos tarde, llegamos tarde. Es un hecho.

La brusquedad con la que lo dice me toma desprevenida. Ni siquiera nos hemos hablado así los últimos cuatro años. Siempre ha habido respeto. No sé qué es esto, pero hace que se me forme un nudo en el estómago. Se arrepiente de lo que ha estado a punto de pasar. Estoy segura.

Logan Perez está en la puerta, portando su carpeta.

—Habéis llegado tarde —indica, y niega con la cabeza.

—Dos minutos solo —contesto débilmente, pero siempre he sido de las que siguen las normas. Tarde es tarde, ya sean dos minutos o dos horas.

—Logan. —Neil se pone más recto—. Ha sido culpa mía. He hecho que vayamos por una ruta rara, a pesar de que Rowan no quería. Elimíname a mí si tienes que hacerlo. Pero deja que ella se quede.

Se me calienta la cara de inmediato, y el nudo del estómago se afloja. No estoy del todo segura de lo que está intentando hacer. No me ha dicho directamente que se quedaría con el dinero si ganamos, pero si soy la única que se queda, reduciríamos nuestras oportunidades de forma bastante considerable.

Logan pasa la mirada del uno al otro.

—No debería hacer esto —empieza—, pero como la futura presidenta, imagino que tengo cierto poder ejecutivo. En general, me considero una persona bastante insensible. Pero lo que estás haciendo, Neil, es bastante tierno. Hace que sienta algo en esta zona en general. —Se lleva una mano al corazón y sonríe—. Podéis seguir jugando los dos, pero no le digáis *nada* a nadie de esto. —Asentimos y se aparta para que pasemos—. Disfrutad de la seguridad.

Una vez dentro, de repente se queda fascinado con las correas de la mochila.

—No tenías por qué haber hecho eso —digo, sin estar segura todavía de cómo interpretarlo.

Se encoge de hombros.

—Tenías razón. No tendríamos que habernos desviado tanto.

Eso hace que me sienta que mido medio metro.

—¿Supongo que te veré en media hora?

Asiente con la cabeza en señal de acuerdo y, una vez más, desaparece con sus amigos. Yo nunca me he sentido tan aliviada de ver a las mías. Mara me saluda con la mano y Kirby, un poco más dubitativa, esboza una sonrisa.

—Hola —digo, sintiéndome inestable. Si voy a llorar, al menos mis amigas están aquí—. Creo que necesito hablar.

En un rincón oscuro de un campo de minigolf cubierto, después de disculparme cien veces más por haberme molestado por lo del viaje a Chelan, les confieso a mis amigas lo que llevan sospechando todos estos años: que mis sentimientos por Neil McNair van más allá de la rivalidad.

También les cuento todo lo demás, lo de los libros que leo, el libro que estoy escribiendo y Delilah Park.

—Adelante —digo, presionando la espalda contra la pared, preparándome—. Reíros de mí.

—Estás escribiendo una novela romántica —contesta Kirby despacio—. Se la has enseñado a Neil.

Miserablemente, asiento con la cabeza, esperando a que insistan en que podía habérsela enseñado a ellas. No obstante, ahora me siento mejor al saber que ya no me estoy escondiendo.

—¿Pensabas que no íbamos a apoyarte? —inquiere. No hay diversión en su rostro. Creo que puede que esté dolida.

—Es una novela romántica. Habéis sido bastante claras sobre cómo os sentís con respecto a ellas.

—Sí, pero... —Kirby sacude la cabeza—. No sabía que te *encantaban*, encantaban. Siempre iba de broma. No pretendía ser cruel. Nunca diste a entender que te gustaban tanto, simplemente que las tenías por ahí.

—Porque tenía miedo —confieso con un hilo de voz—. Y no quiero tenerlo. A lo mejor no soy una escritora increíble todavía, pero creo que lo hago bien. Y tengo mucho tiempo para mejorar. No quiero avergonzarme de lo que me gusta.

Mara ha estado callada durante toda la conversación, lo cual tampoco es del todo inusual en ella.

—Me gusta Harry Styles —dice por fin, lo que nos sorprende a ambas.

Kirby se gira hacia ella.

—¿En serio? No me lo habías dicho. A ver, admito que es atractivo.

Se le empiezan a sonrojar las mejillas.

—No. Me gusta su *música*.

—Oh —contesta Kirby—. No he escuchado nada suyo.

—Está muy bien —insiste Mara—. Te mandaré algunas canciones.

Entonces, Mara y yo nos quedamos mirando a Kirby, como si estuviéramos esperando su confesión.

—Vale, vale —accede—. Me encantan los *reality shows*. Pero no los programas que requieren talento, como cantar o el diseño de moda. Los *malos* de verdad que solo son gente rica gritándose entre ella. Empecé a verlos de forma irónica con mi hermana hace unos años, antes de que se fuera a la universidad, pero luego empezaron a gustarme de verdad.

—¡Me encanta Harry Styles! —grita Mara en un acto que es totalmente impropio de ella, y luego se ríe con nerviosismo cuando unos compañeros de clase nos miran con las cejas alzadas—. ¡Y me da igual quién lo sepa!

La adoro.

—A lo mejor podrías recomendarnos un par de libros —sugiere Kirby, y noto un tirón en el corazón.

—Por supuesto.

Ya recuperada de su arrebato, Mara me coloca una mano en la rodilla.

—Conque... Neil.

Incluso su nombre hace que se me caliente la cara.

—Durante un tiempo pensé que simplemente necesitabais enrollaros y quitároslo de encima —dice Kirby—. Pero te gusta de verdad.

—Dios. Mucho. Pero es como si lo que ha pasado en el banco hubiera activado un interruptor en él, y ahora está actuando incluso más raro de lo normal.

—Quizá se asustó —contesta Mara—. Al principio con Kirby me sentí así. Que, si lo hacíamos, no podríamos volver a lo que era antes. Que cambiaría nuestra amistad para siempre, para mejor o para peor.

—Por suerte, para mejor —interrumpe Kirby.

Mara entrelaza sus dedos con los de Kirby.

—Y puede que el instituto se haya acabado, pero tenéis que averiguar qué va a pasar este verano y en la universidad, asumiendo que no os habéis asesinado el uno al otro para entonces. Eso da mucho miedo. Nosotras vamos al mismo sitio y, aun así, me da mucho miedo.

Kirby la mira, sorprendida.

—¿En serio?

—Pues... sí. Tendremos clases nuevas y conoceremos a gente nueva, y estaremos casi viviendo por nuestra cuenta. Vamos a cambiar.

—Pero a mí me gusta como soy —afirma Kirby con un pequeño gemido, y Mara le da un golpe en el brazo.

Las adoro. Las adoro muchísimo, y quizás no me las merezca, pero me alegro una puta barbaridad de haberlas conocido ahora.

—Lo siento mucho —repito—. Por todo lo de Neil y por abandonaros.

—No puedes borrar toda nuestra historia en unos pocos meses —contesta Mara—. Pero si de verdad quieres compensármelo, podrías compartir algunas de tus fotos del Aullido conmigo.

—Ni de broma.

—Y yo no voy a echarte de mi vida porque hayamos tenido una pelea. —Kirby sonríe con tristeza—. Lo único que deseo es que hubiera pasado antes. Podríamos haber quedado los cuatro, haber tenido citas dobles.

Vuelve esa punzada de arrepentimiento, esa que hace que desee que los últimos años hubieran sido diferentes. Puedo imaginármelo: noches hasta las tantas en Capitol Hill, ocupando una mesa entera en Hot Cakes, Mara haciendo fotos ridículas. Tengo que llevarme una mano al pecho, como si el arrepentimiento fuera un dolor físico.

—Si pasa algo entre nosotros, no sé cómo va a ser. —Es extraño reconocerlo como una posibilidad. «Podría pasar algo entre nosotros»—. Pero quiero que ambas forméis parte de ello. Bueno, no de todo.

—Quiero todos los detalles McObscenos —dice Kirby mientras bate las pestañas.

Pongo los ojos en blanco.

—¿Cómo le dices que te gusta a la persona a la que te has pasado cuatro años intentando destruir?

—Voy a suponer que hay un libro sobre eso —responde Mara—. Y que lo más probable es que te lo hayas leído.

—Asegúrate de que sabe que lo dices en serio y que estás siendo sincera. Nada de sarcasmo —añade Kirby—. Siempre sacas sobresaliente. Confío cien por cien en que vas a sacar un puto sobresaliente en esto.

—Lo intentaré. —Ahora mismo estoy tan abrumada por la emoción, por la noche entera y por ellas. En ese momento, se me ocurre una idea—. Oye... ¿Podríamos hacernos una foto? Hace mucho que no nos hacemos una.

Mara ya está sacando el móvil.

—Pensaba que no ibas a preguntar nunca.

Y no me importa que tenga los ojos hinchados, que se me haya corrido el maquillaje ni que mi vestido esté, bueno, ya sabes. Mara estira el brazo, el cual ya tiene práctica haciendo *selfies*, y juntamos las cabezas, y sin mirar siquiera, ya sé que es perfectamente imperfecta.

En la distancia, suena un silbato y, después, la voz de Logan a través del intercomunicador.

—¡Manada! Os quedan tres minutos antes de que expire la zona segura. Todo el mundo, por favor, proceded a salir de forma ordenada.

—Vale. —Me pongo de pie, renovada y recargada de energía—. Voy a hacerlo. Voy a decírselo.

Todavía me siento como una jirafa recién nacida que está aprendiendo a andar, pero tras abrazar a mis amigas, me noto sólida. Anclada.

—¿Se puede estar orgullosa de alguien que tiene la misma edad que tú? Porque estoy orgullosa de ti —dice Mara, y eso hace que se me vuelvan a llenar los ojos de lágrimas por un motivo totalmente distinto.

Cuando veo a Neil, mi estómago se rebela. Se vuelve más guapo que antes si cabe. Lo único que quiero es rodearlo con los brazos otra vez, que me acerque a él, como nos abrazamos fuera de Bernadette's. Quiero volver a ese banco y subirme a su regazo. Quiero besarlo como nunca he besado a nadie. Quiero que se pierda en mí como nunca he sido capaz de imaginarme; o a lo mejor es que no puedo imaginármelo ocurriendo con otra persona que no sea yo.

«Hola. Es posible que me gustes. ¿Quieres comerte otro rollo de canela conmigo?».

«Sabes que te odiaba, ¿verdad? ¡Pues resulta que no!».

«Tú. Yo. Asiento trasero de mi Honda Accord. Ahora».

—¿Lista? —pregunta.

Estoy tan perdida en mis pensamientos que lo que sale es un «¿eh?», lo que hace que me mire con una ceja alzada. Salgo de mi ensimismamiento.

—Sí. Vamos a por la pista de las vistas al sitio que insistes que tiene las mejores vistas de Seattle, luego veamos si averiguamos quién es el misterioso señor Cooper.

Logan vuelve a hacer sonar el silbato, lo que significa que tenemos cinco minutos para alejarnos lo máximo posible de este sitio antes de que podamos volver a matar. Alguien abre la puerta, y Neil y yo nos apresuramos hacia ella y corremos hacia mi coche en la oscuridad tenebrosa.

Zigzagueamos por los barrios, asegurándonos de que nadie que tenga nuestros nombres nos sigue. Hace mucho más frío, y meto las manos en los bolsillos de la sudadera. Debería devolvérsela, sé que debería, pero me gusta demasiado.

Casi hemos llegado a mi coche cuando mis dedos se cierran alrededor de un papelito que hay en el bolsillo.

Me paro en seco y lo saco, y el corazón me late con fuerza cuando leo y releo el nombre que tiene escrito. *No.* No, no, no. Con el pulgar, trazo la tinta de las letras, intentando que tengan sentido.

Rowan Roth.

00:05

Neil tiene mi nombre.

Neil tiene mi *nombre*.

Neil no ha matado a nadie, lo que significa que lleva teniendo mi nombre desde el principio del juego.

—¿Rowan? —está diciendo. No «R2». Porque no somos amigos. No somos lo que sea en lo que estuvimos a punto de convertirnos en aquel banco—. No dejo de preguntarme si Cooper estuvo involucrado en la fundación de Seattle de alguna manera, o tal vez en alguna otra cosa relacionada con la historia de Seattle. He encontrado un artículo sobre Frank B. Cooper, un hombre que supervisó la construcción de escuelas nuevas en los barrios de Seattle. ¿Podría estar llevándonos a la primera escuela de Seattle o es demasiado enrevesado? ¿Tú qué piensas?

El corazón me late con fuerza y madre mía, madre mía, madre mía. Ahora mismo no puedo pensar en Frank B. Cooper ni en las escuelas de Seattle. Con el rostro en llamas, me balanceo sobre los talones y tiro de las correas de la mochila.

De repente, todo es muy obvio: cuando actuó con nerviosismo después de que lo salvara, cómo no persiguió a Carolyn Gao. Ha hecho esto solo para poder vencerme una última vez. Me la ha jugado, dejándome entrar en su casa y en su habitación, contándome sus secretos y escuchando los míos. Solo para restregármelo cuando me mate, incluso después de habernos aliado.

No puedo creerme que haya estado a punto de decirle que sentía algo por él.

Cierro el puño alrededor del trozo de papel. Despacio, me giro para mirarlo a la cara y abro la mano para revelar mi nombre.

Permanecemos en ese espacio unos segundos, quietos.

Su rostro pierde el color.

—Mierda —masculla—. Puedo explicarlo.

—Me encantaría escucharlo.

Se frota los ojos, lo que le empuja las gafas.

—Lo siento mucho. N-No era mi intención que te enteraras.

—Obviamente —espeto—. ¿Me has tenido todo el tiempo?

Asiente con abatimiento antes de responder.

—Desde Cinerama. Sí. Debería habértelo dicho. Pero pensé... Pensé que no confiarías en mí si lo sabías.

La ironía de todas las ironías.

—Entonces, ¿cuál era tu plan? ¿Mantenerlo en secreto hasta el final y sorprenderme porque ya confiaba en ti? ¿Ablandarme, hacer que baje la guardia? —Niego con la cabeza. Es por la pérdida de la confianza más que nada, no por el gran premio—. Sabes que para mí ya no tiene nada que ver con el dinero. ¿Por qué no me lo has contado?

No dice nada.

—Bueno, pues te doy las putas enhorabuenas. Me has atrapado. Así que, adelante. Mátame.

Le tiendo el brazo para indicarle que puede quitarme el brazalete azul.

—Eso no es lo que...

—Hazlo y ya está, ¿vale? —digo con los dientes apretados. Nos quedamos mirándola los dos. Le doy un ligero golpe en el hombro, pero no se mueve, como si estuviera hecho de metal en lugar de piel y huesos—. ¡Deja de hablarle a los zapatos! Al menos mírame a los ojos.

Cuando por fin alza la mirada hacia la mía, se me encoge el estómago. Parece estar más dolido de lo que ha estado en toda la noche.

—Rowan —empieza, con la voz temblorosa, y está claro que está intentando sonar amable con todas sus fuerzas. Traga saliva—. Vale.

Tienes razón. Al principio no iba a esperar hasta el final. Cuando estábamos en la tienda de discos, hubo un momento en el que pensé: «Ya está. Voy a hacerlo». Pero no pude. No sé. Nos estábamos llevando bien y era (perdóname) *agradable*. Era *agradable*. Me *gustó* pasar tiempo contigo.

—Lo dices como si fuera toda una sorpresa —digo, aunque no puedo negar lo bien que sienta oírlo—. Como si fuera imposible disfrutar de mi compañía.

Se cruza de brazos.

—Ambos sabemos que no tienes la autoestima tan baja. Perdón por haber querido pasar más tiempo contigo. Perdón por haber querido que siguieras en el juego (lo cual, he de señalar, ha sido igual a lo que hiciste por mí en Pike Place) para que pudiéramos enfrentarnos al final y para que por fin pudieras vencerme, ya que, al parecer, es lo único que te importa.

—No lo es. —Lleva cuatro horas sin serlo.

Bajo las pecas, su rostro es un amasijo de manchas rojas. No es atractiva. Es increíblemente irritante. Tan cerca de él, le veo todas las pecas, además de una cicatriz que tiene en la barbilla y en la que no me había fijado antes. Y nunca lo había visto con vello facial, pero ahora que lleva toda la noche fuera, le está empezando a crecer una capa caoba, y no es horrible. Excepto que es Neil, y lo desprecio (¿no?) y, por lo tanto, sí que lo es.

—Hasta hoy —continúa—, solo nos conocíamos por encima. Sabía que odias cuando no consigues suficientes votos en el consejo estudiantil para hacer una medida y que te gustan las novelas románticas. Pero no sabía por qué. No sabía nada de tu familia ni de que escribías. No sabía lo mucho que te gustan las canciones tristes ni por qué te encanta leer los libros que lees. Y... —Toma aire—. Tú tampoco sabías cosas sobre mí. No sabías lo de mi familia. ¿Sabes a cuántas personas les he contado voluntariamente lo de mi padre? —Agita la cabeza—. ¿Cinco tal vez? Y confié en ti para contártelo. Hace muchísimo tiempo que no confiaba en alguien como para contárselo.

Está disculpándose. Está claro que se siente mal al respecto. A lo mejor no es tan horrible que no me lo haya contado. A lo mejor podemos dejarlo atrás, seguir jugando.

La luz de la luna le ilumina el rostro, y no puedo negar lo preciosa que es la imagen.

—Hemos compartido cosas muy personales —añade—. ¿Eso no importa nada?

Yo también me estoy sonrojando. Lo noto. Pienso en lo que hablamos en la biblioteca. En lo segura que me sentía teniendo esas conversaciones con él. En lo mucho que me ha gustado jugar con él, pero más que eso...

Quería besarlo, y quería que me devolviera el beso. Eso es lo que quería.

Lo que *quiero*.

—Sí que importa —respondo, acercándome más. No quiero estar en desacuerdo con él. El día se reproduce en mi mente: la asamblea, mi rescate en Pike Place Market, discutiendo mientras comíamos pizza. La tienda de discos y el laboratorio de Sean Yee y la casa de Neil, el sitio al que nunca va nadie. Mi casa después, y el zoo y la biblioteca. *La biblioteca*. El baile. Luego Dos Pájaros y cantando mientras frotábamos platos, y el micro abierto y lo increíble que me sentí después.

El banco.

¿Cuánto de eso ha sido real? Lo que pasó en su casa sí lo fue, y lo que pasó en la mía. Pero ¿todo lo demás? Antes de perdonarlo, tengo que saberlo con seguridad.

—Necesito saberlo —digo—. ¿Cuánto de hoy ha sido real? Porque lo que pasó en el banco... Casi nos besamos, Neil. —La última parte la susurro.

«No quiero que sea un casi», me cuesta decir. Quería su boca sobre la mía y sus manos en mi pelo. No era algo que me había estado imaginando durante meses y meses. No tenía nociones preconcebidas de cómo sería, y por una vez quería apagar el cerebro y limitarme a *sentir*.

No sé cómo explicarle lo inusual que eso es para mí.

Se pone todavía más rojo.

—Supongo que está bien que no lo hayamos hecho. Nos... dejamos llevar por el momento. Habría sido un error.

«Un error».

Encorva los hombros y se aparta ligeramente de mí. El impacto que me causa saber que el deseo era unilateral hace que retroceda unos pasos. Se me clava una piedra en el pecho. Me la han jugado, entonces. Después de todas estas horas, para él no sigo siendo más que un mero juego.

Horas. Solo han pasado horas. Es imposible que una mente cambie tan rápido y, aun así, la mía lo ha hecho. Estaba tan segura de que la suya también lo había hecho.

Obligo a mi rostro a que se mantenga inexpresivo, obligo a mis manos a que no tiemblen. Mi corazón, no obstante, es lo que no soy capaz de controlar. Cuando era más joven, nunca entendí cuando alguien decía que «se le había hundido el corazón» en un libro. «No es físicamente posible», le decía a quien quisiera escucharme. Ahora sé más que nunca lo que se siente cuando se te hunde el corazón. Salvo que no es solo mi corazón; es mi cuerpo entero el que quiere desmoronarse.

Se avergüenza tanto de lo que pasó en el banco que ni siquiera me mira, sino que está inmerso en lo que debe de ser una pendiente fascinante en la acera.

—¿Rowan? —inquiere, como si quisiera asegurarse de que he oído cómo me rompe.

—Sí. Claro —respondo con más convicción de la que siento. Fuera hace demasiado frío, y me rodeo con fuerza con los brazos. Eso no detiene la sensación de hundimiento. No detiene la presión que se me está formando detrás de los ojos ni cómo mi voz suena forzada y aguda—. Un error enorme. Entendido.

—Me alegro de que estemos de acuerdo —dice, pero sus palabras son entrecortadas y parece cualquier cosa menos alegre.

—Menos mal que hemos entrado en razón. En plan, ¿tú y yo? ¿En qué universo habría tenido sentido eso? —Si me obligo a decirlo en voz alta, tal vez me lo crea. Ha de hacer que duela menos—. Habría sido la comidilla del resto de la clase.

Pienso en todos los momentos en los que fui demasiado cruel, las veces que lo rechacé. Si hubiera hecho lo contrario, ¿estaríamos teniendo esta conversación? ¿O solo sería más dolorosa?

—¿Podemos...? ¿Podemos dejarlo? —pregunta. Tartamudeando—. ¿Por favor?

—Claro. Vale. —Me arrodillo para abrir la mochila y buscar las llaves. Ahora mismo no puedo mirarlo. No quiero que vea que estoy a punto de llorar. No necesita más munición.

Dios, ¿qué me pasa? Neil McNair no habría sido mi novio perfecto. Bajo ninguna circunstancia es la persona con la que debería haber estado.

Mis dedos se cierran en torno al metal frío, y con el puño rodeo las llaves con fuerza para anclarme. Tal vez se merece ganar el juego después de todo. Me ha engañado para que piense que sentía algo por él y luego, de alguna forma, lo convirtió en real. Es el auténtico campeón de Westview, se ha asegurado de que esta competición final acabara conmigo completamente hundida.

—Solo nos quedan dos pistas —dice, esta vez con suavidad. Se gira para mirarme. «Joder». Espero que no se piense que ahora tiene que tratarme con delicadeza. No sé qué sería peor, las burlas cuando le confesé que me gustaba en noveno o esto—. Vamos a por ellas y luego averiguamos qué hacer con todo esto.

Esto es peor. Sin duda.

—No... No hay nada que averiguar. —Me pongo de pie de un salto tan rápido que la cabeza me da vueltas. Agarro las llaves con más fuerza—. Podemos separarnos ahora, al final del juego o después de la graduación. ¿Para qué prolongarlo? Tú y yo no sabemos cómo ser amigos. —La venganza me inunda como ha hecho todos estos años. Tiene que reemplazar la sensación de hundimiento. De ahogamiento.

Quiero devolverle el daño. Y sé exactamente dónde pincharle entre las costillas para que lo sienta más—. La peor parte es que... ¡me gustaba la persona que has sido hoy! A mí también me ha gustado pasar tiempo contigo. Y por eso me decepciona tanto que me hayas estado ocultando algo todo el día. Podrías habérmelo contado en muchas ocasiones, pero no lo has hecho. Pensaba que eras diferente, pero a lo mejor te pareces más a tu padre de lo que piensas.

El arrepentimiento me golpea al instante. Otra vez esta habilidad estelar que tengo para despedazarlo. Me ha hecho fuerte los últimos cuatro años, pero esta noche solo hace que me sienta pequeña. Yo no soy así. Al menos, no quiero serlo.

Observo su cara cuando le alcanza el comentario. Se le ensombrecen los ojos y se le abre ligeramente la boca, como si fuera a decir algo, pero no sale nada.

—Eso ha sido un golpe bajo de mierda y lo sabes —dice—. Si vamos a hablar de defectos personales, ¿qué hay de ti?

Doy un paso hacia atrás.

—¿Qué hay de mí?

Alza las manos.

—¡Rowan! Te estás saboteando a ti misma. Llevas años haciéndolo. ¿Esa guía para triunfar en el instituto?

—Llevo siglos sin pensar en ella —respondo en voz baja, y me pregunto por qué vuelvo a sentirme a la defensiva de repente.

—Hiciste esa lista cuando tenías catorce años. Pues claro que vas a querer cosas diferentes ahora. Eres una persona diferente. Has crecido y has cambiado y eso es *bueno*. Cuando estábamos en el zoo, ¿de verdad estabas colocada o lo usaste como excusa porque te daba ansiedad conocer a Delilah?

—No —insisto, pero de pronto ya no estoy segura. Ese diminuto resquicio de alivio que sentí, ¿era eso?

—¿Spencer? ¿Kirby y Mara? ¿Lo que *escribes*, a lo que quieres dedicar toda tu vida? Tú misma lo dijiste. Te preocupa tanto que la realidad no esté a la altura de lo que tienes en la cabeza que ni siquiera *intentas* hacer cosas que te asustan, y no te das cuenta de que hay un problema en tus relaciones. Porque si no tienes que afrontarlo, no existe. ¿Verdad?

Estoy negando con la cabeza.

—N-No... No. —Hoy me he subido al escenario en el micro abierto. Y Kirby y Mara, estamos bien. Vamos a arreglarlo. Neil no lo sabe, pero no pienso contárselo. No le debo nada. No tengo que convencerlo de que se equivoca conmigo.

Se endereza y alcanza su postura completa. Justo mi altura, y, aun así, por algún motivo ahora mismo parece más alto que yo.

—Te estás interponiendo en tu puto camino, y hasta que no te des cuenta de ello, no vas a ser feliz nunca con tu realidad.

Solo me queda una respuesta.

—Si no somos amigos —digo, y mi voz es un sonido ahogado horrible—, ¿por qué sigues aquí?

Su rostro es una mezcla de sentimientos afligidos. Dolor, confusión..., ¿arrepentimiento?

—Buena pregunta.

Tras eso, me da la espalda, sus hombros encorvados contra el viento, y se aleja.

Y, entonces, estoy sola en la noche fría y oscura.

CLASIFICACIÓN DEL AULLIDO

TOP 5

Neil McNair: 14

Rowan Roth: 13

Brady Becker: 12

Mara Pompetti: 10

Iris Zhou: 8

JUGADORES RESTANTES: 13

00:27

Si Pike Place Market está realmente embrujado, los fantasmas estarían fuera ahora mismo. Yo misma me siento un poco macabra mientras recorro el centro de la ciudad, pasando por el distrito comercial y a lo largo del paseo marítimo. Aquí hace más frío. Más viento.

Me rodeo el cuerpo con la sudadera de Neil con más fuerza, deseando que le perteneciera a cualquier persona menos a él. Es irritante que siga oliendo bien. Maldita seas, sudadera que huele bien y que no puedo quitarme sin congelarme.

Me duelen los pies de tanto caminar. He aparcado en el mercado, el cual estaba vacío y cuyas tiendas hace rato que cerraron, pero necesitaba aclarar la mente y averiguar qué demonios ha pasado y qué demonios se supone que voy a hacer ahora.

Debo de estar obsesionada con Neil McNair porque, incluso cuando no está, es lo único en lo que pienso. La peor parte es esta: no se equivocaba.

La guía para triunfar tiene cuatro años. Solo porque no sea cien por cien quien quería ser con esa edad no significa que no haya triunfado. En el fondo, quizás lleve sabiéndolo todo el día, pero la guía ha sido muy reconfortante, la idea de que todavía tenía una oportunidad para tachar algo.

Nada de lo de hoy, de lo de esta noche, ha salido según lo planeado, y hasta que nos hemos peleado ha estado bien. *Genial*, incluso. Me he aferrado a mis fantasías y me he convencido a mí misma de que la realidad no podía estar a la altura.

Me permito pensar algo en lo que no he pensado nunca: ¿Y si la realidad es *mejor*?

Pero... no sé cómo arreglar eso que forma parte de mí. Ese *defecto*, lo llamó Neil. Si consigo acabar el Aullido yo sola, habremos terminado de competir para siempre. Él se va a Nueva York y yo me voy a Boston y, si nos vemos en Seattle cuando vayamos a casa durante las vacaciones, a lo mejor tendremos un momento en el que haremos contacto visual, asentiremos con la cabeza y luego lanzaremos una mirada rápida en la dirección contraria. Si pasara algo entre nosotros, no sería más que otra cosa que se acaba después del instituto. Nuestras universidades están a más de cuatro horas de distancia. (Lo he buscado antes).

Quiero contárselo a Kirby y a Mara, pero no sé si soy capaz todavía de poner en palabras lo que ha pasado. Y, a pesar de todo lo demás, me alegro de haberme subido al escenario y haber leído lo que he escrito. Otra cosa a la que Neil McNair está inexorablemente ligado.

A la mierda.

Saco el móvil y le doy al conocido icono de la pantalla de inicio.

—¿Rowan? —Mi madre responde al tercer timbrazo. Siempre celebran haber entregado un encargo de la misma forma: emborrachándose una barbaridad. Tienen una botella de un *whisky* escocés de doce años en el despacho para estas ocasiones—. Es tarde. ¿Va todo bien? Acabamos de abrir el *whisky* escocés...

—Estoy escribiendo un libro —suelto.

—¿En este preciso momento?

—No, en plan, llevo un tiempo en ello. —Me muerdo el interior de la mejilla, esperando su reacción. Se oye un ruido de fondo, y sé que me ha puesto en altavoz—. Es una novela romántica.

Silencio al otro lado de la línea.

—Y sé que no es lo que más os gusta, pero a mí me encantan, ¿vale? Son divertidas y son emotivas, y tienen una evolución de los personajes mejor que la que tienen otros libros.

—Ro-Ro —dice mi padre—. ¿Estás escribiendo un libro?

Asiento con la cabeza antes de caer en la cuenta de que no me ven. Uf, hablar es difícil.

—Sí. Puede... que quiera hacer eso. A nivel profesional. O al menos me gustaría intentarlo.

—Eso es increíble —contesta mi madre—. No te haces una idea de lo genial que es oír eso.

—¿Sí?

Se ríe.

—*Sí*, ¿el hecho de que tenernos como padres no te haya arruinado la magia de escribir? Es maravilloso, si lo piensas.

Y quizá sí que lo sea.

—Es una novela romántica —repito, por si acaso no me han oído la primera vez que lo he dicho.

—Te hemos oído —afirma mi padre—. Rowan, eso es... —Una pausa y un intercambio de murmullos entre ellos—. Lo siento si alguna vez te hemos dado la impresión de que pensamos que es... un género inferior. A lo mejor fue porque empezaste a leerlas muy joven y pensábamos que era una fase adorable y divertida por la que estabas pasando.

—No lo era.

—Ahora lo sabemos.

—Me encanta lo que hacéis y me encantan esos libros —continúo—. Y sé que me queda mucho por aprender, pero para eso está la universidad, ¿no?

Como era de esperar, mi padre se ríe ante esa broma que no pretendía ser una broma.

—Toda una revelación —interviene mi madre—. Se nos ha subido un poco al alcohol. Pero nos alegramos mucho de que nos lo hayas contado. Si en algún momento quieres que alguno de los dos lo lea, estaríamos más que contentos de hacerlo.

—Gracias. No sé si he llegado a ese punto todavía, pero os lo diré.

—¿Vas bien? No estarás fuera hasta muy tarde, ¿no?

—Seguramente estaremos dormidos para cuando llegue a casa —dice mi padre—, si el *whisky* escocés hace su trabajo.

Me madre suelta un silbido bajo.

—Es casi tan malo como lo que pasó después de ese libro de D. B. Cooper. Aunque creo que eso era *whisky* normal.

—¿El qué? —pregunto.

—Riley intentó resolver el caso de D. B. Cooper en uno de los libros de *Excavado* —responde mi madre—. ¿Te acuerdas? Nos molestó mucho cuando nuestra editora no quiso publicarlo. Pensaba que no era apto para niños y niñas.

—D. B. Cooper... Eso era algo de Seattle, ¿no?

—¿No conoces la historia? —Y cuando le digo que no, me la explica.

Esta es la leyenda de D. B. Cooper: en 1971, un hombre secuestró un avión Boeing mientras volaba, en algún punto entre Portland y Seattle. Pidió 200.000 dólares por el rescate y se tiró en paracaídas del avión... pero nunca lo encontraron, ni siquiera después de que lo buscara el FBI. Es el único caso sin resolver de ese estilo.

Había leído el libro cuando era un manuscrito, pero debí de olvidarme cuando tuvieron que apartarlo. Y es imposible que Neil sepa nada al respecto tampoco.

—Hasta trabajamos con el personal del Museo de los Misterios —continúa mi madre—. ¿Ese edificio que da mal rollo que está en el centro?

—Da el mismo mal rollo por dentro —comenta mi padre—. Y es igual de *raro* también. Es mitad museo mitad bar. Así que está abierto hasta tarde.

De repente, todas las piezas encajan en su sitio. Dios, amo a mis padres.

—¿Rowan? —inquiere mi madre con el apremio suficiente como para que piense que debo de haber desconectado—. Rowan Luisa, ¿cuándo crees que llegarás a casa?

—Dudo que tarde mucho.

—Diviértete —dice mi madre, y empiezan a soltar risitas mientras colgamos.

El Museo de los Misterios. Si todavía me importara el Aullido, iría a por la pista de las vistas y luego me dirigiría allí. Está bien saberlo, supongo.

Suelto un suspiro. Lo saben, y Kirby y Mara lo saben, y cuando empiecen las clases en otoño, puede que también sea lo que les diré a mis nuevos amigos. «Estoy escribiendo una novela romántica».

La Great Wheel brilla contra el cielo nocturno. La verdad es que nunca me he subido a esa noria. El nombre no es ninguna broma. Cuando la construyeron, era la noria más alta de la Costa Oeste, y la idea de estar a una altura del suelo tan elevada me asustaba. Pero esta noche sus luces me atraen, y me pregunto cómo es que llegó a darme miedo en algún momento.

—La última vuelta de la noche —dice el chico que hay en la cabina de venta de entradas cuando le tiendo cinco dólares—. Has llegado justo a tiempo.

Un minuto más tarde, mis pies no están tocando el suelo.

Siento el aire frío contra el rostro y, abajo, el agua está negra y serena. Un par de cabinas por encima de mí, dos adolescentes se están riendo y haciéndose *selfies*. Un par de cabinas por debajo de mí, un padre está intentando calmar a un niño demasiado revoltoso.

—Ni se te ocurra balancear el asiento, Liam —dice—. Liam... ¡LIAM!

Estoy en una noria a medianoche. Sería extremadamente romántico si no estuviera sola.

Durante todo el día, me he sentido al borde de muchas cosas. En el instituto, sabía cómo hacerlo todo y cómo debería hacerme sentir todo. Es reconfortante retar a Neil porque solo hay dos resultados: o gana él o gano yo. Una rutina. Una manta de seguridad.

Llevo toda mi vida viviendo aquí, pero nunca me había montado en la Great Wheel. Nunca me había casi colado en una biblioteca.

Nunca había experimentado Seattle como esta noche, pero no es solo el escenario. Poco a poco, el día de hoy me ha obligado a salir de mi zona de confort. Que se acabe el juego significa que se acaba el instituto, y si bien es cierto que hay muchas cosas que he idealizado, hay muchas cosas que voy a echar de menos. Kirby y Mara. Mis clases, mis profesores y profesoras.

Neil.

—Madre mía —dice alguien, lo que hace que pierda la concentración. La voz de una mujer—. ¡Madre mía!

Las voces vienen del otro lado de la noria. No es un «madre mía» de miedo. Es de los buenos.

—¡Ha dicho que sí! —La voz de otra mujer.

Todos los de la noria empiezan a vitorear mientras la pareja se abraza. Si eso no es algo que merezca estar en una novela romántica, no sé qué lo es.

Quiero saltar sin miedo hacia lo que sea que venga a continuación. De verdad. Y tampoco es que tenga elección; no voy a quedarme en esta noria el resto de mi vida. En plan, el chico dijo que era la última vuelta, por lo que, literalmente, no es una opción. Me da terror caerme, fallar, no ser capaz de recomponerme.

Mi cabina se detiene en lo alto. Mi ciudad iluminada es tan increíblemente preciosa que voy a ser una turista y a hacer una foto. Abro la mochila para buscar el móvil y mis dedos rozan una tapa dura familiar.

Mi anuario.

Despacio, lo saco de la mochila, y las manos me tiemblan mientras voy a las páginas finales. No quería que lo leyera hasta mañana, pero a la mierda, ya es mañana, y estoy desesperada por saber lo que dice.

Tardo en encontrarlo. Dos páginas del final estaban pegadas, y así es como se las apañó para encontrar algo de espacio. Mi apodo está escrito en caligrafía y... guau, es muy larga. Al principio, mis ojos van de un lado a otro y me cuesta concentrarme en una sola palabra. Tengo la esperanza de obtener cierto consuelo que me asegure que no la he cagado hasta el punto de que sea irreparable, aunque, claro está, lo escribió antes de nuestra pelea. Aun así, es como un chaleco salvavidas.

Así pues, inhalo el aire frío de la noche y empiezo a leer.

R2,

Voy a volver a escribir con una letra normal. La caligrafía es complicada, y no me he traído los bolígrafos buenos. O es que necesito más práctica.

Ahora mismo te tengo sentada enfrente, y lo más probable es que estés escribiendo «ten un buen verano» treinta veces seguidas. Sé un poco de muchos idiomas, pero a pesar de eso, me cuesta expresar esto con palabras. Vale. Voy a hacerlo.

Lo primero de todo, necesito que sepas que no estoy diciendo todo esto con la esperanza de que sea recíproco. Es algo que tengo que soltar para desahogarme (cliché, lo siento) antes de que vayamos por caminos separados (cliché). Es el último día de instituto y, por ende, la última oportunidad que tengo.

«Gustar» es una palabra demasiado débil para describir lo que siento por ti. No te hace justicia. Me destruye que solo nos hayamos considerado enemigos. Me destruye cuando se termina el día y no te he dicho nada que no esté enterrado bajo cinco capas de sarcasmo. Me destruye terminar este año sin haber sabido que te gusta la música melancólica, comer queso para untar directamente de la tarrina en mitad de la noche o toquetearte el flequillo cuando estás nerviosa, como si temieras que tuviera mal aspecto. (Nunca lo tiene).

Eres ambiciosa, inteligente, interesante y preciosa. Pongo «preciosa» al final porque, por alguna razón, me da la sensación de que pondrías los ojos en blanco si lo escribía lo primero. Pero lo eres. Eres preciosa y adorable y tienes un puto encanto increíble. E irradias esta energía, un optimismo deslumbrante que ojalá pudiera pedirte prestado a veces para mí.

Me estás mirando como si no te creyeras que todavía no haya terminado, así que déjame que concluya esto antes de que se convierta en una redacción de cinco párrafos. Pero si fuese una redacción, esta es la idea principal:

Estoy enamorado de ti, Rowan Roth.

Por favor, no te rías mucho de mí en la graduación.

Atentamente,

Neil P. McNair

00:43

Al principio, no asimilo las palabras. No tiene sentido. Tiene que ser alguna broma elaborada, una forma definitiva y retorcida para que Neil gane riéndose de mí. Así pues, vuelvo a leer, deteniéndome en el cuarto párrafo, y en el sexto párrafo y en el aspecto que tiene mi apodo con su letra. Y luego el séptimo párrafo, la confesión en una única frase:

«Estoy enamorado de ti, Rowan Roth».

Hay demasiado cuidado y sinceridad en esas palabras como para que sea una broma. El pulso me ruge en los oídos y mi corazón es un animal salvaje.

Neil McNair está enamorado de mí. Neil McNair. Está enamorado. De *mí*.

No sé cuántas veces lo leo. Cada vez me saltan palabras diferentes, «gustar» y «preciosa» y «enamorado», «enamorado, «enamorado».

Algo se me atasca en la garganta; ¿una risa? ¿Un gemido? Neil McNair, el *valedictorian*, ha escrito «puto» en mi anuario. Lo leo otra vez. No puedo parar. «Optimismo deslumbrante», no estar en las nubes. Le gusta ese rasgo mío, lo suficiente como para decirme cuándo soy tan extremista al respecto que me interpongo en mi propio camino.

Salvo. «Habría sido un error». dijo cuando le pregunté por lo que pasó en el banco.

Era mentira. Tiene que serlo. Esta nota es tan sincera que es imposible que haya apagado esos sentimientos en cuestión de horas.

Puede que no sepa mucho del amor más allá de lo que he leído en los libros, pero estoy segura de que dura más que eso. Un fuego lento, no una chispa.

Este mensaje es más tierno que cualquier novela romántica.

Es *real*.

Neil me quiere.

Esta mañana me fue imposible imaginármelo besando a otra persona. ¿Es porque solo puedo imaginármelo ocurriendo conmigo, que Rowan más Neil es algo inevitable que todo el mundo sabía menos nosotros? Kirby y Mara, Chantal Okafor del consejo estudiantil, mis padres, Logan Perez, que nos dejó entrar en la zona segura...

¿Quiero yo a Neil McNair?

A pesar de que no estoy del todo segura, la realidad es que creo que *podría*.

Tengo que bajarme de esta puta noria.

La vida es divertida, eso sí: el momento más romántico de mi vida, y estoy en lo alto de una noria con un anuario en vez de con el chico que escribió que está enamorado de mí en él.

El Museo de los Misterios, situado en un sótano en el centro de Seattle, es el único museo de Seattle dedicado a lo paranormal. No estoy segura de por qué sienten la necesidad de explicarlo o por qué iba a necesitar la ciudad más de un museo dedicado a lo paranormal, pero ahí está, en el cartel que hay delante.

«¿Podemos hablar?», le escribí a Neil una vez que la noria tocó el suelo. Me siento fatal por lo que ha pasado. Y creo que he descubierto la última pista. Nadie ha ganado el Aullido todavía, de lo contrario habríamos recibido un mensaje difundido. Estoy decidida a arreglar las cosas con él.

Me respondió un «vale» sin ningún signo de puntuación, algo muy impropio de Neil. Está claro que estaba molesto si lo ha omitido, pero a lo mejor que haya accedido a vernos es la prueba de que todavía se siente igual que cuando escribió en mi anuario. O quiere ganar el juego y dar por concluida la noche.

Está esperando en una calle de ladrillos que tiene una escalera desvencijada que conduce al museo. Lleva el pelo despeinado y está ligeramente encorvado. ¿Cómo es posible que en algún momento me haya metido con él por esas pecas? Me encantan. Me encantan todas y cada una de ellas. Me encantan sus pecas y su pelo rojo y los pantalones demasiado cortos de su traje y las mangas demasiado largas, cómo se ríe, cómo se empuja las gafas para frotarse los ojos.

«Estoy enamorado de ti, Rowan Roth».

Alza una mano a modo de saludo, y me derrito.

Estoy metida en un problema bien gordo.

—Hola —digo con una vocecita.

—Hola.

—Da mal rollo que... —comento, y al mismo tiempo él dice: «¿Deberíamos...?».

—¿Cómo? —inquiere.

—Oh. Mmm. Iba a decir que da mal rollo que esté abierto tan tarde.

—*Es* el único museo de Seattle dedicado enteramente a lo paranormal —contesta al tiempo que señala el cartel.

No está tan frío como me esperaba. Ambos extendemos el brazo hacia la puerta, y nuestras manos se rozan. Las retiramos como si hubiéramos tocado fuego.

La mujer que trabaja aquí está leyendo un libro detrás del mostrador. Tiene el pelo rubio platino, el cual le llega hasta las caderas, y lleva unas gafas grandes y moradas.

—Buenas noches —dice, apenas mirándonos.

Pagamos la entrada barata, le damos las gracias y nos aventuramos al interior del museo. Está sonando una banda sonora extraña, una pieza clásica interrumpida por gritos. Parece que estamos en una casa encantada. No paramos de chocarnos entre nosotros, como si a nuestros pies se les hubiera olvidado cómo se camina.

—Mmm, conseguí la pista de «unas vistas desde las alturas» —comento.

—Yo también. —Pero no pregunta adónde he ido, así que yo tampoco.

Nos detenemos delante de una exposición del incidente del ovni de Maury Island.

Leo la placa.

—«El incidente del ovni de Maury Island ocurrió en junio de 1947. Tras el avistamiento de objetos voladores no identificados sobre Maury Island, en el estrecho de Puget, Fred Crisman y Harold Dahl afirmaron haber presenciado la caída de escombros y de haber sido amenazados por hombres de negro. Dahl se retractó más tarde de sus afirmaciones y declaró que fue un bulo... PERO ¿LO FUE?». —Me doy un golpecito en la barbilla—. Un poco editorializado, creo.

Se limita a soltar un gruñido.

Ninguno de nuestros silencios ha sido tan incómodo.

—Podrías traer a tu hermana —sugiero en un intento por aligerar el ambiente.

Se encoge de hombros.

—Puede que le dé miedo. No le van mucho las cosas que dan mal rollo, sobre todo después de todo lo de Blorgon Seven.

—Oh. Claro. —Giro una esquina y señalo un cartel que dice LA SALA DE D. B. COOPER—. Tiene una sala entera para él, qué afortunado.

En una pared hay una lista con todos los datos que se saben sobre él:

1. *Pidió un bourbon y refresco.*
2. *Cuarenta y tantos años.*
3. *Ojos marrones oscuros.*
4. *Llevaba un alfiler de corbata de nácar y una corbata negra.*
5. *Entradas.*
6. *Tenía cierto nivel de conocimientos de aviación.*

El FBI archivó el caso en 2016, pero está claro que a los habitantes del noroeste del Pacífico les sigue fascinando, tal y como demuestra esta exposición.

—Tiene que estar muerto —dice Neil—. Es imposible que sobreviviera a esa caída.

—No sé. Es interesante imaginarse que sigue por ahí, en alguna parte. A estas alturas será un anciano, pero podría haber tenido hijos. A lo mejor se libró y fue más listo que todos nosotros. —Nos detenemos delante de un busto de cera de su cabeza—. No estaba nada mal —añado en otro intento por aligerar el ambiente.

—¿Te van los de mediana edad que se están quedando calvos?

«No, me van los pelirrojos con pecas que se ajustan sus propios trajes».

—Ya te digo —respondo, y durante un segundo es como si hubiéramos vuelto a la normalidad. Pero entonces, Neil recorre la sala y echa una foto.

—Supongo que ya está —dice—. Hemos acabado. Podemos ir al gimnasio, dividir el premio e ir cada uno por su lado, como querías. No tienes que darme tu parte como una especie de limosna.

Eso sí que es un puñetazo en el estómago.

Se gira para marcharse, pero le agarro del brazo.

—Neil. Espera.

—No puedo, Rowan. —Cierra los ojos y niega con la cabeza, como si deseara poder marcarse un D. B. Cooper y desaparecer—. Ha sido una idea ridícula que nos aliáramos. Si hemos estado cuatro años intentando destruirnos el uno al otro, ¿por qué íbamos a llevarnos bien de repente esta noche?

Me muerdo el interior de la mejilla con fuerza.

—Perdón por lo que dije sobre tu padre. No lo decía en serio. Hoy has compartido muchas cosas personales conmigo, y debería haberlo tratado con más respeto.

—Sí. Estoy de acuerdo.

Doy un paso hacia atrás para intentar darle espacio.

—Quiero que seamos amigos.

Suelta una mofa.

—¿Por qué demonios ibas a querer eso? Antes dejaste bastante claro que no lo somos.

—Tienes razón. Lo hice. —Respiro hondo—. Mira... los últimos cuatro años has sido un tocapelotas enorme, pero también eres todas esas cosas que no conocía hasta hoy. Eres un bailarín excelente. Te encantan los libros infantiles. Te preocupas por tu familia. Y eres judío y, bueno... es agradable conocer a otro.

—Vas a conocer a muchos otros judíos en Boston.

—Estás haciendo que elogiarte sea muy difícil.

Esboza una sonrisa tímida, y por fin noto cómo me relajo. Podemos estar bien. Tenemos que poder estarlo.

—Yo también siento lo que dije —dice—. Lo de sabotearte a ti misma. Estuvo... totalmente fuera de lugar. Estuviste increíble en el micro abierto y... y tendría que haberte dado más reconocimiento por eso.

—No te equivocabas del todo. —Me apoyo en la barandilla, a poco más de medio metro de él, poniendo nuestros límites a prueba—. Soy un poco soñadora y me interpongo en mi propio camino. A veces me siento como si competir contigo es lo único que me ha mantenido en tierra. —Hago una pausa antes de añadir—: He llamado a mis padres. Les he contado lo de mi libro.

Se le iluminan los ojos. Es un delito que no me haya dado cuenta nunca de lo preciosos que son.

—¿Y? ¿Cómo ha sido?

—Aterrador. Fantástico —respondo. Pero todavía no he terminado de disculparme. Esta noche no he sido totalmente honesta con él. Cada vez que he dicho algo inapropiado, estaba intentando ceñirme a un plan que ya no siento como mío. Me pregunto cómo sería dejarlo ir por completo—. Neil. No paro de decirte cosas horribles, cosas que no van en serio. No solo lo que dije sobre tu padre. Como cuando me pediste que te firmara el anuario. Es como si mi instinto natural fuera pelearme contigo, y estoy haciendo todo lo posible por ignorarlo, pero la he cagado unas cuantas veces. Y lo siento mucho.

Se queda callado unos segundos.

—Mi instinto es restarle importancia y decirte que no pasa nada, pero... gracias por decir eso.

—Lo que dije en la biblioteca cuando estábamos bailando... —Cuando suelto una exhalación, es temblorosa. Por cómo volcó su corazón en la página de mi anuario, puede que haya sido más valiente de lo que yo he sido jamás. Hace que quiera esforzarme más—. No me estaba imaginando a nadie más.

Eso le saca una sonrisa.

—¿Sí? —inquiere, y asiento con la cabeza.

—Me lo he pasado muy bien contigo hoy. —Despacio, me acerco un poco a él, mirándole el rostro con cautela. Se le crispan las cejas y, si no me equivoco, diría que se está balanceando lentamente en mi dirección. Un paso y medio más y estaríamos pecho con pecho, cadera con cadera.

—¿Tan complicado ha sido admitirlo? —pregunta, y su sonrisa se convierte en una de suficiencia.

«Estoy enamorado de ti, Rowan Roth».

Me llevo una mano al pelo y suelto un sonido estrangulado y frustrado.

—Dios, qué irritante eres. —Pero no es un comentario cruel. Burlón, tal vez, pero no cruel.

—Pero te gusta. —Cabe la posibilidad de que sea lo más atrevido que ha dicho en todo el día y, cuando da un paso hacia delante, noto cómo el calor irradia de él. No me extraña que le pareciera bien desprenderse de la sudadera; es una sauna humana—. Te gusta ser irritada. Por mí.

Sí. Me gusta muchísimo.

Se me corta la respiración. Debe de haberlo oído, porque alza un lado de la boca y desliza la mano por la barandilla hasta que casi toca la mía. Ahora hay muy poco espacio entre nuestros cuerpos. Su olor me recuerda a la tierra y es embriagador, lo que hace que ansíe algo que no sabía que quería.

La fantasía: que mi novio perfecto de instituto fuera la personificación del romanticismo.

La realidad: Neil McNair ha estado aquí todo el tiempo.

—¿Voz pasiva? —lo desafío, y mi voz suena mucho más ronca de lo que estoy acostumbrada a oír—. Westview te ha enseñado algo mejor que eso.

No hace que se ría como me esperaba. En vez de eso, me lanza una mirada entre divertida y seria que me llena de electricidad. Su mirada se mantiene firme, y puedo ver los magníficos ángulos de su garganta cuando traga saliva con fuerza.

—No —contesta, tan cerca de mí que casi puedo oír cómo le late el corazón al ritmo del mío—. Tú lo has hecho.

Y eso es lo que me lleva al límite. Antes de que me lo piense demasiado, antes de que me pase la vida ideando el momento perfecto, me lanzo hacia delante, lo aprisiono contra la barandilla y le cubro la boca con la mía.

CLASIFICACIÓN DEL AULLIDO

TOP 5

Neil McNair: 14

Rowan Roth: 14

Brady Becker: 14

Mara Pompetti: 13

Carolyn Gao: 10

JUGADORES RESTANTES: 11

¿FALTA POCO PARA QUE TENGAMOS UN GANADOR O GANADORA? ¡DAOS PRISA Y BUENA SUERTE!

01:21

Neil McNair me está devolviendo el beso. No hay vacilación, no como cuando me abrazó antes con unas extremidades tímidas e inseguras. Esta vez se deja caer.

Sus labios presionan con fuerza los míos mientras le rodeo el cuello con los brazos y me hundo en él. Es un beso rápido y desesperado, y *Dios*, qué bien sienta. Sus manos se pierden en mi pelo y eso, sumado a su boca y al sonido que hace en lo más profundo de su garganta, hace que me arda la sangre. Separo los labios y saboreo el dulzor persistente del rollo de canela que compartimos. Mi imaginación no habría sido capaz de hacerle justicia.

Cuando sonríe contra mi boca, lo noto.

—¿Rowan? —dice al tiempo que se aparta, y su voz es una mezcla de sorpresa y asombro. Tiene la respiración agitada. Sus ojos son preciosos y tiene los párpados pesados, y las pestañas largas revolotean contra los cristales de las gafas. A lo mejor es que está somnoliento o a lo mejor es que está tan ebrio de esta sensación como yo—. ¿Qué... está pasando?

—Te estoy besando. —Muevo la mano desde el cuello de su camiseta hasta la nuca y su pelo. Quiero grabarme cada textura a fuego en las yemas de los dedos—. ¿Debería parar?

Me pasa el pulgar por la mejilla. A pesar de lo leve que es la caricia, me siento como si fuera a detonar.

—No. En absoluto —responde. Sigue la línea de mi nariz. De mis labios—. Solo quería asegurarme... no sé. De que te has dado cuenta de que soy yo.

La incertidumbre en su voz me deshace. Ni todos los libros del mundo podrían haberme preparado para este momento. No existen palabras suficientes.

—Esa es la mejor parte.

No, esta es la mejor parte: cuando nos volvemos a acercar y se vuelve más salvaje. Con una mano en el pelo y otra en la cadera, me hace girar de manera que quedo apoyada contra la barandilla. Nuestras bocas chocan, dientes y lenguas discutiendo entre sí. Intentando ganar sea cual sea esta competición nueva. Paso las manos por su pecho, por los brazos que llevo mirando todo el día, abrumada por todo lo que quiero tocar de él. Subrayo y garabateo la frase en latín con las yemas de los dedos. Lo noto sólido bajo mis palmas, y no puedo evitar agarrarle un poco la tela de la camiseta.

Sus manos vuelven a mi pelo. Y sus labios me llaman, me provocan, me *retan*. Porque, *joder*, Neil está bueno. Es absurdo y es verdad.

—Te gusta mi pelo —bromeo entre besos.

—Dios. Muchísimo. Es un pelo increíblemente fenomenal.

Ahora estoy más segura todavía de por qué era incapaz de imaginármelo besando a otra persona: porque siempre ha estado destinado a ser así. Con nosotros.

Me mantiene pegada a la barandilla, besándome la mandíbula, el cuello, debajo de la oreja. Me estremezco cuando se queda ahí.

—¿Esto está bien? —pregunta contra mi piel.

—Sí —contesto, y me estampa la clavícula con la boca. Soy adicta a cómo me pregunta. Cómo quiere estar seguro.

Esta ha de ser la sensación trascendental de la que hablaba. Esto: sus manos deslizándose por mis costados. Esto: sus dientes rozándome la clavícula. Y esto: cómo, cuando vuelve a mis labios, me besa como si yo fuera algo de lo que es incapaz de saciarse y algo que quiere saborear. Rápido, luego lento. Me encanta todo.

Como medimos lo mismo, nuestros cuerpos se alinean a la perfección y... *oh*. La prueba de lo mucho que lo está disfrutando me pone febril. Muevo las caderas contra las suyas porque la presión es increíble, y el gemido que suelta cuando lo hago también suena increíble.

Bajo las manos hasta su cinturón. Mis dedos rozan la piel suave de su estómago, y suelta una carcajada silenciosa e involuntaria. Tiene cosquillas. Vagamente, soy consciente de que estamos en público. Que tenemos que parar antes de llegar demasiado lejos. Pero nunca me había sentido tan deseada, y es una sensación embriagadora y poderosa. Nunca me había perdido así en alguien.

Con cada molécula de mi cuerpo, me obligo a apartarme.

—Eso ha sido... guau —digo, sin aliento.

Apoya la frente en la mía, todavía rodeándome la cintura con los brazos.

—«Guau» no es un adjetivo.

Es la primera vez en cuatro años que oigo su voz así. Así de rasgada, así de gastada.

No sé cuánto tiempo nos quedamos ahí, con nuestras respiraciones entrecruzadas, rompiendo de vez en cuando el relativo silencio para reírnos como los locos ebrios de amor que somos. Tiene las mejillas sonrojadas. Estoy segura de que yo también.

—Estaba segurísimo de que lo había estropeado todo —dice al cabo de un rato. Me toma la mano y es tan fácil entrelazar mis dedos con los suyos—. Me moría de ganas de besarte en aquel banco. Pero nos interrumpieron y... me asusté, supongo. Me asusté de que no sintieras lo mismo.

Es un alivio oír eso.

—Por eso dijiste que habría sido un error. —Trazo sus nudillos con el pulgar.

Asiente.

—Pensé, no sé, que te arrepentías y la mejor forma que tenía de superarlo era fingir que había sido un error. No quería que te hiciera sentir incómoda.

—Un mecanismo de defensa.

—Sí —contesta, y alza la otra mano para cubrirme la cara con ella.

—Supongo que yo también tengo un par de esos.

Cuando nos volvemos a besar, es más suave. Más tierno.

Por el rabillo del ojo veo a D. B. Cooper observándonos, lo que me recuerda por qué hemos venido hasta aquí en un principio.

—El juego. —Hago acopio de toda mi fuerza de voluntad para dejar de besarlo. Estamos muy cerca de esos cinco mil dólares, de que Neil pueda cambiarse el nombre. De que se libre de su antigua vida, forme yo parte de esa nueva vida o no—. Deberíamos irnos.

—Esto, mmm. Necesito un momento —dice, y lanza una mirada hacia abajo con timidez. El calor me inunda las mejillas, y no puedo evitar esbozar otra sonrisa.

Con un poco de esfuerzo, nos desenredamos y agarramos nuestros móviles. No hay ninguna actualización del Aullido, lo que significa que todavía no ha ganado nadie. Poco a poco, siento que vuelvo a ponerme en modo competitivo. Westview está a menos de quince minutos. El Aullido es casi nuestro.

Salimos del museo ocultándole nuestros rostros sonrojados a la mujer de la recepción. Cuando miro hacia atrás, juro que veo cómo sonríe.

No estoy segura de si soy yo la que le toma la mano primero o si es él, pero me parece algo natural al instante. De camino al coche, me roza los nudillos con el pulgar y, cuando llegamos, me empuja contra la puerta del conductor como el chico malo de una película de adolescentes.

—Tenemos todo el verano para hacer esto —indico, pese a que le estoy agarrando la camiseta y empujando su boca contra la mía—. En plan... si quieres.

Y si bien es cierto que la confesión de mi anuario está grabada tras mis párpados cada vez que pestañeo, su respuesta hace que salten unas chispas que me llegan hasta los dedos de los pies.

—¿Quiero besarte durante todo el verano? —Alza las cejas, con la boca torcida hacia un lado—. ¿Es Nora Roberts prolífica?

—Más de doscientos libros —respondo. Luego, con cierta reticencia, añado—: Pero nos queda muy poco. Ya volveremos a esto.

Un beso largo y después gruñe.

—Vale, vale. Tú ganas.

—¿Puedes repetir eso? Me gusta cómo suena.

—Sinvergüenza —dice, pero ahí está de nuevo esa sonrisa descuidada, dulce y maliciosa, la que no había visto antes de esta noche. La que ahora sé que es únicamente mía.

No obstante, noto cómo se me forma un nudo en la garganta. «Todo un verano». De repente, no parece mucho tiempo.

—Hola, tortolitos. Por fin os habéis dado cuenta, ¿eh?

Al otro lado de la calle, Brady Becker abre un pequeño Toyota blanco y se detiene para saludarnos. El papel con su nombre arde en mi bolsillo.

La sensación de miedo que me recorre la columna es más fuerte que la conmoción que me produce que el *quarterback* estrella Brady Becker se haya enterado de que estamos juntos.

Neil parpadea un par de veces, como si estuviera intentando comprender qué hace Brady aquí.

—Hola —dice en voz baja, con la voz contaminada de incertidumbre. No hemos hablado de cómo vamos a anunciar lo nuestro al resto de la promoción, si es que queremos hacerlo. Entrelazo mis dedos con los de Neil para mostrarle exactamente cómo me siento al respecto. Sus facciones se relajan y vuelve a rodearme los dedos con los suyos—. Sí, nos, mmm... sí. Así es.

Sus nervios son demasiado adorables.

—Un museo chulo —comenta Brady, y obligo a mi cerebro confuso por la oxitocina a que se acuerde de en qué posición se encontraba Brady en la última clasificación del Aullido.

«Catorce».

Tenía catorce, igual que nosotros. Y si está saliendo del museo, eso debe de significar que...

—Nos vemos en el insti —dice—. Seré el del cheque de cinco mil dólares.

BORRADOR: (sin asunto)

 Rowan Roth   <rowanluisaroth@gmail.com>

para: jared@garciarothlibros.com,

ilana@garciarothlibros.com

Guardado el jueves, 13 de junio, a las 00:32

Querida mamá, querido papá:

Me da miedo, pero aquí tenéis los primeros capítulos.
Sed amables conmigo.

Con amor,

Vuestra hija favorita, amante del queso para untar y futura
autora de romántica en potencia

Archivo adjunto: capítulos 1-3 para mamá y papá.docx

02:04

No pensaba que el Aullido terminaría con una persecución en coche, pero hoy me he equivocado con respecto a muchas cosas. A decir verdad, es una persecución entre dos coches de segunda mano con un consumo de combustible decente y una calificación de seguridad de cinco estrellas. *Fast & Furious: Sedanes prudentes.*

Las calles están desiertas y las luces nocturnas difuminan el horizonte de dorado, y el corazón me late con fuerza contra el cinturón de seguridad a medida que seguimos a Brady hasta la autopista.

—No había caído en que estaba tan cerca de nosotros —digo, cambiando de carriles y pisando el acelerador. Nos mantenemos en paralelo con el Toyota, incluso cuando acelero hasta llegar a los 110 kilómetros por hora.

Neil mira su móvil.

—Le quedaría solo D. B. Cooper también. Supongo que nos hemos... distraído.

—Claro —contesto, y se me encoge el estómago. Si se arrepiente de lo que ha pasado en el museo...

—Aunque gane —añade, como si hubiera detectado la inseguridad de mi voz—, no hay nada que hubiera hecho diferente. Quiero que lo sepas. —Suena más serio de lo que ha sonado en toda la noche, y me veo inundada por una determinación feroz.

—No te preocupes. No vamos a dejar que gane.

Vamos codo con codo hasta que nos acercamos a la salida, donde tengo que volver a cambiarme a su carril. Detrás de él.

—¡Un sobresaliente en esfuerzo! —grita Brady por la ventanilla al tiempo que cruza un semáforo en ámbar justo antes de que se ponga en rojo.

Freno.

—Mierda. ¿Ahora qué?

—Gira a la derecha —responde Neil—. Lo más seguro es que vaya por la Cuarenta y Cinco. Si callejeamos, no nos tocarán más semáforos.

—¿Seguro?

—No —admite—. Pero es lo único que nos queda.

Pongo el intermitente y doy un volantazo hacia la derecha para adentrarnos en un barrio residencial. Rodeo varias rotondas, apretando el volante con fuerza todo el tiempo.

El aparcamiento del instituto está justo delante, y el Toyota blanco de Brady se está acercando desde el otro lado de la calle. Ahí está Logan Perez, de pie en la entrada del gimnasio con Nisha y Olivia, sosteniendo dos banderas a cuadros blancos y negros. Hay un campo de hierba entre el aparcamiento y el gimnasio. Podemos acercarnos, pero tendremos que correr.

Ya está, ha llegado el momento.

—Somos dos y él es uno. Tienes que ir con Logan —digo—. Yo aparcaré lo más cerca que pueda e intentaré detener a Brady. Lo único que tengo que hacer es quitarle el brazalete. —Suelto una risa—. Dicho así suena fácil.

Estira el brazo para acariciarme la muñeca con los dedos. Incluso sus caricias más leves son increíblemente intensas.

—Vale. Podemos conseguirlo. ¿Luego... luego lo resolveremos todo más tarde?

Nuestra apuesta. Dividir el premio.

Esta noche ya he superado más de lo que en algún momento pensé. El segundo puesto nunca ha sonado tan genial.

—Sí —contesto, y sigo a Brady hasta una plaza en el extremo del aparcamiento y aparco el coche—. ¡Vamos!

Haciendo acopio de toda la capacidad atlética latente que dejé en aquel campo de fútbol en secundaria y de toda la fuerza adquirida a raíz de llevar una mochila enorme durante los últimos cuatro años, abro la puerta de golpe y me lanzo hacia Brady. Al otro lado del coche, Neil salta al campo cubierto de hierba y se dirige hacia Logan.

—Rowan. ¿Qué...? —inquiere Brady, pero ya estoy alcanzando el brazalete, rodeándolo con el puño y arrancándoselo—. *Mierda.*

Nos caemos al suelo con las piernas enredadas. Brady me amortigua un poco, sin duda experimentado en lo que respecta a placajes, pero me golpeo la rodilla al caer. Estoy demasiado acelerada por la adrenalina como para preocuparme, sobre todo cuando oigo los gritos de júbilo a unos metros de distancia. El sonido de un silbato. La risa atónita de Neil.

Respirando con dificultad, alzo el brazalete de Brady al aire como si fuera una bandera de la victoria.

«Lo hemos conseguido».

—Jodeeeeeer. —Brady gruñe debajo de mí, y no estoy segura de si es de dolor o por la agonía de haber perdido.

Me muevo para sentarme, luego intento ponerme de pie... ay. No estoy sangrando, pero seguro que me sale un moratón.

—Lo siento mucho —le digo a Brady—. ¿Estás bien?

—Me va a salir un moratón en el culo del tamaño de Júpiter, pero sí. ¿Y tú?

—Sí —respondo con una mueca de dolor mientras cojeo hacia el gimnasio.

Cuando me ve, Neil se acerca a mí y prácticamente me caigo entre sus brazos.

—Tu rodilla —comenta, pero hago un gesto para restarle importancia. Me rodea con más fuerza, y sus labios me rozan la oreja cuando habla—. Eres increíble. No puedo creerme que lo hayamos conseguido. Hemos *ganado*.

—Ha sido cosa tuya. —Deslizo una mano por su nuca y la introduzco en su pelo, sin importarme lo que piensen Logan, Nisha u Olivia sobre el hecho de que nos estemos abrazando así.

Se aparta y alza una ceja.

—¿En serio? Ni de broma habría hecho nada de esto solo. Supongo que, después de todo, hacemos un equipo bastante bueno.

Y, sinceramente, me es imposible no besarlo después de eso.

Ahora creo que así es como siempre hemos estado destinados a estar y, aun así, no soy capaz de asimilar todo lo que ha pasado. Hemos ganado, y no creo que me hubiera sentido tan bien si lo hubiera hecho sola.

El trío de undécimo se dirige hacia nosotros.

—Enhorabuena otra vez —dice Logan, que pasa la mirada de uno al otro como si supiera lo que nos pasaba en aquella zona segura. Da miedo lo buena política que podría llegar a ser algún día. Se da la vuelta y abre la puerta del gimnasio—. Vuestra fiesta os espera. Bueno, en cuanto les digamos a todos lo que ha pasado. —Les hace un gesto a Nisha y a Olivia, quienes sacan los móviles, supongo que para mandar otro mensaje difundido.

—¿Nuestra qué? —inquiere Neil.

El gimnasio está iluminado y animado, decorado con los colores azul y blanco de Westview: serpentinas, pancartas, luces. Hay hileras de juegos de feria y vendedores de comida y un pequeño escenario en un extremo. Algunos de undécimo están terminando de montarlo.

—Nos sobró un poco de dinero y queríamos que los de último año celebrarais una última cosa —explica Logan—. Íbamos a ponerlo en marcha cuando terminara el juego, así que hemos estado esperando...

—Con la esperanza de que pudiéramos dormir en algún momento —interviene Olivia.

—¡Pero ha merecido la pena! —exclama Nisha.

No puedo parar de mirar boquiabierta la escena que tenemos delante. Puede que esté delirando, pero nunca había visto el gimnasio tan bonito.

—Gracias. A todos.

Neil parece hipnotizado por la banda que está desembalando una batería y subiendo unos amplificadores al escenario.

—Madre mía —dice—. ¡Cachorros gratis!

Es la mejor fiesta en la que he estado en mi vida. Están casi todos los estudiantes de último año, además del grupo favorito de Neil, que acaba de ganar cinco mil dólares, la mitad de los cuales me negaré a aceptar si me los ofrece. Aparecen unos cuantos profesores para supervisarnos, pero no estamos armando ningún alboroto. Quizá estemos demasiado cansados como para causar problemas.

Cuando nos ven juntos, Mara jadea y Kirby corre hacia nosotros al momento para darnos un abrazo de oso.

—Lo sabía, lo sabía, lo sabía —chilla. La mayoría de las reacciones se encuentran dentro de ese rango. Neil y yo no podemos parar de sonreír, no podemos parar de tocarnos: las manos entrelazadas, su palma en mi espalda, un beso furtivo cuando creemos que nadie está mirando. Resulta que siempre hay alguien.

Las paredes están cubiertas de carteles de eventos que ya han pasado, y en el aire flota una sensación de nostalgia, pero por primera vez esta noche, no es triste. El Aullido siempre ha sido una despedida de Westview y de Seattle. Una tradición del último día que va mucho más allá de quién gana y quién pierde.

Savannah se acerca a nosotros mientras esperamos a que ¡Cachorros gratis! empiece a tocar. Verla hace que me tense.

—Enhorabuena, supongo —dice sin emoción.

—Gracias —contesta Neil, siempre educado. Siempre sincero debajo de todas esas sonrisas de suficiencia.

Sin embargo, a mí se me ha acabado la educación cuando se trata de Savannah Bell.

—Oye, ¿sabes lo que me apetece muchísimo? —le pregunto a Neil—. Pizza mediocre. Como la de Hilltop. ¿Crees que venderán pizza aquí?

—¿Comiste… pizza en Hilltop Bowl? —inquiere Savannah, que frunce el ceño en una expresión de preocupación.

—No. Pero sé que tú sí. —Tras eso, la miro a los ojos, sin parpadear, y alzo el dedo índice derecho para tocarme la nariz una vez, dos veces. Se le sonroja el rostro, y enseguida queda claro que sabe a lo que me refiero.

Neil lo capta.

—Yo también soy judío. —Su mano se dirige a mi espalda—. Y puede que te suene raro, pero la verdad es que para mí ese dinero va a suponer una gran diferencia.

Me gusta mucho, mucho.

—Eso es... genial —consigue decir Savannah, y camina hacia atrás hasta que desaparece entre la multitud.

Kirby y Mara acaban a un lado de nosotros, compartiendo un *pretzel* azucarado gigantesco, y los amigos de Neil al otro. Parecen tan sorprendidos por nuestra evolución romántica como Kirby y Mara, es decir, nada en absoluto.

—¿Qué vas a hacer con el dinero? —pregunta Adrian—. Y no me digas que vas a hacer algo responsable como meterlo en una cuenta de ahorro. Tienes que divertirte *un poco*.

Neil me lanza una mirada, y yo me vuelvo de arcilla.

—Nos divertiremos. Y ya se me han ocurrido algunas ideas.

«McObsceno», me dice Kirby en silencio, moviendo los labios.

—¿Qué pasa? —inquiere Neil.

—Kirby está siendo inapropiada.

—¿Te crees que eso va a hacer que sienta menos curiosidad?

—Qué bien nos lo vamos a pasar este verano —comenta Kirby.

No obstante, Mara no lleva bien lo de haber perdido.

—Solo me quedaban dos pistas —se lamenta medio en broma.

Aun así, las tres y a veces los siete nos hacemos *selfies* y hacemos planes para ir a la Capitol Hill Block Party dentro de un par de semanas. No sé si vamos a estar bien en la universidad. Pero tenemos el verano y, después, nos esforzaremos al máximo. Por ahora puedo conformarme con eso.

El fuerte sonido del acople del micrófono hace que nuestra atención se dirija al escenario.

—¡Buenos días, Westview! —grita el cantante de pelo color neón, y se gana el aplauso del público—. Estamos muy contentos de que os hayáis quedado despiertos toda la noche por nosotros. Esta primera canción se llama *Desamparado* y, como no os veamos bailar, recogemos y nos piramos.

Son bastante increíbles en directo, tal y como dijo Neil. Este me echa el pelo hacia atrás para plantarme un beso debajo de la oreja y, mientras me pregunto si sabe lo sensible que es esa zona para mí, me dedica una sonrisa malvada que demuestra que sí que lo sabe.

No sabía que pudiera sentirme así.

Cuando el grupo se toma un descanso, Neil y yo deambulamos entre la multitud, aceptamos felicitaciones y jugamos a algunos juegos, aunque después de unos diez minutos, estamos un poco agotados. Me empieza a doler la rodilla y no sé si podré estar de pie mucho más tiempo.

—Estoy intentando pensar en una forma inteligente de decir esto, pero... ¿te apetece irte? —pregunto.

—Sí —responde—, y, de hecho, tengo un sitio en mente, si es que te apetece una aventura más.

Le contesto con un sí rotundo antes de seguirlo a través de la aglomeración de nuestros casi antiguos compañeros de clase. Habrá más fiestas durante la próxima semana. Estoy segura de ello. Sin embargo, hay tanto más allá del instituto, tanto que no puedo ni empezar a asimilarlo. Estoy haciendo todo lo posible para que siga siendo así. Este verano me despediré de muchas cosas: de mis amigos, de mis padres, del muro de chicles, del Fremont Troll y de los rollos de canela tan grandes como mi cara. No será un adiós para siempre. Volveré, Seattle. Lo prometo.

Así pues, cuando salimos, le echo un último vistazo al instituto. Más tarde, Neil y yo hablaremos de lo que significa esto, de lo que hemos hecho esta noche y de lo que pasará mañana. Pero ahora mismo quiero saborear este momento con él, tanto el silencio como la forma en la que me mira como si estuviera contando los segundos que faltan para que nos besemos como hicimos en el museo.

Quizá sea así como debo despedirme del instituto: no con una lista arbitraria o una idea preconcebida de cómo deberían ser las cosas, sino dándome cuenta de que, en realidad, estamos mejor juntos.

Neil me aprieta la mano.

—¿Lista? —pregunta.

—Creo que sí.

Luego, respiro hondo y... lo dejo ir todo.

TOP 5 DE CANCIONES DE ¡CACHORROS GRATIS! SEGÚN NEIL MCNAIR

1. Con la pata en tu puerta

2. (Nunca) es suficiente

3. Desamparado

4. Cariño, cariño, cariño

5. Pequeñas casas

02:49

—Las mejores vistas de Seattle —dice Neil cuando salimos de mi coche, en el lado sur de Queen Anne Hill.

Kerry Park no es grande, una franja de césped estrecha con una fuente y un par de esculturas. La imagen de la Space Needle te atrapa por completo. Desde aquí parece irreal, enorme, brillante y gloriosa, sobre todo de noche. Tiene razón: son las mejores vistas de Seattle.

—¿Aquí es donde viniste antes? —pregunto, y asiente.

Lo acompaño cojeando hasta el borde del mirador.

—No puedo creerme que hicieras eso. —Me señala la pierna—. ¿Estás segura de que no necesitas hielo ni nada?

Niego con la cabeza.

—Había que hacer sacrificios.

Nos colocamos en el saliente, con las piernas colgando sobre la colina cubierta de hierba. Una vez más, me sorprende lo normal que me parece todo esto. Ha formado parte de mi vida durante tanto tiempo que cierta comodidad se mezcla con la novedad, y estoy deseando conocerlo de todas las formas que nos hemos perdido.

—¿Cuándo lo supiste? —Apoyo la cabeza en su hombro—. Que no me despreciabas.

—No fue un único acontecimiento —responde al tiempo que su brazo se acomoda alrededor de mi cintura—. Empecé a sentir algo por ti a principio de undécimo, pero di por hecho que era inútil. No me soportabas, y aparentemente yo tampoco te soportaba a ti.

—Lo has ocultado muy bien.

—No me quedó más remedio. Si de repente actuaba diferente, empezarías a sospechar.

—Entonces, ¿te gustaba incluso durante esa reunión del consejo estudiantil que duró hasta las doce de la noche, ese incidente del *Hombre blanco en peligro*?

—¿El qué?

—Oh... «Un hombre blanco en peligro». Así es como llamo a tus clásicos, porque todos tratan sobre, bueno...

—Hombres blancos en peligro —concluye, y se ríe—. Y sí. Sí me gustabas. ¿Y tú?

—¿Hace tres horas? —contesto, y con la mano libre se agarra el corazón como si le doliera—. ¿Hace quince horas, cuando te vi los brazos con esa camiseta?

—Bendita sea mi rigurosa rutina de ejercicio.

—¿Así es como llamas a esas pesas de tres kilos y medio que tienes en el escritorio?

—Mmm... guardo las grandes en el armario —responde—. Las que son increíblemente grandes. Veinte, treinta kilos. No quiero intimidar demasiado a nadie, ya sabes.

—Qué considerado. —Me acurruco más cerca de él—. Pero, si te soy sincera..., no lo sé. Me he dado cuenta hoy, pero creo que llevas gustándome un tiempo.

Tras unos segundos de silencio, pregunta:

—¿Te acuerdas de la elección a representante de clase de noveno?

—Pues claro. Fue una victoria aplastante.

—Si no recuerdo mal, ganaste por muy poco. —Me retuerce un mechón de pelo—. Yo gané ese concurso de redacciones, y tú ganaste las elecciones. Y luego seguimos así, intentando superarnos el uno al otro.

—Todos estos años hemos estado peleándonos cuando podríamos haber estado... no peleándonos.

Se echa hacia atrás y, cuando alzo la cabeza, me está mirando de forma extraña.

—Yo estaba pensando lo contrario. Que no sé si estábamos preparados para ello. Ya te digo yo que yo no lo estaba.

—Puede que no —admito. Aun así, es devastador pensar en lo que podríamos haber compartido. Por mi mente pasan imágenes de una línea temporal alternativa: partidos de fútbol, bailes de bienvenida, fotos incómodas...

Las espanto. Esa no es nuestra realidad.

—Es un poco poético que pase esta noche —dice. Acto seguido, con un hilo de preocupación en la voz, añade—: Para ti no es solo esta noche, ¿no? Porque yo quiero seguir, si tú también quieres.

—Quiero. Esto... esto parece real. Quiero estar contigo. —Vuelvo a ser consciente de todas las conversaciones que no hemos tenido todavía. Las conversaciones que de repente tengo miedo de tener cuando me siento tan *bien* a su lado.

Me traza el contorno de la ceja con la punta del dedo. Una y luego la otra, como si estuviera intentando memorizar mi aspecto.

—Quería decírtelo. He decidido que este verano no voy a ver a mi padre. A lo mejor algún día cambio de opinión y quiero tener alguna clase de relación con él, pero sigue estando demasiado fresco. No estoy preparado.

—¿Te sientes bien al respecto?

Asiente con la cabeza.

—Sí. Y... he pedido cita por Internet. Para cambiarme el apellido. Ya va siendo hora.

—Neil —digo, y le pongo la mano en la rodilla—. Eso es... guau.

—Es la decisión correcta. Por muchos motivos.

—Tendré que cambiarte los motes. —Cuando pone una expresión extraña, añado—: Estoy deseándolo.

Me inclino hacia delante y lo beso. Con él es fácil dejarse llevar por el momento, que el mundo exterior se disuelva y desaparezca.

—También, mmm, tengo algo para ti —dice después de unos momentos, y se mueve para poder alcanzar su mochila—. Cuando nos separamos, me pasé por un QFC y pensé que al menos podría sacarte una sonrisa si decidías que querías volver a hablar conmigo. Y que tal vez tendrías hambre. —Tras eso, revela el regalo: una tarrina de Philadelphia con un lazo rojo alrededor y una bolsa compostable con dos *bagels* dentro—. También tengo una cuchara, si prefieres comértelo así.

—No vas a dejar que me olvide nunca, ¿verdad? —contesto, aunque me da un vuelco el corazón ante el inesperado regalo. Es ridículo, sí, pero también es increíblemente dulce.

—No. Me encanta. Te... —Se interrumpe, como si hubiera caído en la cuenta de que podría revelar algo que no sabe si estoy preparada para oír.

—Yo también te quiero —digo, y el horror de su rostro se vuelve a convertir en calma. Resulta tan fácil decirlo, y me da tal subidón que enseguida quiero repetirlo—. Leí... lo que me escribiste en el anuario. En mi defensa diré que ya era mañana y que pensaba que me odiabas. Pero estoy enamorada de ti, Neil McNair, Neil Perlman, y creo que quizás llevo mucho tiempo enamorada de ti. Es solo que mi cerebro tardó en ponerse a la par con mi corazón. No sé cómo es que no me di cuenta, pero eres increíblemente increíble.

Es maravilloso ver cómo alguien se derrite delante de ti. Se le suaviza el rostro, entreabre los labios y me acerca tanto que noto cómo nuestros corazones laten el uno contra el otro.

—Sé que lo escribí, pero ahora tengo que decirlo en voz alta también —empieza. Me preparo. Llevo queriendo escuchar esas palabras desde que encontré esa primera novela romántica en un mercadillo de segunda mano—. Estoy enamorado de ti. Eres la persona más interesante que conozco, y nunca he sido capaz de hablar con nadie de la forma en la que hablo contigo. He dedicado los últimos cuatros años a irme de Seattle, pero tú... tú eres lo mejor de esta ciudad. Lo más difícil de dejar atrás vas a ser tú. Te quiero mucho.

Por todos los libros que he leído, pensaba que entendía el concepto de amor, pero *guau*, no tenía ni idea. Me acurruco más contra él, no porque quiera el calor de su cuerpo, sino porque parece que soy incapaz de acercarme tanto como quiero. Pensaba que estaba preparada para oírlo. Después de todo, ya lo había visto por escrito. No obstante, me llena por completo, hasta el punto de que casi me duele el pecho. Le he dado las partes más desagradables de mí, y no ha hecho otra cosa que convencerme de que cuidará de ellas.

Con ojos soñadores, nos besamos, miramos el cielo y mojamos los *bagels* en el queso para untar. Cuando terminamos de comer, meto la mano en la mochila y saco la *Guía de Rowan Roth para triunfar en el instituto.*

—Fue una estupidez, ¿eh?

—Una estupidez no —dice—. Pero posiblemente no lo más alentador o inspirador...

—No sé si quiero romperla. —Le doy la vuelta sobre la barandilla y aliso las arrugas—. Pero a lo mejor podríamos escribir una nueva, ¿qué te parece?

Guía de Rowan Roth para triunfar en la universidad... ¡y más allá!

Por Rowan Luisa Roth, edad 18
y Neil (Perlman) McNair, edad 18

1. Abandonar la idea de «perfecto» porque no existe. Nadie quiere un rollo de canela perfecto; quieren uno que sea imperfecto y que esté amorfo y embadurnado de glaseado. Glaseado de queso para untar, claro.

2. Terminar mi libro. Escribir otro.

3. Asistir al mayor número de clases que parezcan interesantes como me sea posible. Escritura creativa y tal vez español, y a lo mejor otras cosas también. ¡Mantén la MENTE ABIERTA!

4. Escuchar más música feliz, aunque la música melancólica también tiene su momento y su espacio.

5. Disfrutar de tantas noches como esta como sea posible.

03:28

Seguimos sin luz, Neil McNair está en mi habitación y, por algún motivo, eso no es lo más raro que ha pasado hoy.

Después de haber terminado nuestra lista, le pregunté si quería venir a mi casa, ya que nunca ha tenido la ocasión de ver mi cuarto. Es el final correcto para este día: permitirle que entre a mi trocito del mundo, al igual que él me dejó entrar al suyo.

Estoy extremadamente agradecida de que mis padres estén abajo y de que sean personas con el sueño profundo. Estoy segura de que no van a despertarse hasta el mediodía, pero no quiero jugármela, así que entramos de puntillas y me obligo a susurrar.

A mi móvil le queda algo de batería gracias al cargador del coche, así que busco una canción de The Smiths que sea lenta pero no demasiado depresiva y le doy a reproducir.

—Conque está es la habitación de Rowan Roth —dice al tiempo que pasa una mano por el escritorio. Me encanta la imagen de él en mi cuarto, suavemente iluminada por una linterna. Pasa la mirada desde los *collages* de fotos y los premios académicos que cuelgan de las paredes hasta los libros que tengo apilados en la mesita de noche y los vestidos que sobresalen del armario.

—Sip. Justo aquí es donde ocurre toda la magia.

—Me gusta. Es muy tú. —Se gira de forma que le da la espalda al escritorio—. ¿Qué te apetece hacer?

—Mmm... Había pensado en un Monopoly.

—¿Un Monopoly? —Ahí está esa sonrisa despreocupada—. Vale, pero soy bastante bueno en el Monopoly, y va a ser vergonzoso como te gane otra v...

Mis labios ya están sobre los suyos. Este beso pesa más que lo que pasó en el museo, en el gimnasio, en Kerry Park. Como si alguien nos hubiera metido en un enchufe o nos hubiera prendido fuego. Me entierra las manos en el pelo y me empuja hacia atrás. Cuando mis rodillas chocan contra la cama, susurra un «lo siento» y tengo que contener una carcajada mientras lo arrastro a mi lado. Me subo a su regazo. Volvemos a besarnos y se le caen las gafas, así que se las quita de un tirón y las deja en la mesita. Es tan adorable, tan guapo y tan *tierno*, siempre tan tierno.

—Quiero verte —digo mientras mis dedos juguetean con el dobladillo de su camiseta.

—Te aviso, son muchas pecas. —Pero se la quita y revela, para mi deleite, el abdomen maravillosamente lleno de pecas que entreví hace unas horas.

—Me encantan tus pecas. Mucho, de verdad.

Le dejo huellas invisibles en el pecho, aprendiendo en qué zonas exactas tiene cosquillas. Me acaricia las rodillas, las caderas, por debajo del vestido que, de repente, se ha convertido en una camisa de fuerza. Me retuerzo en su regazo, intentando alcanzar la cremallera. Tiene que ayudarme y, juntos, lo quitamos.

Una vez que estoy solo en sujetador y bragas, se queda mirando.

—No soy poco atractiva, ¿verdad? —inquiero, porque meterme con él no va a dejar de ser divertido nunca.

—Ahora sabes por qué era totalmente incapaz de hacer un cumplido. Eres espectacular —dice, y se inclina para besarme el cuello—. E impresionante. Y... sexi. —Hay una pausa antes de que diga lo último, y la palabra hace que me estremezca. *Dios.*

—Vas a destruirme —susurro.

Haber perdido el vestido hace que lo bese con más urgencia. Le paso la mano por la parte delantera de los vaqueros e inhala entre dientes.

Puede que sea el mejor sonido que he oído en mi vida, al menos hasta que le bajo la cremallera, le desabrocho los vaqueros y los arrojo completamente a un lado, tras lo que lo aprieto más contra la cama, y vuelve a soltar otro gemido entrecortado. Sip, estoy destrozada.

Durante un rato nos fundimos en un borrón de labios, suspiros y caricias. El chirrido ocasional del colchón cuando cambiamos de posición, una fina capa de tela que nos separa. Con cada nuevo roce, se muestra tímido al principio, y eso me mata.

Desliza la mano entre mis piernas, acariciándome el interior del muslo, y sube, sube.

—¿Te... parece bien?

—Sí. *Sí.* —Lo que quiero decir en realidad es «por favor».

Tardé bastante en averiguarlo por mi cuenta, así que lo oriento un poco. Resulta que es un oyente excelente. Me susurra mi nombre al oído, deshaciéndome lentamente, y entonces estoy al borde y caigo, caigo...

Todavía estoy recuperándome cuando, de pronto, vuelve la electricidad y la casa se llena de vida y todas las luces de mi habitación se encienden a la vez.

Sí que tiene pecas por todas partes.

Me encanta.

Hemos pasado tantos minutos de esta noche a oscuras que no puedo evitar reírme, y él se une a la risa, entrecerrando los ojos ante las luces brillantes.

—Shhh —digo, pero es inútil.

—Brillan demasiado. —Gruñe—. Desde fuera entra mucha luz natural.

Y tiene razón, así que me bajo de la cama para apagarlo todo y espero un minuto para asegurarme de que mis padres no se están moviendo abajo. Cuando estoy segura de que siguen en un coma inducido por el *whisky* escocés, me arrastro hasta él.

Intenta agarrarme, pero le coloco una mano gentil en el pecho.

—Espera —digo—. ¿Cómo de lejos vamos a llegar? Deberíamos hablar sobre... lo que sea que vayamos a hacer. O no hacer. —Me tiro del flequillo con nerviosismo—. Porque yo estoy de acuerdo con todo, pero sé que tú no has, ya sabes..., mantenido relaciones sexuales.

El peso de ese hecho se cierne entre nosotros. Neil se sienta, y la sábana se nos agolpa alrededor de los tobillos. Esto no es como con Spencer, donde, como ya lo había hecho con Luke, pensé que por qué no. Quiero esto, con Neil. Quiero hablar de ello y quiero que él se sienta cómodo hablando de ello conmigo. La idea de estar con él de esa manera me marea de deseo. Quiero más que esta noche, pero ahora mismo soy incapaz de pensar en el futuro.

—Confía en mí —contesta, y su mano se acomoda en mi cintura como si fuera lo más natural del mundo—, literalmente no hay nada que quiera más que a ti. Ni siquiera ser *valedictorian*.

—No sé si acostarse con alguien es mejor que ser *valedictorian*. Y tampoco estoy segura de que ese sea el uso correcto de «literalmente». Deberías saberlo.

—Contigo, puede que lo sea. —Se le refleja la preocupación en el rostro—. He de ser sincero. Estoy un poco nervioso. Por si, ya sabes, la cago o algo o hago que para ti sea horrible. Y entonces no querrás volver a hacerlo, lo que sería devastador, dado lo mucho que me gustas.

Sus nervios hacen que lo quiera más todavía. Me gusta que no se convierta en el típico chico tranquilo y fanfarrón.

—Yo también estoy nerviosa —admito—. Emocionada, pero nerviosa, y es normal. Por eso vamos a hablar entre nosotros. Siempre se nos ha dado bien eso, ¿verdad? —Asiente—. Normalmente, la primera vez que lo haces con alguien no es perfecto. Es parte de lo que lo hace divertido: averiguar juntos cómo hacer que sea bueno.

—No va a ser perfecto a lo novela romántica —indica, pero no me está advirtiendo.

—No. La primera vez no, y lo más probable es que tampoco lo sea la segunda ni la tercera. A lo mejor no lo es nunca, si te soy sincera, pero será *nuestro*. Y... puede que eso sea mejor.

Me traza círculos en la cadera con el pulgar.

—¿Segura que tú también quieres esto? No hemos... En plan, nos conocemos desde hace tiempo, pero nos hemos besado por primera vez esta noche y... —Un Neil McNair que se va por las ramas resulta casi demasiado adorable.

Es una decisión fácil.

—Estoy segura.

—Y, oye, todavía tienes un condón en la mochila.

Lanzo un gruñido.

—Madre mía. Me morí de la vergüenza.

—El condón de Chéjov —dice, y empiezo a reírme con él.

—De hecho, tengo unos cuantos que no llevan quién sabe cuánto tiempo en la taquilla de Kirby.

Tardo unos segundos solo en bajarme de la cama y buscarlos y tardamos unos segundos en despojarnos de la ropa interior. Otros segundos para ayudarle a ponerse uno antes de darnos cuenta de que está al revés. Lo tiramos a la basura y volvemos a intentarlo.

Cuando lo conseguimos, no dura demasiado, bien porque estamos cansados o porque es su primera vez o una combinación de ambas cosas. De vez en cuando me pregunta si sigue estando bien, si *yo* sigo estando bien. Y sí. *Sí*. Intentamos no hacer ruido, pero no podemos parar de susurrarnos. Acabamos de hacernos amigos, amigos de verdad, y hay muchísimas cosas que queremos decirnos.

Él termina primero, y acto seguido sus dedos descienden entre nosotros y hace que llegue por segunda vez esta noche. Otra cosa que he aprendido: Neil McNair es extremadamente generoso.

Luego nos quedamos en silencio, más en silencio que mi casa dormida y a oscuras. Es una clase de silencio tranquilo y apreciado. Me acurruco cerca de él y apoyo la mejilla contra el latido de su corazón mientras juguetea con mi pelo.

—Trascendental —dice.

—¿Lo que acaba de pasar? Estoy de acuerdo.

Me da un beso en la parte superior de la cabeza.

—A ver, sí, pero me refería *a ti*.

buenos días

esto es un recordatorio amistoso de que te queda un (1) minuto y contando antes de que te despierte

05:31

Cuando me despierto, de pronto me asalta ese pánico que a veces sientes los fines de semana cuando estás convencida de que llegas tarde a clase.

Salvo que no voy tarde, ya no tengo clases y Neil McNair está en mi cama.

Está de lado junto a mí, con un brazo sobre la almohada y el otro alrededor de mi cintura. La luz del sol de primera hora de la mañana le cae sobre el rostro y le tiñe el pelo de fuego. Es precioso. El cielo es un lienzo cobalto despejado, y la tormenta de ayer ya ha quedado en el olvido.

Por fin parece verano.

Como si hubiera notado que estoy despierta, me acerca más a él y me da un beso en la nuca. La realidad vuelve a colarse. Neil y yo nos acostamos anoche. Bueno, hace una hora, técnicamente esta mañana. Y estuvo *bien*.

—¿Ha pasado de verdad? —pregunto en voz alta.

—Sí, a menos que tanto tú como yo hayamos tenido el mismo sueño erótico intenso.

—Prefiero la realidad. —Me acurruco más contra él—. ¿Para ti estuvo bien? ¿Te sientes diferente?

—Tendremos que hacerlo unas pocas veces más para saberlo con seguridad —responde con esa increíble sonrisa de suficiencia suya—. Sí. Estuvo increíble. No sé si me siento diferente exactamente. Más que nada, creo que estoy feliz. Y... ¿para ti no fue terrible?

Respondo estrechándome contra él, besándolo en la mandíbula, en el cuello.

—Tú también me haces muy muy feliz. Espero que lo sepas.

Me abraza con más fuerza.

—Te quiero, Rowan Roth —dice—. No me creo que pueda decirlo.

Dudo que me canse alguna vez de oírlo. Le devuelvo las palabras en un susurro contra su piel. Le paso la mano por el brazo con pecas y luego lo alzo para mirar el reloj de muñeca.

—Por muy mal que suene, deberíamos levantarnos antes de que se despierten mis padres.

Me besa el hombro desnudo mientras me obligo a sentarme.

—No te vayas a pensar que no voy a esperar que dejes la reseña del libro sobre mi escritorio mañana solo porque nos hemos acostado.

—¿Qué libro?

—Mmm. *¿La edad de la inocencia? ¿Moby Dick? ¿Una vuelta de tuerca?* —Piensa unos segundos más, y vuelve a aparecer esa sonrisa despreocupada y maliciosa—. *¿Tiempos difíciles?*

—¿Eso es una autobiografía?

—No, es Dickens. Tres páginas mínimo, por favor —indica antes de que lo empuje sobre la cama.

Unos diez minutos más tarde, toma su camiseta y se la pone.

—Bueno, ¿qué crees? ¿Debería ser súper guay y salir a hurtadillas por la ventana?

—Creo que sí.

—Supongo que te veré en la graduación en KeyArena. Que ahora es mañana. Uff. Debería ponerme con el discurso de *valedictorian*.

—Y al día siguiente —digo—, podemos hacer un maratón de *Star Wars*. O tener una cita de verdad.

—¿Y esto? —pregunta, señalando las sábanas—. Deberíamos volver a hacerlo otra vez.

—Sin duda deberíamos hacerlo mucho. Al menos hasta agosto.
—Esa pesadumbre repentina me deja clavada a la cama—. Esto... Eso es algo con lo que tendremos que lidiar.

Neil debe de notar que se me ha cambiado la cara, porque para de abrocharse el cinturón y se acerca.

—R2. Ey. Lo solucionaremos.

El apodo hace que me derrita.

—Es que... no estoy preparada para decir adiós —admito, y la voz se me quiebra de forma inesperada, lo que me sorprende—. Puedo decirle adiós al resto, al instituto, a nuestros profesores y a los demás... pero no puedo decirte adiós a ti.

—No tienes que hacerlo. —Me rodea la cara con las manos y me pasa el pulgar por la mejilla—. Esto no es el final. Ni mucho menos, espero. Si para cuando acabe del verano no nos hemos cabreado el uno al otro hasta matarnos, ¿por qué no íbamos a seguir? Nueva York y Boston no están tan lejos.

—A un poco más de cuatro horas en tren. —Explorar otras ciudades con Neil... Suena demasiado maravilloso.

—Y volveremos durante las vacaciones —continúa—. Tú y yo tenemos que ser siempre los mejores, ¿verdad? Pues seremos los mejores teniendo una relación a larga distancia, si es lo que decidimos hacer. Pero ahora mismo... —Con un gesto, abarca la habitación que nos rodea—. Ahora mismo tenemos esto.

Dejo que sus palabras calen, intentando estar bien con respecto a esa incertidumbre. Por mucho que he idealizado el «vivieron felices y comieron perdices», no puedo negar que tiene razón. Hoy no es mi epílogo con Neil, es un comienzo.

Dejaré los «vivieron felices y comieron perdices» en los libros.

—Creo que eso puedo hacerlo —afirmo, y vuelvo a acercarme a él.

El amor que quería con tanta desesperación: no era así como pensaba que sería. Me ha mareado y me ha puesto los pies en la tierra. Me ha hecho reír cuando nada es divertido. Brilla y suelta chispas, pero también puede ser cómodo, una sonrisa soñolienta, una caricia suave y una respiración tranquila y constante. Pues claro que este chico (mi rival, mi despertador, mi aliado inesperado) está en el centro de eso.

Y, por algún motivo, es incluso mejor de lo que me imaginaba.

NOTA DE LA AUTORA

Seattle no siempre tuvo mi corazón.

Seattle, una ciudad construida sobre tierra duwamish, lleva miles de años habitada. Fue incorporada en 1869, después de que los colonizadores notaran una falta de «mujeres aptas para el matrimonio» y reclutaran unas cien de la Costa Este para que hicieran de esposas para los primeros residentes de la ciudad. Esta prosperó tras una fiebre del oro, pero perdió su distrito comercial a causa del Gran Incendio de Seattle de 1998, y luego se reconstruyó con rapidez. Dos de las exposiciones universales del siglo veinte fueron fundamentales en el progreso de la ciudad: primero la Alaska-Yukon-Pacific Exposition en 1909 y, más tarde, la Century 21 Exposition en 1962, la cual nos otorgó la Space Needle. Hoy en día, Seattle es un eje tanto para las empresas emergentes como para la alta tecnología.

Llevo viviendo aquí toda mi vida, primero en un suburbio conocido por su conexión con Microsoft, luego en un barrio universitario y ahora en un monte en el norte de Seattle no muy diferente a donde vive Rowan. De adolescente, me cautivaba la idea de reinventarme al otro lado del país y estaba deseando escapar. Estaba harta de los árboles, de las nubes y del tiempo gris. Cuando quedó claro que iría a la universidad en Seattle, centré mi energía en solicitar prácticas y más adelante trabajos fuera del estado.

Lo que ocurrió no fue que me resigné a amar Seattle cuando nada dio sus frutos. No me sentía atrapada. Más bien fue una apreciación gradual de las vistas, la cultura y la gente. La música también; todavía no he conocido a alguien que sea más esnob de la música que alguien que se ha criado en Seattle. Me gusta pensar que Seattle y yo tenemos una relación en la que soy capaz de burlarme de ella y a la ciudad no le importa. Lo hago con amor.

Cuando vemos a Seattle en la cultura pop, por lo general solo obtenemos una parte: lluvia, la Space Needle, franela. Quería profundizar más, y así fue como nació el juego del Aullido. Si bien el libro tiene lugar en una ciudad muy real, es un mosaico de la Seattle actual y de la Seattle en la que crecí. Muchas de las localizaciones están intactas actualmente: Cinerama, Pike Place Market y el muro de chicles, la Great Wheel, la Biblioteca Pública de Seattle, el Fremont Troll, Kerry Park. Con algunas de ellas me tomé ciertas libertades ficticias. Por desgracia, la exhibición nocturna del zoo de Woodland Park ya no está abierta. Cerró durante la recesión, y aunque se planeó que se reconstruyera, un incendio en el edificio provocó que se suspendieran esos planes. Antiguamente, el Museo de los Misterios fue un sitio real en Capitol Hill, pero ahora solo existe *online* en nwlegendsmuseum.com. También debería mencionar que Rowan y Neil tienen una suerte bastante increíble a la hora de encontrar aparcamiento.

Cuando empecé a escribir *Hoy. Esta noche. Mañana,* para mí fue importante que Rowan amara Seattle, incluso si estaba decidida a dejarla atrás para irse a la universidad. Este libro es una carta de amor al amor, pero primero fue una carta de amor a Seattle.

Las ciudades están en un proceso constante, y es posible que algunos de los detalles del entorno hayan cambiado para cuando leas el libro. Cada vez más y más de mis locales pequeños favoritos se convierten en bloques de apartamentos y casas adosadas, y antes de que fueran mis locales pequeños favoritos, fueron el algo favorito de otra persona.

Este es el tercer libro que escribo que tiene lugar en Seattle, pero todavía hay mucho que desconozco del lugar que siempre ha sido mi hogar. Si y cuando deje atrás este entorno, siempre estará en mis venas y en mi alma de contadora de historias.

Seattle, eres rara y maravillosa, y no lo cambiaría por nada.

AGRADECIMIENTOS

Este libro es alegre, pero empecé a escribirlo durante una época complicada. Si bien es cierto que siempre me han atraído los libros oscuros y densos, durante meses despues de las elecciones de 2016, fui incapaz de abrir uno de los muchos que garantizaban que me iban a romper el corazón y que me esperaban en la estantería. Quería leer (no sé quién soy si no tengo empezados tres libros a la vez), pero no había nada que me llamara. Y ahí fue cuando descubrí las novelas románticas.

Siempre me han encantado las subtramas románticas, pero desconocía el género y cuanto más leía, más me daba cuenta de que eso era lo que quería hacer. Mis dos primeros libros tuvieron un final agridulce y mucha ligereza, pero en ellos también había mucha desesperación. No sabía si iba a ser capaz de escribir un libro divertido (hasta todos los manuscritos que tengo archivados son oscuros oscuros oscuros) y, sin embargo, de repente era lo único que quería escribir. En realidad, en el primer borrador Rowan no era escritora de novela romántica, pero después de haber pasado tanto tiempo aprendiendo sobre el género, convertirla en una me pareció correcto. Nora Roberts, Meg Cabot, Christina Lauren, Alyssa Cole, Tessa Dare, Alisha Rai, Sally Thorne, Courtney Milan... sin sus libros, no habría sido capaz de escribir un romance sobre el romance.

Me avergüenza admitir que mi yo más joven se parecía mucho a Neil, se parecía mucho a la gente que juzga una obra entera de la cultura pop antes de leerla, verla o escucharla. La verdad es que las novelas románticas me hicieron realmente muy *feliz* como nunca me habían hecho sentir antes los libros. Siempre me gustarán los libros oscuros, y la oscuridad también se cuela en las novelas románticas, pero es tan reconfortante saber que te espera un final feliz. Y, aun así, siempre se las apaña para ser transcendental.

No hay suficientes adjetivos para describir a mi extraordinaria editora, Jennifer Ung. Gracias por apuntarte inmediatamente a un libro con una tonalidad tan distinta a mis dos primeros. Por algún motivo, entiendes lo que intento hacer a la perfección, incluso cuando mis intenciones se pierden entre mi cerebro y la página. Mis libros son infinitamente mejores gracias a ti.

Gracias a Mara Anastas y al brillante equipo de Simon Pulse: Chriscynethia Floyd, Liesa Abrams, Michelle Leo, Amy Beaudoin, Sarah Woodruff, Ana Perez, Amanda Livingston, Christine Foye, Christina Pecorale, Emily Hutton, Lauren Hoffman, Caitlin Sweeny, Alissa Nigro, Savannah Breckenridge, Nicole Russo, Lauren Carr, Anna Jarzab, Chelsea Morgan, Sara Berko, Rebecca Vitkus y Penina Lopez. Laura Eckes, gracias por diseñar la portada de mis sueños, y Laura Breiling, gracias por las perfectas, perfectas ilustraciones. Para completar la trifecta de Lauras, gracias a mi agente, Laura Bradford, por calmar mi ansiedad de autora y hacer que la parte comercial de la escritura funcione sin problemas.

Kelsey Rodkey, quizá sea apropiado que este libro empiece y termine contigo. Las notas perspicaces, las charlas de ánimo, los aspavientos, los memes... gracias por todo. Te adoro y atesoro mucho tu amistad. ¡Ten un buen verano! Les estoy inmensamente agradecida a los amigos que me ofrecieron sus comentarios en varias etapas de la vida de este libro: Sonia Hartl, Carlyn Greenwald, Tara Tsai, Marisa Kanter, Rachel Griffin, Rachel Simon, Heather Ezell, Annette Christie, Monica Gomez-Hira y Auriane Desombre. Gracias a mis confidentes editoriales, Joy McCullough, Gloria Chao, Kit Frick y Rosiee Thor, y gracias a mi compañera de trabajo favorita de cafetería, Tori Sharp. ¡No pienso dejaros marchar!

Compartí la versión más temprana de este libro en un taller de Djerassi en junio de 2017, dirigido por la espectacular Nova Ren

Suma. Gracias, Nova, y gracias a Alison Cherry, Tamara Mahmood Hayes, Cass Frances, Imani Josey, Nora Revenaugh, Sara Ingle, Randy Ribay y Kim Graff. Esa semana en las montañas fue uno de los mejores momentos de mi carrera.

Ivan: ¡estos son los primeros agradecimientos en los que puedo llamarte marido! Me alegro mucho de que seas mi persona, y gracias por hacer la mejor comida cuando me queda poco para una entrega.

Siempre es un poco aterrador lanzar un libro al mundo, y el apoyo de lectores, blogueros, libreros, bibliotecarios y profesores ha hecho que esa experiencia sea mucho menos aterradora. Sois todos INCREÍBLES, y estoy más que agradecida por las publicaciones, los tuits, los correos electrónicos y el boca a boca que han hecho posible que siga realizando el trabajo de mis sueños. De todo corazón, gracias.

¿TE GUSTÓ
ESTE LIBRO?

**escríbenos y
cuéntanos tu opinión en**

 /Sellotitania    /@Titania_ed

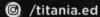 /titania.ed

#SíSoyRomántica